UN VIOLENT DÉSIR DE PAIX

Paru dans Le Livre de Poche :

AUTOPSIE D'UN PETIT SINGE

CONTES D'AMOUR ET DE RAGE

DANS L'ŒIL DE L'ANGE

DE L'AUTRE, LE CHASSEUR

ENTRETIENS AVEC UNE TUEUSE

LA FEMELLE DE L'ESPÈCE

LA PARABOLE DU TUEUR

LA RAISON DES FEMMES

LE SACRIFICE DU PAPILLON

LE SILENCE DES SURVIVANTS

ANDREA H. JAPP

Un violent désir de paix

ÉDITIONS DU MASQUE

Je vous aime, mon corps, qui fûtes son désir,
son champ de jouissance et son jardin d'extase,
Où se retrouve encore le goût de son plaisir
Comme un rare parfum dans un vase précieux.

Marie Nizet, *La Torche*.

PROLOGUE

Dérouler le temps. Le forcer à devenir rectiligne parce que du passé découlait le présent, naîtrait le futur.

La série de points d'interrogation qui avait mené sa vie jusque-là s'estompait, se délitait devant sa persévérance, devant cette nouvelle maîtrise qui lui permettait d'influer sur l'agencement des choses. Finis les coïncidences, les accidents, le destin. Finies ces foutaises à répétition qui prennent la direction de nos vies si l'on n'y prend pas garde. Une volonté : la sienne. Julia Holmer, alias Helen Taylor-Caedon, aurait adoré cela, elle qui se repérait dans les mots, l'étymologie, la philosophie : accident, du latin *accidens*, « ce qui arrive ». Nulle notion de drame, de catastrophe là-dedans. Juste une survenue, comme une minuscule fatalité, ni bonne, ni mauvaise.

Justement. Terminée l'accumulation des fatalités, aussi infimes fussent-elles, fastes ou néfastes. Aujourd'hui commençait son emprise sur sa vie, sur son futur. Aujourd'hui s'achevait ce sentiment d'abandon, de démission du temps qui lui restait à vivre.

Un regard sur cette page de cahier de brouillon, couverte d'une écriture fine, serrée, urgente. La sienne. Tourner la page. Amusant cette phrase que tout le monde répète à l'envi sans en comprendre l'extrême importance, la signification dévastatrice, définitive. Une autre page, toute neuve. Un éclatant symbole.

D'où sortait cette sensation affolante et grisante d'une nouvelle naissance ? D'où venait cette certitude que sa vie d'avant n'avait servi à rien, pas même à une sorte de préparation ou d'initiation ? La réponse était inattendue : d'une histoire qui était si peu sa propriété, l'histoire d'une femme. Julia Holmer, alias Helen Taylor-Caedon. Écrire cette histoire en quelques lignes squelettiques, plates, pour s'en souvenir à jamais. Ne pas entrer dans ses détails, ne surtout pas échafauder d'analyse, ni même d'explication. Les explications sont le ressort classique, presque l'apanage des conclusions, et la conclusion était encore si lointaine...

Helen Baron, unique enfant d'une famille de bourgeois éclairés et admirés de la côte Est, elle-même docteur en philosophie, avait épousé Cordell Taylor-Caedon, riche héritier de l'empire de cosmétiques et de produits pharmaceutiques bâti par son père. Mariage aux couleurs de conte de fées, blanc et rose : jeune et jolie jeune fille bien élevée épouse homme parfait. Trois ans plus tard, l'homme parfait assassinait ses beaux-parents et disparaissait sans laisser de traces. L'exquise Helen Taylor-Caedon découvrait que son adorable mari, son bouleversant amant avait à son actif une quinzaine de meurtres dont ceux de sa sœur aînée, Barbara, et de ses parents. Le moyen le plus sûr d'anticiper son colossal héritage. Si l'on excluait ces meurtres d'intérêt, tous les autres — qu'ils concernent des hommes ou des femmes — relevaient du pur bonheur, de l'absolu plaisir. Meurtres avec danse puisque Cordell — baptisé Charly par toutes les polices des États-Unis et le FBI — entravait ses victimes, assez lâchement pour leur permettre quelques mouvements.

Slows de désir avant l'apogée : leur égorgement. Un sociopathe charmeur et létal. Un amoureux de musique, passionné d'orchidées.

Helen Taylor-Caedon avait changé d'identité en bénéficiant du programme de protection des témoins. Pensait-elle véritablement changer de chair, de sang, de souvenirs en s'autobaptisant Julia Holmer ? Sans doute pas, elle était trop intelligente pour un si inepte raccourci. Julia Holmer avait-elle cru à la réalité de cet armistice de trois ans, alors qu'elle cherchait à rejoindre son ex-mari par tous les moyens à sa disposition, terrée dans un mobile home qui ressemblait à un bidonville miniature, s'empiffrant jusqu'à l'obésité pour démolir les derniers vestiges de la ravissante Mrs Taylor-Caedon ? Et du reste, pourquoi avait-elle tant cherché à remonter la piste de Charly ? Pour l'abattre, peut-être. Mais pourquoi ? Par vengeance, en souvenir de ses parents massacrés ? Pour en débarrasser l'humanité ? Ou parce qu'elle se savait incapable de s'en défaire autrement ? Enfin, l'opportunité qu'elle attendait s'était présentée. Proposer son aide au FBI, profiter des forces colossales de cette toile d'araignée qui prenait sa force dans les souterrains de la base de Quantico, Virginie.

Nul doute que le jeu, tel que Julia le définissait sans le vouloir, avait fasciné Cordell. Et il avait joué. Une assistante d'administration de l'unité des sciences du comportement du FBI, Cory Fried, avait été sacrifiée à son goût des parties d'échecs. Échec et mat, blond sur rouge. Le sang imbibant le tapis du joli appartement de la petite blonde qui croyait au grand amour.

Le but de Cordell dans cette partie ? Remonter jusqu'à Julia, son ex-femme, jouer la dernière manche ventre contre ventre, regard contre regard, souffle dans souffle. Gagner, bien sûr. La faire plier, la faire renoncer, reculer, accepter tout... Et la tuer.

Un soupir. Voilà, l'essentiel était dans ces lignes. La suite s'annonçait. Pour une fois, elle emprunterait les voies exigées. Pour une fois, elle cheminerait comme on lui ordonnait. Pour une fois, le monde était à portée de main, de volonté. Et le monde allait obtempérer après s'être imposé toutes ces années dans son écrasant ennui. Pour toujours.

Nuit du 9 au 10 octobre, environs de Weston, Massachusetts.

Perdu, avait-elle vraiment perdu ? La rage de toutes ces années de lutte vaine la submergea. Sale tordu, il n'allait même pas la tuer, ce serait trop simple, trop facile pour elle.

Le genou de Julia remonta et cogna le bas-ventre de Cordell de toute la haine, la férocité qui avaient accompagné ces années d'amour délétère. Il se plia et s'affala contre le lit en gémissant. Elle se rua vers la porte, arracha la clé de la serrure et sauta le marchepied. Elle tira le judas de la chatière avant de refermer la porte et de la verrouiller.

Respirer, courir, parvenir à temps jusqu'au bosquet où elle garait la voiture. Garder l'équilibre en tendant ses mains liées devant elle. Elle marcha sur un truc aigu et une douleur fulgurante lui électrisa le genou. Rien à foutre, courir. La porte du mobile home ne le retiendrait pas longtemps.

Le sang lui remontait dans la gorge. Rien à foutre.

Un point de côté la faisait haleter. Elle tira le jerrican d'essence et repartit vers la caravane.

Julia déboucha le goulot à bec et aspergea maladroitement la carrosserie beigeâtre, s'inondant le corps... Pas de feu, d'allumettes, rien, et la porte vibrait des coups de pied de Cordell.

La panique lui coupa la respiration. *Bouge-toi gros tas, trouve quelque chose, vite !*

L'halogène. Elle tomba de tout son poids sur le mince poteau qui le retenait et l'attrapa à pleines mains, le secouant jusqu'à ce qu'enfin il s'arrache de la terre. Le gros projecteur percuta le toit du mobile home, la protection en verre qui recouvrait la lampe brûlante se fracassa.

Le feu, enfin. Comme une vague bleue qui courait sur l'émail, puis une bourrasque surchauffée qui giflait son visage. Elle recula.

Le fou rire la plia, une crise de nerfs, pas grave. Les chiens dans le baraquement hurlèrent à la mort.

Elle vit. Elle vit la peinture blanc sale bouillonner sous la chaleur, se craqueler avant d'exploser comme de petites verrues de lave. Elle vit un chat, puis deux, voler par la chatière. Elle entendit des coups à l'intérieur, un bruit de vaisselle projetée au sol, puis plus rien.

Fini. C'était fini. Elle tomba à genoux dans l'herbe. Plus rien ne lui faisait mal, elle ne sentait plus rien.

Elle était morte enfin.

Après tout, jamais elle n'avait eu l'arrogance de penser qu'elle pouvait lui survivre.

Cordell.

Combien de temps ? Une éternité, deux secondes ?

Un fracas de verre. La petite table de chevet qu'elle avait achetée pour sa hideur propulsée par la grande baie vitrée qui ouvrait à l'arrière de la caravane.

Une ombre. Elle saute par l'ouverture béante de la baie. Elle s'arrête comme si elle cherchait quelque chose. La lune l'inonde, la flatte.

Il est encore temps, tu peux me tuer.

Et puis l'ombre bouge, disparaît, avalée par l'obscurité.

Cordell.

Combien de temps ? Une éternité, deux secondes ?

Le ronflement vorace du brasier, l'odeur âcre de la peinture émaillée qui se craquelle, le hurlement agressif et inquiet des chiens qui entendent, sentent, ne comprennent pas. Rien d'autre dans son cerveau. Si, peut-être : la certitude de son échec, de ces années inutiles, de sa vie qui se replie sur elle-même, qui va recommencer à l'identique.

Julia suffoqua, incapable de préciser qui, de l'incendie ou de Cordell, dévorait son air.

Combien de temps ? Une éternité, deux secondes ?

Jolie, cette haute flamme bleue qui s'élève comme une déclaration. Plus près, la forme tassée, indéfinie de Helen ou Julia. Sa femme. Avachie dans l'herbe, nue, les mains toujours ligotées devant elle. Cordell sourit, hésite, puis décide de prolonger ce moment qui le distrait. Il pourrait rejoindre la forme en quelques foulées, mais ne le fera pas. Pas maintenant. Non, il vaut mieux repousser cette conclusion, trouver une autre mise en scène, plus déroutante.

Amusant, le sang qui dévale avec paresse de son avant-bras meurtri par les crocs de verre de la baie arrière du mobile home qu'il a pulvérisée. Le filet coule ensuite vers son poignet, contourne le radius puis le pisiforme, paresse vers le grand os serré au centre du carpe, et s'évade pour s'infiltrer entre le majeur et l'index.

La langue de Cordell Taylor-Caedon lécha sa paume, puis la face dorsale de sa main, suivant la trace du liquide rouge vif, épais, tiède. Le goût à peine métallique, vaguement sucré le ravit. Sa langue remonta. Il frissonna de plaisir lorsqu'elle s'insinua entre ses doigts et autour de son poignet.

Il sourit une dernière fois à la forme, plus loin, en contrebas, et s'éloigna sans hâte.

Rien d'autre dans son cerveau. Si, peut-être : la certitude de son triomphe, de ces années si précieuses, de la vie qui se replie sur elle-même, qui va continuer à l'identique. Pour son plus grand plaisir.

Nuit du 9 au 10 octobre, environs de Weston, Massachusetts.

La nuit était si douce que Cordell ne tira qu'un tee-shirt du sac de voyage qui traînait à l'arrière de la voiture. Il s'était garé à moins d'un kilomètre du bout de prairie loué par Helen depuis quelques années.

Décidément, il ne parvenait pas à lui attribuer son nouveau prénom : Julia. Il y avait une sérénité, une hauteur bienveillante et paisible dans les deux syllabes de Helen. Elles se terminaient par un souffle de gorge, dont le son semblait ne pas devoir finir. A contrario, la vivacité que sécrétait Julia ne lui plaisait pas trop, en dépit de son affection pour les prénoms féminins se terminant en « a ».

Helen, c'était cette femme qu'il avait épousée en grande pompe, auprès de laquelle il s'était diverti durant trois ans, attendant sans impatience le moment où son désir de meurtre le conduirait à mettre un terme à sa vie à elle, à son jeu à lui. Helen, c'était cette peau pâle de rousse, si troublante lorsqu'elle se tendait sous l'orgasme, pour ensuite se fondre à celle de son mari, si mate. Lui.

La bourrasque d'adrénaline qui l'avait tenu jusqu'à son évasion de la fournaise le lâchait, la fatigue le rattrapait. Il chantonna :

— *Adonde te escondiste, Amada, y me dejaste con gemido ?*[1]

Cordell n'avait pas eu peur, mais il avait si rarement peur. Au contraire, il venait de passer un des meilleurs moments dont il se souvint. D'abord l'approche excitante, lorsqu'il s'était dirigé sans bruit vers le mobile home, guidé par la lumière crue d'un gros projecteur halogène. Le silence qui régnait autour de lui. Il voulait tant faire une surprise à Helen, il voulait lire dans ses yeux bleus la stupéfaction, puis cette hésitation juste avant qu'elle ne bascule vers la peur ou le désir. Il voulait se vautrer sur elle, sentir cette chair tendre le chercher, il voulait ce souffle qui dit que l'on se rend.

Songeant à nouveau à l'accumulation des contradictions de sa femme, il réprima un rire heureux. Helen s'était entourée de fauves de garde mais les bouclait la nuit. Elle se terrait dans ce taudis sur pilotis loin de tout pour ne conserver entre elle et lui que la petite porte en fibre de verre de la grande caravane. Elle s'était enlaidie, cherchant à le blesser dans sa fascination pour la beauté. Elle avait contre-attaqué sur tout ce qu'elle savait de lui. Sans doute avait-elle pensé qu'ainsi elle annihilerait le pouvoir de son mari sur elle. Sans doute était-elle parvenue à se convaincre qu'elle l'abattrait. Elle n'avait omis qu'un détail crucial dans sa virulente démonstration : on ne lutte avec acharnement que lorsque l'on subit. Le choix du combat est l'éclatante preuve de l'existence que l'on reconnaît à l'agresseur.

---

1. Où te caches-tu, aimée, m'abandonnant gémissant ? Les vers de saint Jean de la Croix (1542-1591), tirés de *La Nuit obscure*, sont adressés à l'époux dans le texte original. *Adonde te escondiste, Amado, y me dejaste con gemido* : où te caches-tu, mon aimé, m'abandonnant gémissante.

En d'autres termes, le vain combat de Helen proclamait le pouvoir que son mari conservait sur elle. Il demeurait, encore et toujours, le moteur essentiel de sa vie. Cette équation ferma de satisfaction les longues paupières allongées de Cordell.

Lorsqu'elle s'était levée du lit comme on déclare la guerre, le fou rire que Cordell retenait avait failli lui échapper. Elle s'était massacrée, avec l'application de bonne élève qu'il lui connaissait. Le corps obèse, si incongru qu'on l'eût dit emprunté à une autre pour la circonstance, ne faisait que rehausser la finesse des traits du visage de sa femme.

Que pensait avoir découvert Helen grâce à ce pathétique stratagème ? Un antidote, une cuirasse... Était-ce une invitation au meurtre ? Croyait-elle vraiment à la force de destruction de cette graisse qui gommait ses formes ? Sans doute, il l'avait lu dans le sourire conquérant qu'elle lui avait adressé lorsque son regard avait contemplé les petits ravages qu'elle s'était infligés depuis trois ans. Quel enfantillage ! Grossir génère son contraire : maigrir, tout comme se taire engendre la parole. Il aurait fallu la mort puisqu'on ne revit pas, ou même une défiguration si totale qu'aucune chirurgie ne peut la réparer. Mais il faut pour cela, pour détruire vraiment, une belle démesure, et surtout ne pas craindre l'irréparable et les regrets qui vont avec. Helen ne le pouvait pas, pas encore. Elle était comme tous ceux qui n'acceptent de l'irréparable que l'inévitable : la mort. Partout ailleurs, ils s'acharnent à se ménager des chemins de retour. Tandis que lui se délectait de l'irréparable. Le choisir nécessite une telle générosité, une telle confiance en soi. Refermer derrière soi des portes en sachant qu'elles se murent aussitôt pour ne plus jamais se rouvrir. Réduire le nombre de tous les chemins de retour, de toutes les échappatoires possibles pour finir par les proscrire tout à fait.

En y réfléchissant, ce corps monstrueux fascinait Cordell Taylor-Caedon. Il devenait un obstacle de plus. L'idée qu'il allait restituer à ce visage épargné les longs muscles minces, les fesses hautes et menues, les salières des clavicules qu'il aimait embrasser le séduisit. Le projet devenait d'autant plus divertissant qu'elle s'y opposerait de toutes ses forces. Sa créature se faisant rétive, Cordell deviendrait un démiurge despotique.

Il tourna la clé de contact. *Pauvre chérie : tes bras se sont levés, tes mains se sont tendues vers moi, et ta peau a hurlé pour la mienne.*

L'humeur joviale et presque légère qu'il se sentait gomma la fatigue qui l'alourdissait. Le rire en dedans lui vint au souvenir de cette phrase de Hobbes [1] grâce à laquelle Helen espérait démontrer à des étudiants rétifs ou ennuyés que la philosophie est aussi un enseignement de l'humour noir : *Omnis anima voluptas, omnisque alacritas in eo sita est, quod quis habeat, quisbuscum conferens se, possit magnifice sentire de se ipso*. Toute volupté de l'âme, toute bonne humeur (que l'on se sent) naît de ce que l'on rencontre des gens en comparaison desquels on peut avoir une haute estime de soi-même.

Finalement, sans doute ne l'aurait-il pas tuée cette nuit. Elle l'amusait encore trop et elle venait, sans le souhaiter, sans en avoir conscience, d'inventer un nouveau jeu.

---

1. Thomas Hobbes, 1588-1679.

Nuit du 9 au 10 octobre, environs de Weston, Massachusetts.

Julia avait cessé de courir. Le verbe courir s'appliquait-il à l'espèce de démarche accélérée que lui permettait son lard ? Elle avait également cessé de se retourner tous les dix mètres, scrutant l'obscurité, tendant l'oreille pour déceler dans ce silence seulement perturbé par le ronronnement lointain de l'autoroute l'écho d'une course, d'un souffle qui se rapproche. Cordell ne la suivrait pas, plus maintenant. Sans doute était-il déjà loin. La partie lui avait échappé et ne l'amusait plus. Il inventerait un nouveau jeu qui lui offrirait une belle main. Et même s'il la suivait... Il la rattraperait en quelques mètres. L'affolement ne se justifiait donc plus.

La ferme des McGuire était située à la sortie de Weston, non loin de la bretelle qui rejoignait la fédérale 20, et c'était le seul refuge auquel ait songé Julia.

Un point de côté lui poignarda le flanc, heurtant chaque respiration. La sueur lui dégoulinait le long du dos, entre les seins, en dépit du froid piquant de la nuit. Elle força l'air à pénétrer au plus profond de ses poumons, s'étouffant dans une quinte de toux.

Lorsqu'elle se décida à repartir, la brûlure de ses pieds lui électrisa les mollets, la faisant tituber. La distance séparant son lopin de terre de la ferme des McGuire, qui lui semblait si bénigne en voiture, représentait une petite dizaine de kilomètres. Dix kilomètres en coupant par une enfilade de champs fraîchement moissonnés, menaçants des chaumes de maïs qui les hérissaient, blessants de leur terre sèche et râpeuse. Julia avait hésité, se demandant si le plus simple n'était pas de rejoindre la petite route qui passait en contrebas du chemin de terre conduisant à son mobile home. Mais outre que le détour allongerait sa marche et que l'endroit était assez peu fréquenté, surtout de nuit, elle se voyait mal faire du stop avec une minuscule serviette comme cache-sexe. Une mauvaise rencontre ? Non, cette crainte-là l'épargnait depuis pas mal de temps. Elle avait déjà fait sa pire rencontre six ans plus tôt, dans ce charmant marché coloré et gueulard de Market Street.

Ce jour-là, Cordell l'avait abordée d'une plaisanterie, d'un de ses sourires irrésistibles qui renversaient à peine sa tête sur le côté. Elle venait d'acheter une livre de Cox Orange, une ancienne variété de pommes, juteuses, à peine acides, si parfumées sous leur robe paille et rouge... Les pommes vers lesquelles le front de Nana avait basculé, son sang s'évadant entre les épluchures.

Ne pas penser à cela maintenant. Repartir. Repartir avant que ses muscles ne refroidissent et ne commencent à lui faire trop mal.

Bouge-toi, gros tas. Avance ! Tu gémiras plus tard. Sans doute ont-elles toutes gémi. Elles sont mortes quand même. Elles, les victimes de Cordell.

Il paraît qu'il ne faut pas respirer par la bouche lors d'efforts prolongés. Comment fait-on, alors, lorsqu'on suffoque ? Julia ralentit un peu l'allure, son cœur cognait dans sa gorge, son sang s'affolait dans les veines de ses tempes.

Soudain, une idée géniale l'immobilisa. Et si elle s'arrêtait ? Si elle arrêtait tout, là, maintenant ? Si elle tombait à terre et se couchait ?

Avance, espèce de larve, marche ! Il faut qu'il meure. Il doit mourir avant toi. Tu n'as survécu que pour cela, pour ce moment limité où tu continueras après lui.

La crise de nerfs qu'elle maîtrisait depuis... depuis elle ne savait plus combien de temps se cambra et explosa dans son larynx. Elle s'effondra à genoux en sanglotant, s'égratignant aux chaumes secs. La plante de ses pieds la brûlait à hurler. Elle frôla la peau à vif et sa main revint si sombre dans l'obscurité. En sang.

Bien fait, bien fait pour toi, gros tas !

Ceci n'est rien. Cette douleur-là est infime. Elle n'existe pas. Il y a eu toutes les douleurs des autres, charmés par un mirage qui n'attendait que le clou de la soirée : leur gorge ouverte par son rasoir.

Le souvenir du joli visage de poupée de Cory Fried lui revint. Le sourire plissé de Nana lorsqu'elle la grondait, les petites mines désolées de sa mère, les grandes mains confiantes de son père. Les autres, elle ne les connaissait pas, mémorisant d'eux quelques clichés photographiques qui témoignaient de leur massacre. Combien ? Quinze, peut-être davantage. Tous séduits, tous escroqués, tous sacrifiés au plaisir de Cordell.

Lève-toi, avance !

Julia se redressa en plaquant la serviette sur son sexe. Un hoquet de rire la fit tousser à nouveau. Gourde à bouffer du foin. Elle était là, à poil, en plein champ, au milieu de nulle part, au creux de la nuit. Son lard exposé tressautait à chaque pas, ses fesses et ses seins dénudés se hérissaient de froid et elle se couvrait le pubis ! Elle déchira la serviette entre ses incisives et emmaillota ses pieds comme elle le put.

La bouche de Ronald McGuire s'ouvrit, tomba lorsqu'il répondit enfin aux coups de poing qui s'abattaient sur la porte de la longue ferme. Un regard renseigna le taciturne agriculteur sur la nudité de sa locataire et il ferma les yeux un bref instant. Lorsqu'il les ouvrit à nouveau, il rougit de confusion, tenant le regard rivé sur la racine des cheveux de la jeune femme, le portemanteau en bois de cerf chargé de manteaux de pluie et la lune plus loin, plus haut. Cramponné à son inutile fusil, il bafouilla :

— Mrs Holmer... mais que...

— Je... J'ai eu un accident, euh... incendie. Il faut absolument que je téléphone, Mr McGuire.

— J'appelle Mrs McGuire, entrez.

Il fuit vers le salon et l'escalier qui grimpait à l'étage avant qu'elle ne puisse prononcer un autre mot.

Mrs McGuire déboula peu après, tirant Julia dans le couloir.

— Mais entrez, entrez, vous ne pouvez pas rester dehors... comme cela.

— Je vais tout tacher. Je me suis blessée. J'ai les pieds en sang.

Le calme de Julia rendit le sien à la petite femme boulotte tirée du sommeil par un mari affolé qui la suppliait de descendre. Des cambrioleurs, il aurait su quoi faire, le fusil était chargé, mais Mrs Holmer nue, c'était trop.

Mrs McGuire inspira et proféra d'un ton un peu trop aigu mais péremptoire :

— Je vais chercher... ce qu'il faut. Surtout, pas de panique.

— Je vous le promets.

La petite femme sembla réfléchir puis pointa l'index vers le salon.

— Euh... un whisky ! On va commencer par un grand whisky ! Ça ne peut pas nous faire de mal. Ensuite... eh bien, ensuite, on avisera.

10 octobre, FBI, base militaire de Quantico, Virginie.

La mesquinerie de sa joie n'échappait pas à Esperanza Lorca y Fernandez. Cependant, les sources de plaisanterie étant assez limitées dans les sous-sols du Jefferson Building qui abritaient leur unité à Quantico, Virginie, elle n'avait pas l'intention de s'en priver.

L'histoire n'avait fait glousser qu'elle. Imaginer Mrs Julia Holmer — qu'Espy surnommait clandestinement « la Baleine » — à poil au beau milieu de la nuit, en plein champ, regardant partir en fumée son home sweet home pourri et tous les vêtements qu'il contenait ne manquait pourtant pas de sel. Le reste prêtait moins à la rigolade.

Née Helen Baron, unique rejeton d'une vieille famille du nord-est du pays, d'un père chirurgien ophtalmologiste et d'une mère qui s'activait dans les bonnes œuvres, la jeune femme était devenue six ans plus tôt la rayonnante Mrs Helen Taylor-Caedon, l'épouse du merveilleux Cordell Taylor-Caedon, héritier d'un empire pharmaceutique et de cosmétologie. Héritier précoce puisqu'il avait donné un gros coup de main au sort en assassinant sa sœur aînée et ses parents. Cordell dit Charly, l'un des serial killers les plus recherchés du pays.

Helen Baron avait effacé son identité d'avant, devenant une obèse Julia Holmer. Mais Julia Holmer existait-elle ne serait-ce qu'un peu ? Sans doute pas. Il avait semblé à Espy que la jeune femme éprouvait toujours une vague hésitation lorsque les gens s'adressaient à elle en utilisant ce nom forgé. Pourtant, c'était ainsi que tous l'appelaient, ici, dans cette base si publique mais si confidentielle de Quantico, Virginie. Ici, au FBI, dans cette unité du CASKU[1], tant baptisée puis débaptisée, comme si l'essence des dossiers qui parvenaient jusqu'à eux était incertaine, ou plutôt comme si elle terrorisait tout le monde. Finalement, Esperanza regrettait le terme plus réconfortant qui la désignait avant : unité des sciences du comportement.

« Science », c'est bien. Il y a quelques rares mais belles certitudes dans la science, de celles auxquelles on se dit que l'on pourra se raccrocher lorsque tout le reste dérapera. « Comportement » aussi, c'est sympa. Seuls les hommes et les animaux se comportent. Le terme sécrète sa propre logique. Ça s'analyse une logique, ça se comprend. Au contraire, ce qu'elle voyait défiler ici depuis des années était hors de l'humain et si éloigné de l'animal. Il ne s'agissait même plus de « psychologie déviante », comme aiment à le tartiner certains journaux, à défaut d'avoir pu dénicher une belle inondation, un crime passionnel regorgeant d'hémoglobine, ou encore un scandale sexuel bien cradingue pour meubler leurs colonnes durant quelques jours. « Dévier » sous-entend un glissement par rapport à un étalon, dans ce cas un être humain lambda. Mais ces carnages jubilatoires, ces sadismes complaisants étaient au-delà de l'humain. Du moins Espy l'espérait-elle encore lorsqu'elle n'allait pas trop mal. Aujourd'hui par exemple, grâce à la Baleine, à sa

1. Child Abduction and Serial Killer Unit.

graisse se crispant de trouille et de froid au beau milieu d'un champ.

D'accord, elle n'aimait pas Julia Holmer. Pour pas mal de raisons. Au demeurant, l'antipathie semblait mutuelle. Si Esperanza Lorca se foutait des motivations qui poussaient Julia Holmer à la traiter avec une ironie courtoise et déplaisante, elle était assez objective pour comprendre ce qui la hérissait tant chez cette femme avec laquelle elle était censée collaborer. Sa difformité adipeuse qui lui rappelait sa mère. La vulgarité triomphante, la cupidité geignarde de la grosse femme flasque aux vilaines teintures blond pisseux ou rouge acide qui lui paillaient les cheveux. Ces mecs, tous ces mecs qui traversaient sa piaule, traversaient le lit et la viande de sa mère, s'arrêtant parfois pour jeter un regard évaluateur à la gamine qu'elle était encore, se demandant s'ils risquaient gros en la sautant dans la foulée. Mais cela, c'était le plus évident, le plus confortable, peut-être. Ce qu'Espy ne pardonnait pas à Julia Holmer, c'était d'avoir tout obtenu sans le demander. Helen était née dans l'abondance, l'argent et le respect qu'on leur accorde sans beaucoup d'hésitation. Helen Baron existait avant même d'être conçue parce que sa famille existait, qu'on la saluait dans la ville. Le prestige de son lignage — remontant aux premiers colons anglais — justifiait son existence. Cette facilité revenait à la jeune femme de droit et d'héritage comme une injustice qui se répétait depuis que l'Homme est l'Homme.

Une multitude d'images, d'odeurs s'imposèrent à Espy, toujours les mêmes. Elle les combattait depuis si longtemps, avec plus ou moins de succès, parce que ces souvenirs tenaces la rendaient vulnérable et mauvaise. Des cicatrices jalouses et fielleuses cachant, en dessous, des plaies encore si douloureuses. Les relents gras des pains de maïs frits, ceux aigres de la viande. L'odeur âcre et lourde de sa grosse génitrice, de son haleine du matin, celle des post-cuites, des post-tringlages. L'odeur de son humiliation à elle. Espy 5 ans, puis Espy 8 ans, puis 12, puis 15 : elle tendait par-dessus un comptoir les petits coupons verts des nécessiteux contre de la nourriture, contre un regard appuyé qui l'épinglait comme pauvre ou comme « un de ces gosses de latinos qui traient la vache à lait. Et ils se reproduisent comme des lapins, vous savez ! » Le pire, c'était que la petite Espy ne pouvait même pas les insulter. Impossible de cracher sur tous ces regards : sa mère trayait indiscutablement la vache à lait.

Le savait-elle ? Sentait-elle cela, Julia Holmer, si bien éduquée, diplômée, riche des millions de dollars de ses parents massacrés par son mari ? Sans doute. Esperanza lui concédait une puissante intelligence doublée d'une finesse sans mièvrerie. Mais ce qu'elle ignorait, Julia Holmer, c'était à quel point ces souvenirs persistent, à quel point ils blessent d'avance. Il faut les trimbaler en soi pour le comprendre.

Esperanza se souvint de cet après-midi, peu de temps auparavant. Elle avait voulu voir, renifler la tanière de Julia. Saisissant le premier prétexte, elle s'était rendue au bout de ce champ qui abritait le mobile home Holmer. Un taudis. La grosse carcasse à l'émail jaunâtre reposait sur de larges blocs de ciment cru. Des plaques de tôle rivetées sur le flanc protégeaient malhabilement l'intérieur de l'avancée de la corrosion. Une vieille Volvo vert métallisé était garée plus loin, près d'un bosquet d'arbres malingres, contre un monticule de détritus en tout genre : cartons, bouteilles, éclats de vaisselle. Le sol ressemblait à une décharge sauvage. Des écuelles sales, des bassines en plastique le parsemaient comme autant de petites épaves. La bouffe de la ménagerie Holmer qui recueillait chiens et chats, parfois même quelques humanités naufragées de passage. L'intérieur du mobile home puait. Un mélange écœurant de vieille graille et de pisse féline. Des piles de magazines et de journaux froissés, entassées sur un vieux canapé, servaient de litière ou d'oreiller à des chats. De larges taches jaunâtres diluaient les contours des grosses fleurs mauves et bleues de la moquette qui couvrait le sol.

Une rage inattendue avait secoué Espy. Merde, comment peut-on se délecter de la crasse, de la pauvreté ? Faut-il avoir l'indécence d'un nanti pour y recourir comme à un bon déguisement ? Il avait fallu que la jeune femme fournisse un prodigieux effort pour ne pas insulter Julia, pour ne pas fondre en larmes. Espy se souvint avoir lancé à cette privilégiée qui s'entourait de ses bourrelets comme d'un maquillage : « Les gens qui, comme moi, viennent du "bas de gamme", n'éprouvent aucune fascination esthétique pour sa répétition. Ça les fait même plutôt gerber, Mrs Holmer. » Julia l'avait toisée, lui rétorquant un truc goguenard du genre : « Merci de partager cette expérience avec moi. » Julia, feu Helen Baron, s'en foutait, de tout, de la hargne d'Espy, du taudis, de sa vie qui ne signifiait plus grand-chose. Elle se foutait de ce qu'elle pouvait représenter pour eux, le FBI. Une aide gratuite ou une sorte d'appât pour coincer son ex-mari. Cordell, dit Charly. Ce qu'elle voulait, c'était le rattraper. Elle le voulait mort. Savait-elle seulement pour quelle raison, quelle véritable raison ? La théorie de la simple vengeance ne convainquait plus Espy. Les mobiles de Mrs Holmer étaient ailleurs.

Merde. En quelques minutes, l'humeur d'Esperanza venait de basculer de guillerette-et-peste à exécrable-et-dangereuse. Elle se contraignit à revenir aux images distrayantes qu'elle s'était formées de la scène d'involontaire striptease champêtre de la Baleine.

Lorsque Dougray J. Doyle, le directeur de leur petit département, les avait pressés un peu plus tôt de le rejoindre dans son bureau, il était décomposé. Sa peau mate prenait des reflets d'un gris olivâtre qui se propageaient jusqu'à ses lèvres. Espy avait détourné le regard vers le grand panneau de liège scellé au mur. Elle reconnaissait les symptômes de ce petit cataclysme, celui que provoquaient chez Dougray la rage ou la peur. Elle les reconnaissait parce qu'ils avaient été la seule réponse de cet homme taciturne et trop lourd lors du dîner de séparation qu'elle avait eu la sauvagerie de lui imposer. Il s'était levé, raide, avait jeté sa serviette sur la table en déclarant : « Eh bien, je crois que cela fait le tour de l'histoire. » Espy avait senti l'envie de hurler, d'insulter, qu'il retenait, avec autant de précision que si sa rage avait contaminé son sang à elle.

Ils s'étaient donc installés tous les trois dans le bureau, Espy se réservant la chaise de droite pour ne frôler que Thomas Sturgeon et mettre autant d'espace que possible entre elle et Michael Baghurst, les deux adjoints qui travaillaient avec elle.

Dougray avait raconté d'un ton tendu et hargneux l'agression de Mrs Holmer par son ancien mari, Cordell Taylor-Caedon. Tous avaient bondi. Une cacophonie de questions, d'injures, avait explosé dans le bureau aveugle, tout en longueur. Charly n'était pas connu pour faire dans la dentelle, sauf avec son rasoir. Julia Holmer ne devait son salut qu'à sa présence d'esprit et à sa fuite.

C'était lorsqu'il avait poursuivi, toujours sinistre, qu'Espy avait senti son humeur bifurquer vers l'hilarité :

— Mrs Holmer m'a téléphoné de chez les McGuire, les agriculteurs qui lui louent le bout de pré où elle a installé son mobile home. Je dois ajouter que j'admire son courage et sa maîtrise. Elle a parcouru plusieurs kilomètres, pieds nus, en pleine nuit, seulement protégée par une petite serviette de bain qui séchait à l'extérieur. Mr McGuire lui a prêté quelques vêtements.

La vision du corps soufflé et adipeux masqué par le timbre-poste de la serviette, de la tête qu'avait dû faire le McGuire en question — ou mieux, sa femme — en ouvrant la porte, avait fait plonger Espy vers le lacet de sa chaussure dans l'espoir de dissimuler le fou rire qu'elle sentait monter. La seule concession de son inimitié pour Julia Holmer demeurait son inquiétude d'agent du FBI pour la survie d'une des premières victimes de Charly. Au-delà, Espy s'accordait le droit aux vacheries et à la mauvaise foi.

Dougray Doyle avait poursuivi :

— Elle est en chemin. Un de nos agents est allé la chercher. Elle restera quelques jours à la base. Lorca, pouvez-vous réserver une de nos chambres d'hôte ?

Garce, elle avait acquiescé d'un ton suave, demandant :

— Et pour la garde-robe, comment procédons-nous ?

Doyle avait penché le torse au-dessus de la plaque en Plexiglas fumé de son bureau, joignant ses mains avant de répondre sur le même ton :

— Mais vous allez vous en occuper. Allons, nul n'ignore comme les filles adorent faire du shopping entre copines. Et puisque cette histoire semble vous divertir, continuons !

Esperanza Lorca y Fernandez avait retenu de justesse la bordée d'injures qui lui venait et quitté le bureau de son supérieur.

10 octobre, FBI, base militaire de Quantico, Virginie.

Le bruit assourdissant qui régnait dans le cockpit de l'hélicoptère lui épargna de répondre aux remarques cordiales de son pilote. Des gifles de vent de plus en plus violentes secouaient la mince coquille du Bell Jet Ranger. Julia soupira, luttant contre la vague de nausée qui ramenait sa salive contre ses joues. Se méprenant sur sa pâleur, le pilote précisa avec gentillesse :

— N'ayez pas peur. C'est spectaculaire pour un profane, mais pas très méchant. De toute façon, nous approchons de la base. L'un des gros avantages de ces appareils sur un avion, c'est leur légèreté et leur flexibilité.

Elle n'avait pas peur. Pas peur de cette bise caractérielle. Pas peur des soubresauts de l'appareil. Pas peur de la ligne terrestre qui s'approchait par à-coups pour s'éloigner à nouveau lorsque le pilote redressait le manche. Pas peur de la solitude de sa tête faite du vide de l'attente, de l'impuissance. Pas même peur de ces endroits si cruels que lui réservait son cerveau : ses souvenirs, aigus comme des tessons de bouteille, tranchants comme la lame qui avait souligné d'une ligne rouge sombre et inégale le cou de Nana. La lame de Cordell.

La peur est un sentiment, ou plutôt une étrange pathologie. Comme le virus d'une très ancienne, très mortelle maladie qui ne pourrait se propager qu'après s'être accroché aux récepteurs cellulaires spécifiques des cellules de l'organisme qu'il contamine. Si les récepteurs disparaissent, le virus se décroche, s'élimine de l'hôte qu'il allait détruire.

La peur glissait maintenant sur Julia en dépit de ses nombreuses tentatives d'effraction, d'invasion. Helen/Julia se faisait l'effet d'une cellule lisse, abrasée de tout récepteur, insaisissable. Ou était-ce ce que les biologistes nomment une inhibition par excès ? Lorsque les récepteurs sont trop stimulés, trop pris d'assaut, ils cessent parfois de répondre.

La peur l'avait tenue, dévastée sans trêve durant les quelques jours qui résumaient toute sa vie. La peur dans tous les gestes, tous les mots, tous les silences. La peur et plus rien d'autre.

La peur initiée lorsque ce flic au visage en fin de monde s'était tenu dans l'encadrement de la porte du magnifique appartement de Commonwealth que la ravissante Mrs Taylor-Caedon occupait avec son charmant mari. Une jeune recrue féminine à queue de cheval l'accompagnait, scrutant le bout de ses chaussures comme si elle en attendait une importante révélation. Lorsque, ses mains se crispant, le sergent du Boston Police Department avait tant insisté pour vérifier son identité, Helen avait songé durant une fraction de seconde que ce qu'il allait dire la tuerait sans doute.

Teresa, Nana. Il avait commencé par elle. Le détective du Boston PD articulait les mots comme s'ils sentaient mauvais. Il cherchait, sans trop y croire, un moyen de fuir le grand salon ocre jaune dans lequel il venait de pénétrer, flanqué de sa partenaire. La toute jeune femme en uniforme se plaquait contre lui comme s'il pouvait la phagocyter pour la faire disparaître.

Nana, la tendre Nana qui avait sans doute davantage

élevé le bébé puis la petite Helen que sa propre mère, avait été retrouvée, égorgée dans la cuisine de la maison familiale des Baron à Georgetown, à une quarantaine de kilomètres au nord de downtown Boston.

Sur le moment, Helen avait fixé l'homme raide, debout devant elle, sans comprendre. Une multitude d'hypothèses incongrues avaient traversé son esprit avant que la plus logique ne s'impose : il s'agissait d'une erreur. Déplaisante, mais sans autre gravité. Car la maison de Georgetown était une belle demeure paisible en brique rouge, une de ces solides bâtisses de notable arrivé, investissant avec sérieux et décence. Peut-être un brin prétentieuse, mais sans vulgarité. Quelques marches larges et plates menaient à une grande porte laquée de bleu marine flanquée de deux lampes de fiacre en cuivre. En cette saison, les appuis de fenêtre devaient être fleuris de pensées enchevêtrées à des lierres au désordre contenu, ou alors de petites têtes de chrysanthèmes mauve pâle comme les affectionnait sa mère.

De la fenêtre de sa chambre de jeune fille située à l'étage, Helen apercevait les premières rangées d'arbres centenaires du Georgetown Rowley State Forest[1]. Ces arbres avaient absorbé sans broncher — ni jamais cafter — tant de ses rêves d'enfance, de ses minuscules secrets d'adolescence. Mais même dans ses rêves les plus déraisonnables, Helen n'aurait osé imaginer épouser un jour le prince charmant, l'homme délicieux, l'amant parfait : Cordell Taylor-Caedon. Et pourtant, le miracle s'était véritablement offert à elle un jour qu'elle flânait au marché, aux portes du quartier italien du Northend. Un jour de petite débâcle. Elle

1. Équivalent d'une forêt domaniale.

baignait dans ce miracle toujours renouvelé depuis presque trois ans.

Un mot l'avait repêchée. Un mot similaire au sien et totalement obscène : baigner. L'homme pâle du Boston PD lui expliquait d'un ton sec que le front de Nana « baignait » dans les épluchures de pommes trempées de son sang. La pâte à tarte qu'elle commençait à garnir avait été épargnée et repoussée au bout de la longue table en bois sombre de la vaste cuisine.

Helen avait sottement songé que Cordell adorait les gâteaux que confectionnait Nana pour lui avec une tendresse de vieille tante complice.

Cordell. C'était cela. Le flic répétait son nom, insistant sur sa terminaison. Cordell son merveilleux mari, son chevalier tant adulé. Cordell avait dénoué le chignon que Nana portait toujours et tranché ses cheveux avant de les semer dans toute la pièce, sur le sol, au fond de l'évier. Cordell avait proprement rangé une fraction de ce trophée dans le congélateur, dans un petit sac en plastique jaune. Cordell.

Presque soulagé parce qu'il la sentait enfin comprendre, enfin s'effondrer, le sergent avait poursuivi.

Le père de Helen avait été abattu en deuxième. Cordell savait qu'il fallait commencer par le mâle du couple, la placidité bien élevée de la femelle ne la prédisposant pas à la résistance. Le grand homme austère mais bon était encore assis lorsque Cordell, son gendre chéri, avait pénétré, un sourire aux lèvres, un bouquet de fleurs dans les bras, dans le grand salon confortable et un peu maniéré décoré par sa mère. Sans doute Mr Baron n'avait-il rien senti de ce qui allait suivre : il n'avait tenté aucun geste. Le sang n'avait pu se frayer un chemin rouge poisseux sous lui. Le tissu à grosses fleurs du fauteuil était resté intact, avait précisé le policier. Le cigare inachevé de son père, celui qu'il s'accordait après le déjeuner dominical, était tombé sur la jambe de son pantalon, brûlant l'étoffe, creusant un mince cratère noirâtre de chair carbonisée au milieu de sa cuisse.

L'homme si beau, si bouleversant, avait achevé son jeu de la journée par la mère de Helen, sa belle-mère. Un numéro du magazine *Homes in America* gisait sur le tapis, à quelques centimètres du fauteuil dont elle avait dû bondir. Inepte tentative de fuite. Elle s'était précipitée vers le hall d'entrée. Cordell l'avait rejointe en quelques mètres. Avait-elle esquissé un geste de défense ? Avait-elle seulement compris qu'aucune question, aucune explication, aucune supplique ne signifiait plus rien ? Avait-elle senti que la monstruosité ne nécessitait que ses propres justifications ?

Seul ce dernier meurtre portait la trace vague de l'agacement de Cordell. Les deux autres avaient été cliniques, proprets. C'était du moins ce qu'avait traduit Helen des précisions du policier.

La petite femme égoïste mais courtoise avait toujours exaspéré Cordell. Julia s'en souvenait comme du seul mouvement d'humeur de son mari, et encore, le terme était bien fort. Évoquant la stérilité sentimentale de Mrs Katherine Baron pour son unique rejeton — Julia, Helen, sa femme —, il avait fermé les yeux en crispant la bouche de déplaisir. Helen avait tenté de défendre sa mère, arguant de la dévotion qui la liait à son père, mais il avait répondu en haussant les épaules : « Faudrait-il croire qu'il existe un stock déterminé d'amour dès la naissance, un peu comme un compte d'ovules ? Le plus déroutant, c'est qu'elle est incapable de t'aimer et qu'elle se le reproche. Tu deviens son accusatrice involontaire mais permanente. De surcroît, ta naissance lui a fait perdre toutes ses chances de jouer le grand rôle de la mère parfaite. Après tout, si elle n'avait pas eu d'enfant, elle aurait pu continuer à se bercer de l'illusion qu'elle aurait fait une mère idéale. Enfin, je ne suis pas non plus certain qu'elle aime vraiment ton père. Elle lui est attachée, liée. C'est un contrat qui fonctionne. Cette vilaine pingrerie de tendresse m'attriste... c'est le mot. »

Sa tristesse s'était manifestée ce jour-là, juste après l'abattage. Il avait renversé le vase de tulipes qui ornait le manteau de la cheminée sur le corps mince qui se vidait. L'eau avait dilué le sang lourd, l'entraînant jusqu'au long tapis du couloir.

Le policier s'était tu, brusquement. Il avait conclu d'un : « Il faudrait venir, madame. Il y a les formalités policières et... les autres. »

Helen n'était pas morte après tous ces mots, ni après s'être asphyxiée dans le regard en gouffre du détective du Boston PD. Elle n'était pas morte après sa visite à la morgue, pas même lorsque cette femme qui cachait ses cheveux sous une charlotte en tissu plastifié bleu avait repoussé les trois civières dans leurs caissons frigorifiques. Trois ans d'un conte de fées gisaient dans la pénombre glaciale de petits boxes en aluminium brossé.

La peur l'avait encore accompagnée un moment. Plus pour très longtemps.

Il avait fallu que Helen trébuche le surlendemain sur le magnifique bouquet de fleurs fanées qui gisait dans le grand couloir de la maison de Georgetown. Elle avait fixé les têtes pâles et tendres des grosses pivoines teintées du sang de sa mère, encore serrées dans leur papier Cellophane. Le surlendemain de ce que tous avaient baptisé « le drame ». C'est bien, « le drame », c'est assez générique pour ne jamais devenir compromettant ou insultant.

Après une dernière bourrasque qui l'avait jetée hors de la maison, la peur était morte. Helen aussi, sans doute, d'une certaine façon.

Plus aucune bourrasque ne l'effrayait. Pas même celles qui risquaient de précipiter l'hélicoptère au sol.

— Madame... ?

— Excusez-moi, je rêvassais. J'ai un peu mal au cœur.

— C'est typique des terrestres.

— Des terriens ?

— Non, des terrestres. De ceux pour qui le sol, le contact direct avec l'écorce terrestre est le seul élément de stabilisation.

Elle hocha la tête sans très bien comprendre ce qu'il voulait dire, pariant qu'il allait pousser sa démonstration en lui demandant son signe astral.

— Vous êtes de quel signe, si je puis me permettre ?

Gagné !

— Taureau, ascendant Capricorne.

— Ben voilà, CQFD : Terre-Terre. Moi, je suis Sagittaire ascendant Balance. Feu-Air. Surtout Sagittaire, le signe de la plupart des pirates et des grands aviateurs.

— Ah bon...

— Remarquez, les gens comme vous... qui ne se sentent pas à l'aise en avion ou dans une voiture lorsqu'ils ne la conduisent pas, c'est aussi souvent des gens qui ne parviennent pas à abandonner la maîtrise des situations. L'idée que quelqu'un d'autre prenne le contrôle les insécurise.

Julia lui sourit. Outre que cette dernière hypothèse la séduisait assez, le bavardage cordial de l'homme avait fait passer sa nausée. Il s'exclama :

— Allez, le calvaire touche à sa fin ! Regardez, là-bas, juste derrière les bois, c'est Quantico.

Une voiture les attendait au pôle de la piste d'atterrissage ovale. Julia reconnut l'un des assistants de

Dougray Doyle, un long homme noir, encore jeune, affable et peu bavard : Thomas Sturgeon. Soulagée de ne pas avoir à affronter sur-le-champ Esperanza Lorca, elle lui sourit avec une véritable chaleur.

Il se précipita vers elle, mains tendues, dès que le ralentissement des pales le lui permit, et cria pour couvrir le vacarme du rotor :

— Commençons par la question idiote en ces circonstances : comment vous sentez-vous ?

— Pas idiote, non. Je crois que c'est surtout dans ce genre de situation qu'elle s'impose. Entière. Je me sens entière. Pour le reste, nulle. Je n'ai vraiment pas été à la hauteur.

— Oh, que si ! La preuve : vous êtes en vie. Et cela, croyez-moi qu'il s'agit d'un record si l'on s'oppose aux « capacités » de Charly... Venez, nous sommes attendus. Vous allez vous reposer un peu, faire quelques emplettes, à ce que j'ai cru comprendre, et ensuite... nous entrerons dans le vif du sujet. Enfin, pas *nous*, plutôt *vous*. Je dois partir en mission à Washington. Nous vous avons réservé une de nos chambres. Spartiate, mais appropriée, et surtout extrêmement protégée.

— Du dehors.

Thomas Sturgeon la détailla. Un gentil sourire triste remplaça sa convivialité bon enfant mais un peu forcée.

— C'est cela, du dehors. Pour l'instant, c'est ce qui tue le plus efficacement.

— Rapidement.

— Cet adverbe-là convient mieux, en effet.

Dougray J. Doyle les attendait dans le grand hall de réception du Jefferson Building. Esperanza Lorca également, à ceci près qu'elle tenait à marquer sa désinvolture, affalée sur le grand comptoir en fer à cheval en bois roux et chrome, papotant avec une réceptionniste qui l'écoutait, un air de dense concentration sur le visage.

Julia s'étonna du plaisir que lui procurait la présence de cet homme qu'elle avait hésité à trouver beau. La petite quarantaine musclée, le cheveu très brun, épais, les yeux presque noirs, la peau mate, tout indiquait ses origines Black Irish. Une persistance si brune, presque sombre, vestige biologique de l'envahissement de l'Irlande ainsi que de l'Écosse par une horde conquérante antérieure aux Celtes, les Pictes. Ils devaient faire frissonner l'Empire romain au point qu'Hadrien avait tenté de repousser les conquérants au nord de l'Écosse en faisant ériger un long mur.

Doyle était sur les nerfs, Julia le déchiffrait aux cernes d'un vert bleuté qui soulignaient ses yeux sombres comme des lacs volcaniques. Avait-il craint pour elle ? Sans doute. Il faisait partie de cette race d'hommes. La race qui s'imagine que tout repose sur leurs épaules, qu'ils doivent « servir et protéger » comme le serine la devise des flics, qu'ils sont les derniers remparts d'un monde qui dérape. Attendrissant. Si désespéré, aussi. Il fonça vers elle lorsque Sturgeon s'effaça pour lui laisser franchir les lourdes portes de verre sécurisé.

Il cria presque :

— Mais enfin... vous rendez-vous compte... traverser ce champ en pleine nuit... il avait cent fois l'opportunité de vous retomber dessus !

Gentille parce qu'elle sentait qu'il troquait sa peur contre une agressivité sans hargne, elle répondit :

— Que vouliez-vous que je fasse d'autre ? Des signaux de fumée pour vous prévenir ? Le mobile home était un brasier. Je n'allais pas m'asseoir en attendant un très hypothétique sauveur. Et non... il n'y avait aucune raison pour qu'il me pourchasse. La partie était terminée... Mais un nouveau jeu commence.

Dougray Doyle baissa la tête, ses lèvres se pinçant.

— Oui, je sais. Il faut que nous discutions de tout cela... Plus tard. Lorca va vous conduire à votre chambre. (Il repêcha un badge plastifié dans la poche de sa veste.) Conservez-le toujours visible. La piste magnétique vous permet non seulement d'accéder à l'appartement que vous occuperez, mais aussi à ce hall d'entrée ainsi qu'aux ascenseurs qui vous mènent jusqu'à nos locaux. De plus, il vous évitera de très fastidieuses explications avec le personnel de surveillance. À bientôt, Mrs Holmer.

Il tourna les talons, presque embarrassé.

Lorca s'avança vers elle, d'une démarche lasse dont l'objet était de faire sentir tout son ennui.

— Vous avez eu chaud, dans les deux sens du terme.

Elle détailla sans discrétion l'accoutrement de Julia, boudinée dans une salopette de travail bleu marine qui contrastait crûment avec un corsage de dame à petites fleurs orangées sur fond crème, et embraya :

— C'est seyant.

— Pas moins que le reste de ma garde-robe envolée en fumée. La salopette appartenait à Mr McGuire père. Le corsage vient de la mère, ainsi que les chaussures. (Julia ajouta en la fixant, goguenarde :) Ils n'avaient rien d'autre à ma taille, et encore, le corsage date d'avant l'amaigrissement thérapeutique de Mrs veuve McGuire. Une grosse alerte cardiaque, si j'ai bien compris. Il me serre pas mal, sur les seins. (Elle hésita, puis poursuivit d'un ton ironique :) À ce sujet, c'est si gentil à vous, agent Lorca, de vous être proposée pour m'accompagner dans cette virée shopping. Il est vrai que c'est tellement plus sympa entre nanas ! J'espère que cette bonne ville de Fredericksburg possède quelques boutiques « femmes fortes ». Enfin, maintenant on baptise cela « rayon femmes matures ou jolies rondes », pour faire dans le politiquement correct et s'éviter des procès en discrimination, c'est cela ?

Lorca ne put retenir un sourire de reconnaissance. Cette bonne femme était à baffer, mais elle ne manquait pas de tripes. Un peu comme elle, d'une certaine manière. Pourtant, elle répondit pour marquer un point :

— Je ne sais pas comment on appelle les obèses, maintenant. Cependant, les jolies rondes que je vois dans les magazines sous cette appellation pèsent 60 à 65 kilos pour 1,75 mètre.

— Oui, vous avez raison... donc rien à voir avec 110 kilos pour 1,60 mètre ! Enfin, cinquante-huit... Ah, puisque nous abordons le sujet, agent Lorca : épargnez-moi les pires ringardises mémères. Ce serait hilarant, je vous l'accorde, mais ça nous ferait perdre du temps. Rendons-nous directement dans un surplus ou un magasin pour homme.

— Entendu. Dougray Doyle souhaite que vous vous reposiez une petite heure. Je passerai vous chercher... J'oubliais : je dois vous prévenir que tous les appels téléphoniques que vous passerez ou que vous recevrez seront enregistrés, pour des raisons de sécurité. D'autant que nous n'avons pas très envie que quiconque sache que nous vous hébergeons.

Julia gloussa :

— Qui voulez-vous que j'appelle ? Mon ex-mari ? Montrez-moi le chemin jusqu'à ma chambre, je vous prie. J'aimerais surtout prendre une douche, si la cabine tolère mon encombrement.

10 octobre, Massachusetts.

Cordell éteignit l'ordinateur portable posé sur la petite table de couvent Louis XIII qui lui servait de bureau. Le complexe circuit de messageries relais, de codes mis en place par son interlocuteur pour protéger son identité, noyer leurs contacts sous un fatras de chausse-trapes informatiques ne l'avait pas mené au message espéré. Encore trop tôt. Demain peut-être.

Six corolles, larges, ouvertes, offertes. Cinq pétales disposés comme la tiare d'une princesse des neiges de conte pour enfants. Blancs. L'orchidée qu'il avait choisi de ramener ce soir de la serre attenante à la vaste maison était blanche. Deux larges pétales en forme d'éventail encadraient le labelle central, parfait comme un joli ongle nacré. À peine veiné de rose par endroits. Une peau de rousse, une peau que l'on aimerait mordre au sang pour y faire affluer le pourpre. Au centre de la fleur, une petite bouche retroussée était sertie. Une vulve, plutôt. Soulignée d'une langue en accroche-cœur, d'un rouge-violet encadrant une discrète excroissance, comme un clitoris. Cordell caressa tendrement la *Phalaenopsis*. Certes, cette version ornementale, résultat d'une multitude d'hybridations entre espèces sauvages, avait perdu la démesure esthétique de son ancêtre originaire du Sud-Est asiatique, mais elle survivait sous nos climats, du moins en appartement.

Il se pencha vers le cœur pour le humer. La *Phalaenopsis* était une des orchidées inodores, du moins pour les récepteurs olfactifs humains, pourtant il lui sembla qu'elle exhalait un parfum subtil et confidentiel. Juste pour lui, comme le creux de l'épaule de Helen lorsqu'elle dormait contre lui.

Dans son habitat naturel, la *Phalaenopsis* vit en étroite association avec les arbres, s'enroulant autour des branches grâce à son puissant rhizome. Les jambes nerveuses de Helen lorsqu'elle le tenait contre elle, en elle, lorsqu'elle forçait ses hanches vers elle.

Il se débarrassa de son peignoir de bain en s'approchant de la chaîne laser. Les notes complexes de Mike Oldfield envahirent l'immense salon. Tubular Bells. Une étonnante intégration d'inspirations high-tech ou mélodramatiques, parfois même hispaniques ou sud-américaines. Helen détestait le premier morceau, insistant pour qu'il le saute. La musique de *L'Exorciste*, ce long travelling dans un désert quelque part. Les invraisemblances presque gore du film avaient beaucoup distrait Cordell mais terrorisé sa femme qui les avait subies, tassée sur elle, gardant les yeux clos la plupart du temps. Helen ne supportait pas les histoires démoniaques, aussi peu crédibles fussent-elles. Cordell se moquait d'elle, lui démontrant que son imprégnation religieuse prenait le pas sur son entraînement de philosophe et sur sa logique. Elle ne se servait plus de son intelligence, mais réfléchissait alors avec la peur, une peur diffuse, non identifiable. Les peurs occultes ont été une des plus puissantes armes de domination des peuples. Obéir et c'est le paradis. Désobéir et l'enfer s'entrouvre. Étrangement, Helen le savait. Elle lui avait parlé de ce jeu de l'oie réservé aux petites filles des

XVIIIe et XIXe siècles. Chaque case conduisant à Dieu y évoquait l'allégeance à l'Églisc, au pouvoir, aux parents, au mari. Les cases de rébellion, aussi infime fût-elle, menaient aux langues de feu et au monstre cornu.

Cordell gloussa : le diable a bon dos. Il est l'étiquette générique et avantageuse de tout ce que nous redoutons de découvrir en nous-mêmes.

Il étira son corps nu, laissant le désir le gagner, l'encourageant de souvenirs, d'anticipation, aussi. Sa nouvelle obsession du moment le ravissait. Helen. Pas si nouvelle que cela ; renouvelée, plutôt. L'obsession demeurait l'un des rares endroits où il ne s'ennuyait pas. Rejoindre Helen. Une moue de déplaisir étira ses yeux vers les tempes : il ignorait encore où elle avait trouvé refuge. Cet homme brun qu'il avait entrevu en pistant Cory Fried, ce Dougray J. Doyle, avait dû renforcer les mesures de sécurité autour d'elle. L'agacement de Cordell augmenta lorsqu'il admit qu'il devrait patienter, subir peut-être ce désir plus longtemps sans pouvoir l'assouvir à son gré. Patienter jusqu'à ce que Helen décide de se débarrasser du FBI pour s'offrir en sacrifice, pour lui permettre de la retrouver, pour la tuer. Une évasive tendresse le dérida et il embrassa avec douceur le tendre labelle supérieur. C'était cela, il devait s'agir d'une forme de tendresse, le même sentiment qui l'avait lié à sa sœur aînée Barbara avant qu'il ne soit contraint de la noyer dans la piscine. Il n'était pas concevable de partager la fortune familiale avec elle. La totalité de cette manne colossale lui était nécessaire.

Le souvenir approximatif d'un passage de cet auteur français qu'affectionnait sa femme lui revint. Helen, lorsqu'elle débusquait ce qu'elle nommait « un papillon dans la vase », une phrase, une réflexion, la lui lisait à haute voix en s'écriant : « Écoute, c'est génial », ou : « C'est un de ces moments dont on devrait ressortir moins sot. »

L'auteur portait un simple prénom... Colette, c'était cela.

Un désir importun, ça se tient, ça se retient et ça se disperse. Faux. Un désir importun, ça se transpose, mais ça se réalise quand même. Maintenant.

10 octobre, Cambridge-Boston, Massachusetts et FBI, base militaire de Quantico, Virginie.

Un vague énervement commençait à envahir Cordell. Sa promenade dans Boston ne l'avait jusque-là conduit vers aucun objet de désir.

Son humeur de la soirée n'étant pas aux hommes, il n'avait détaillé que les femmes qu'il croisait. Quelle barbe de se détourner d'un air distant lorsque l'une d'entre elles, flattée par la contemplation de cet homme si beau, lui adressait un petit sourire ou que son regard se faisait complice. Mais ce soir était différent, ce soir était unique.

Cordell soupira d'exaspération. Non, elle n'allait pas, pas pour cette nécessité d'exception. Elle était pourtant jolie, guère plus de 25 ans, élancée, pas trop dépenaillée à son goût. Pourquoi fallait-il qu'elle fût blonde ? Son chapeau de tweed cachait la couleur de ses cheveux, expliquant le moment d'hésitation de Cordell. Mais l'exception était autre. Il l'imagina encore, et la barre qu'il aimait tant lui ceignit à nouveau les reins. Il sentit le haut de ses cuisses se tendre, son ventre se contracter jusqu'à électriser son anus. Il fallait la trouver, maintenant.

La jeune femme blonde se retourna vers lui, d'abord fermée puis, presque aussitôt, un sourire lui prit les lèvres. Il expliqua d'un ton amusé :

— Pas d'inquiétude. Je vous avais prise pour une de

mes amies. Il fait assez sombre, et de dos... Excusez-moi.

Elle le retint :

— D'un autre côté, et à moins que cette amie ne vous attende...

— Oui... je suis désolé.

— Vraiment ?

— Vraiment.

— Dans ce cas, je vous laisse mon numéro de portable, on ne sait jamais.

Le sourire de l'homme revint, son index se posa sur sa lèvre supérieure, caressant le sillon qui la séparait de la base du nez. Ce geste pourtant distant provoqua chez la jeune femme une réaction qui la dérouta : un frisson parcourut son épine dorsale, hérissant les cheveux fins à la base de son cou. Il murmura en embrassant sa bouche d'un regard :

— C'est une excellente idée. (Il parcourut le petit bout de papier griffonné qu'elle lui tendait.) À bientôt peut-être, Eve. Sans doute.

Finalement, la fatigue avait eu raison de Julia. Elle avait pensé discuter avec Dougray Doyle dès son retour d'emplettes en compagnie d'une Lorca frustrée que la descente de sa « protégée » dans la grande surface d'habillement du centre-ville n'ait duré qu'une petite heure.

Julia avait essayé une large jupe informe en épais jean et, satisfaite de parvenir à la fermer, multiplié son achat par trois, y ajoutant quatre gros pulls d'homme gris anthracite et noir et une dizaine de tee-shirts. Quelques slips en coton blanc larges comme des draps, deux soutiens-gorge, une sorte de long manteau en laine chocolat et deux paires de chaussures de marche à lacets identiques avaient complété sa liste.

À leur retour à la base, un message de Doyle l'attendait sur le répondeur du téléphone de sa chambre :

Mrs Holmer, je crois que le mieux serait de nous voir demain matin. Disons 10 heures. Passez une bonne nuit, vous en avez grand besoin. La cafétéria située au rez-de-chaussée vous est bien sûr ouverte. Je dois rentrer... une promesse paternelle. Je me donne assez de mal pour démontrer que l'on doit tenir ses promesses. Il serait très antipédagogique d'y manquer. J'espère que vous me pardonnerez de ne pas dîner en votre compagnie. Cependant, Michael Baghurst passera vous prendre vers 19 heures. Si vous souhaitez plutôt un peu de solitude, n'hésitez pas à le lui dire. Il ne s'en formalisera pas. Eh bien à demain, alors.

Dîner seule l'aurait davantage satisfaite. D'un autre côté, Baghurst devait avoir autre chose à faire que la baby-sitter, et c'était généreux de sa part de lui sacrifier un gros bout de sa soirée. Si l'agressivité à peine voilée du grand informaticien l'avait surprise lors de leur première rencontre, elle l'avait vite identifiée. La colère rentrée de Baghurst n'avait rien à voir avec elle. Débauché du privé et de ses salaires largement plus alléchants par Dougray Doyle, le jeune homme avait pensé intégrer la grande aventure de la chasse aux tueurs et le mythe des profileurs. Au lieu de cela, il s'était retrouvé derrière le même ordinateur, le même clavier, sans doute parce que Doyle avait davantage besoin d'un bon pisteur sur écran que d'un enquêteur supplémentaire. Doyle était intelligent, peut-être même retors. Ce dîner entre Baghurst et l'ex-femme d'un des serial killers les plus glissants, les plus redoutables n'était-il pas une sorte de hochet concédé à l'informaticien afin de lui faire croire qu'il accédait enfin au « vrai » travail d'enquête ? Eh bien, soit ! Après tout, la bonne humeur, donc l'excellent travail de Michael Baghurst était aussi important pour elle que pour l'unité.

Cordell longea Broadway puis bifurqua dans Main Street, qui délimitait l'un des côtés du triangle enserrant le Massachusetts Institute of Technology. Les débuts de nuit de cette mi-octobre se faisaient moins doux, plus vifs. S'il aimait la langueur qu'engendrent les chaudes soirées d'été, il détestait les odeurs citadines qu'elles encouragent et retiennent. Odeur aigre de sueur humaine, odeurs mêlées et profuses d'eaux de toilette et de déodorants, odeurs lourdes de gaz d'échappement, odeur écœurante de fine décomposition aquatique exhalée par la Charles River ou les anses dentelées de la baie. Et puis, les vêtements d'été ne flattent pas les femmes. Trop légers, trop dénudés. Plus assez de ce mystère fascinant, de cette expectative lorsque l'on défait un à un les boutons d'un corsage, que l'on découvre une épaule, puis l'autre, qu'une main remonte le long d'un bas, qu'elle glisse sous une jupe.

Une silhouette l'intrigua. Elle attendait le passage au rouge du feu, l'air ennuyé, au bord du trottoir. Cordell traversa pour la rejoindre au milieu de la large artère, la laissa le dépasser puis fit demi-tour pour la suivre. Parfaite. Son exception.

La barre se réinstalla contre ses reins.

Il se rapprocha. Elle accéléra le pas. Les femmes sont si merveilleuses. Elles perçoivent l'ouverture des mâchoires qui les traquent, et pourtant, elles souhaitent tant les oublier qu'elles y parviennent le plus souvent.

La jeune femme se retourna vers lui sans ralentir et son visage se crispa. Encorc quelques mètres durant lesquels il perçut le rythme de sa respiration. Elle s'immobilisa enfin, le fixant d'un air agressif.

— Vous me suivez ou quoi ?

— J'avoue, répondit-il en souriant. Et je n'ai aucun renseignement topographique à vous demander, quant à ma montre, elle fonctionne à merveille. Aucune excuse, même en cherchant bien.

Cette franchise factice sembla tranquilliser un peu la jeune femme. Elle était très jolie en dépit de son air fermé, en dépit d'un front étroit qui déçut un peu Cordell. D'un autre côté, la soirée était déjà bien avancée, peut-être ne trouverait-il plus d'option de rechange.

Michael Baghurst était joli garçon. C'est le terme qui convient à ces hommes dont on ne pense pas en les rencontrant qu'ils sont de beaux mecs. Non pas qu'il eût quelque chose de féminin. C'était davantage une sensation. Une sorte de reconnaissance sexuelle animale, inconsciente, l'idée d'une différence dont on ignore si elle basculera dans la séduction, le passage à l'acte, ou l'opposition et le refus. Baghurst faisait partie de ces hommes avec lesquels une femme, même réservée ou défiante, sait qu'elle pourrait dormir une nuit s'il ne restait qu'une chambre libre dans un hôtel. Non que les autres soient nécessairement prédateurs ; simplement, ils sont plus troublants.

N'ayant jusque-là prêté que peu d'attention à l'informaticien, Julia le détailla. Il était grand. Mince sans maigreur, large, si blond. Il devait plaire aux femmes, aux jeunes femmes, plutôt. Ses petits cheveux fins luisaient encore de la douche qu'il venait de prendre. Il était rasé de frais et avait changé de chemise pour l'occasion. Julia lui en fut reconnaissante. Elle était difforme, inconsommable, néanmoins cet homme d'une petite trentaine d'années avait fait un effort pour elle. Il ne s'agissait que de courtoisie, mais d'une jolie courtoisie, de la vraie, de celle que l'on exerce parce que l'on a un peu pensé au plaisir de l'autre, sans rien en attendre en retour.

Pamela Kells pouffa au récit fantasque et gentiment insolent des années de pharmacie de ce Norman Sanders qu'elle venait de rencontrer dans Main Street. Il insista de cette voix grave de brun, un peu essoufflée, un peu moqueuse :

— D'autant que j'ai une peur bleue de la maladie sous toutes ses formes. Je frôle l'hypocondrie, comme pas mal de sujets en excellente santé. Le moindre rhume, et je me vois expirant d'une double ou triple pneumonie.

— Dans ce cas, pourquoi avoir fait des études de pharmacie ? demanda-t-elle en riant.

— Mon père... qui d'autre ! Pharmacien lui-même, sans doute croyait-il qu'il s'agissait d'une caractéristique génétique. Il m'a au moins épargné la médecine.

Pam passait une excellente soirée. Du reste, elle ne se souvenait pas depuis quand elle s'était autant amusée. La séduction que tissait cet homme autour d'elle depuis leur rencontre la berçait, lui faisant remonter les nerfs à fleur de veines.

Un peu plus tôt, lorsqu'il l'avait invitée à dîner dans ce délicieux restaurant de fruits de mer qui venait d'ouvrir sur Vassar Street, elle avait hésité. Elle naviguait à vue dans l'une de ses périodes « ras le bol des nuls », consécutive à une rupture récente avec un Terence. Elle n'en avait pourtant pas espéré grand-chose, mais il n'avait même pas été foutu de combler la modestie de ses attentes. Si l'on excluait une intelligence fort moyenne, une absence totale d'humour, une culture résiduelle et une pingrerie systématique, ainsi qu'un gros talent pour le mensonge et une sensualité plus que lourdingue, Terence confondait relation amoureuse avec psychothérapie gratuite. Pam était gavée du discours d'auto-absolution qu'il prodiguait avec libéralité et qui pouvait se résumer à : « Je me conduis comme un pauvre type/gros nul/sale con parce que j'ai des tas de problèmes. C'est pas moi, c'est ma névrose. » Par contre, c'était indiscutablement elle qui en prenait plein la gueule. Son fantasme de mère consolatrice et compréhensive et d'infirmière de brousse étant épuisé, elle avait flanqué Terence à la porte. Au demeurant, les passades ou passions de Pamela se soldaient jusque-là par une lourde ardoise pas trop gratifiante pour une femme de 32 ans. Ras le bol des faux dits, des faux sentis, des faux aimants et des faux amants.

Mais cet homme-là était différent. C'était si évident qu'elle le percevait tout le long de sa peau. Il était si beau, si élégant. Grand, brun, ses cheveux bouclant autour de sa tête comme ceux d'un jeune enfant qui se réveille. Son sourire ne s'offrait qu'à elle, large, si lumineux sur sa peau mate. Moqueur mais triomphant. Des yeux de velours sombre, on pouvait aimer, gémir puis s'endormir dans un regard comme le sien. Pam était déjà capable de décrire certaines de ses mimiques. L'étonnement de Norman se traduisait par un léger froncement de sourcil qui étirait sa paupière supérieure vers la tempe. L'amusement portait le bout de son index à sa lèvre, et il caressait le sillon large qui la séparait de son nez droit. Et ses mains. Depuis un moment, le regard de Pam revenait sans cesse à ses mains. Des mains de nuit, de sueur, de phrases sans signification.

— Mais assez parlé de mes calamiteux débuts professionnels. Et vous ?

— Je suis professeur de piano et de violoncelle. Ce n'est pas toujours très lucratif : malheureusement, je n'ai pas la classe d'un Pablo Casals, d'un Solomon ou d'un Glenn Gould.

Elle le vit s'illuminer et son intérêt évident lui fit une peine étrange. Quand avait-elle intéressé quelqu'un jusqu'au pli d'une bouche qui s'entrouvrait, jusqu'à la profondeur d'un regard qui se posait sur elle ? Il répondit, captivé :

— C'est fou... ma mère était concertiste, pianiste. Elle a laissé tomber sa carrière après son mariage et je crois qu'elle en a toujours eu un regret. Solomon... quel miracle... Vous savez qu'ils viennent de sortir une version CD des concertos pour piano de Mozart sous la direction d'Ackermann et Menges ?

— Je me suis ruée dessus, vous pensez.

Une moue futée vint à cet homme qui la bouleversait depuis un moment déjà. Il demanda :

— Allez, la question qui fâche... Selon vous, l'interprétation des *Variations Goldberg* de Bach par Gould, je parle de celle de 55, est-elle une trahison, une insupportable coquetterie ou une démonstration de génie ? Cochez la case correspondant à votre réponse... sans me gifler, toutefois !

Pam reposa son verre et étouffa un fou rire derrière sa serviette.

— Kaï-kaï... c'est là que nous nous insultons ?

— Ça dépend... pas si nous sommes d'accord. Peut-être pouvons-nous écrire notre réponse sur un bout de papier à ne lire qu'une fois sortis du restaurant. Cela nous permettrait de déguster notre dessert et de siroter notre café en toute quiétude ct affabilité !

Pam songea que ce n'était surtout pas après le dîner qu'ils devraient polémiquer.

Il s'avéra que tous deux adoraient cette version parfois exaspérante de liberté, d'invention. Le flamboyant parfaitement maîtrisé du pianiste soulevait les notes, semblant, selon eux, les régénérer. Pam conclut en attaquant son soufflé aux mûres :

— Je crois que c'est un faux débat. Il est normal de s'approprier une œuvre, qu'elle soit littéraire, musicale ou picturale. C'est de cette façon qu'elle continue à vivre après avoir quitté son auteur.

Curieusement, ce dîner que Julia redoutait un peu, imaginant son ennui, sa longueur, les tentatives de conversations bouche-trous qu'ils se renverraient pardessus la table, fut agréable. Très agréable. Il sembla même à la jeune femme que l'informaticien partageait sa surprise à ce sujet. Ils ne purent pourtant pas compter sur l'ambiance de l'immense cafétéria presque déserte ou les mets qu'on y servait le soir, qui rivalisaient d'insipidité, comme distraction.

D'abord elle le suivit, poussant son plateau derrière le sien le long des rails, détaillant comme lui le contenu assez affligeant des petites vitrines qui protégeaient les plats. Baghurst murmura :

— Si vous voulez un conseil cordial d'habitué, évitez les prétentions de cordon-bleu du chef. Cantonnez-vous au plus classique. Juste pour l'anecdote, ils croient que le hachis Parmentier à la française se cuisine avec une épaisse couche de mie de pain sur de la chair à saucisse, le tout inondé d'une version assez décoiffante de sauce Béchamel.

Julia commenta d'un :

— Ouh... en effet.

— Par contre, la viande rouge est potable. Enfin, si vous aimez.

— J'aime tout ce qui se mange... Pourvu que ce soit en excès. Ça doit se voir, non ?

L'informaticien tourna la tête, la considérant avec un sérieux un peu triste. Puis il sourit. Michael Baghurst avait un beau sourire. Il attendit qu'ils soient installés devant une petite table ronde située contre la grande baie vitrée incurvée qui donnait sur la pelouse pour répondre.

— On se bat avec ce que l'on a. Ou plutôt avec ce que l'on vous laisse. L'important, c'est le courage du combat, même s'il est perdu d'avance. Juste pour ne pas devenir fou, ou pire, se détester.

— Les lâches ne se détestent pas souvent.

— La plupart, si, mais ils se mentent parce que l'admettre serait un suicide moral. S'ajoutent à eux tous ceux qui craignent simplement le conflit, ou qui redoutent de déplaire, de ne plus être aimés s'ils se rebellent.

— C'est une apologie de la violence individuelle ?

— Non. Non, certainement pas. Juste la conviction de l'utilité, voire de la nécessité sporadique du conflit.

— Cela reviendrait à accepter notre animalité, et elle nous gêne. Il n'y a qu'à regarder l'état dans lequel nous avons mis cette planète en moins d'un siècle pour s'en convaincre. Le conflit est un élément de régulation chez les espèces animales. Pousser l'autre pour découvrir où s'élèvent ses ultimes limites, jusqu'où il cédera sans se défendre. On pourrait bien sûr se rassurer en affirmant que ceci n'a lieu d'être que lorsqu'il s'agit de survie brute et que nous avons dépassé ce cap-là, du moins dans nos pays. Outre qu'il y aurait à dire au sujet d'une telle affirmation, c'est oublier que nous le portons dans nos gènes et que notre confort actuel est dépendant de deux paramètres très fluctuants, fragiles : ici et maintenant.

Michael Baghurst acquiesça d'un signe de tête et reprit :

— Vous savez, souvent, je me demande de quoi les gens ont peur. Je limite ma réflexion à nos sociétés, bien sûr. Peur de ne pas dire qu'ils ne sont pas d'accord, qu'une chose est un mensonge, qu'une autre est inacceptable, peur de se fâcher, peur de signer une pétition bénigne et le plus souvent inutile sur l'environnement ou contre les massacres. Je peux comprendre que dans certains endroits du globe, on ferme sa gueule pour éviter la prison, la torture... mais bordel, chez nous, que craignons-nous ?

— La peur est le plus bel outil de pouvoir. On nous l'insuffle dès le tout début. Il s'agit d'un *on* générique. Le seul moyen de lutter contre elle est de réfléchir. On nous gave de connaissances à mémoriser, rarement de sens critique. Il est vrai que développer le sens critique demande beaucoup de travail. De toute façon, lorsque le boulot est bien fait, le résultat est désespérant.

— Je sais... la lucidité gâche tout, n'est-ce pas ?

— Juste.

— Demeure, en effet, une équation assez consternante : avoir la frite dans l'inconscience ou accéder à une forme de vérité qui ne justifie vraiment pas que l'on pavoise.

Julia pouffa en attaquant sa soupe de pétoncles au safran, c'était du moins ce qu'annonçait le grand menu dressé à l'entrée du self-service pour désigner le sirop jaunâtre dans lequel surnageaient des petits machins blanc-beige.

— Si nous poursuivons sur le sujet, il ne nous

restera qu'une alternative : nous saouler ou fondre en larmes !

— La seule branche de l'alternative qui me tente est irréaliste en ces lieux : la piquette qu'ils distribuent au compte-gouttes ne suffira jamais à provoquer une cuite chez un adulte normalement constitué. Mieux vaut donc changer de sujet.

— D'accord.

Le trois-pièces de Pamela Kells dans Hampshire Street, non loin de Donnelly Field, était de taille modeste, mais arrangé avec goût. Un demi-queue s'étalait dans le salon, le reste de l'espace se distribuant confortablement entre des bibliothèques lourdes de volumes et un sofa rouge brique. Une sorte de petite salle à manger en enfilade, d'inspiration Arts and Crafts, donnait sur une minuscule cuisine peinte d'un jaune orangé lumineux.

Cordell laissa tomber son sac à dos en cuir noir à ses pieds et déboutonna sa grosse veste de velours vert bronze. Pam se tourna vers lui et il sut à son regard qui descendait le long de son cou que le jeu commençait vraiment.

— Musique ? Les *Variations Goldberg* ?

— Non... Quelque chose de plus... fin, ou plutôt début de soirée à deux.

Ce moment était si étonnant, si parfait que Pam sentit les larmes lui monter aux yeux. Comme si plus rien n'avait de sens, d'importance, en dehors des minutes qui allaient suivre. Qu'en resterait-il le lendemain ? Elle n'en savait rien, mais pour l'instant la question était inepte et elle se foutait de la réponse. Elle fit un effort gigantesque pour articuler :

— Je dois avoir deux ou trois trucs sympas et...

Les lèvres entrouvertes de Norman le long de sa gorge, traçant le chemin de sa carotide, léchant la base de son nez, entrouvrant sa bouche. Son souffle qui coulait dans sa gorge, lui donnant envie de hurler, de rire ou de mordre. Ses mains qui n'hésitaient pas, remontant le long de sa cuisse sous sa jupe, soulevant le tissu de son slip pour caresser ses fesses, son sexe. La bouche, le souffle, les mains qui la lâchaient. Elle gémit sans s'en rendre compte. Le sourire de l'homme brun dans ses yeux, la voix grave qui calmait la crise de nerfs qu'elle sentait monter :

— Chut, ma douce... Encore un peu... Un peu de temps, un peu de musique, un peu de vin.

Elle dut s'adosser au chambranle de la porte de la cuisine. La tête lui tournait et ses mollets tremblaient de tension.

— Je... je reprends ma respiration... J'ai une excellente bouteille de vin français. Cadeau d'un élève. Je la gardais pour...

— Pour nous.

— Finalement, oui... oui, je crois que c'est juste. Je la gardais pour nous.

Baghurst sembla hésiter. Lorsqu'il reprit, Julia sentit qu'il biaisait.

— Vous êtes... enfin, étiez philosophe.

— C'est un bien grand mot pour une jeune prof de philo. Disons que c'était une passion et que j'avais l'intention d'en faire mon métier. J'ai cessé d'enseigner juste après mon mariage.

— Taylor-Caedon était contre les femmes qui travaillent ?

— Non. En revanche, il était opposé aux déprimes à répétition que je ramenais après la plupart de mes cours à l'université de Boston. J'avais hérité des classes dites scientifiques. La philo était une des deux options offertes à leur choix. L'autre était intitulée « Politiques et sociétés ». Pas mal de boulot, des trucs à apprendre. D'où mon incontestable succès si l'on compte par têtes d'étudiants. Je n'ai pas dit par neurones. Quant à évoquer une quelconque curiosité, ne délirons pas !

Il réprima un rire.

— Je ne commenterai pas... J'ai fait la même chose, à ceci près que j'avais opté pour les options cinéma en songeant qu'il s'agirait d'une récréation obligatoire me permettant de potasser mes cours de maths et d'informatique.

Il prit une longue inspiration. Elle sut qu'il allait enfin s'autoriser la question qui lui brûlait les lèvres.

— Vous... enfin, je crains vraiment de mettre les pieds dans le plat...

— Si c'est le cas, je vous les en ferai sortir, ne vous inquiétez pas.

— Vous ne vous êtes jamais doutée...

— Que Cordell était un tueur de la pire espèce ?

— C'est cela. Rien dans son comportement, enfin...

— Non. D'aucuns jugeront peut-être que j'étais idiote ou aveuglée par mon amour. Mais je ne le crois pas. J'ai eu tout le temps d'analyser ces trois ans de mariage — trente-sept mois, pour être précise. Cordell est le modèle du sociopathe intégré : il prend ce qui lui fait envie lorsque ça lui plaît et il est insoupçonnable jusqu'au baisser de rideau. S'y ajoute une véritable délectation pour la perversité intellectuelle. Il est vrai que son physique, son éducation et sa culture l'y aident. Ça fait partie de la saveur de ses jeux. Tromper, être le plus intelligent, le plus charmeur, le plus convaincant. Amener ses victimes à faire ce qu'il attend d'elles, ce qui va les tuer.

— Il y a eu des précédents.

— En effet, le plus célèbre étant Ted Bundy, exécuté en 89 en Floride pour le meurtre de trois jeunes filles. En réalité, ses victimes avoisinaient la cinquantaine, c'est du reste ce qu'il a partiellement avoué la veille de son exécution. Il espérait que cette ultime déclaration lui ferait encore gagner du temps. Une nouvelle révision de procès. Savez-vous que certaines de ses anciennes petites amies ou collègues de bureau n'ont jamais accepté l'idée de sa culpabilité ? Quelques-unes ont même offert de témoigner en sa faveur. Beau, grand, brun, le front haut. Un petit sourire espiègle et charmant. Bundy était intelligent, ce n'est pas le cas de la plupart des serial killers, dont le QI plafonne à un niveau inférieur à la moyenne. Il avait fait des études de droit à Seattle. Mais vous devez connaître son histoire mieux que moi.

Au début, elle osa à peine poser la main sur la peau mate, frôler le corps nu contre le sien. Au début, elle craignit qu'il ne disparaisse, tel un songe. Elle se sentait épuisée comme après une longue nage, et pourtant en vie pour la première fois.

— Touche-moi, ma douce. Danse encore avec moi. Caresse-moi. Je veux sentir tes mains partout en même temps sur moi.

Il sembla à Pamela qu'elle ne parvenait plus à respirer que contre la bouche de Norman, que lorsque son ventre poussait contre le sien. La voix d'Ella Fitzgerald lui semblait si lointaine. Cette danse pouvait durer une éternité sans qu'elle s'en inquiète jamais, et pourtant, il fallait qu'il la conduise jusqu'à la chambre, tout de suite, sans quoi quelque chose allait casser dans sa tête. Elle le voulait, elle le voulait tant, maintenant.

Elle frôla de la langue les fines cicatrices pâles qui striaient son biceps et leva les yeux vers lui. Il rit contre son front et murmura :

— Les stigmates de l'amour-trop.

Il se pencha et tendit le bras pour attraper son sac à dos. Il en tira une sorte de longue aiguille brillante et épaisse ainsi qu'un épais rouleau d'adhésif gris.

— Veux-tu que je te montre, ma douce ? Dis que tu le veux...

Bouche ouverte pour récupérer l'air que ce corps qui s'écartait du sien emmenait avec lui, elle hocha la tête et tendit les mains vers son torse. Une lame, il s'agissait en fait d'une longue lame fine. Elle se promena sur le bras de Norman. D'abord rien : la pression du fil métallique sur la chair, cicatrice éphémère. Puis une goutte rouge, comme une perle qui se crée et une autre et encore une autre, jusqu'à ce que toute la ligne mince s'épaississe, devienne ardente et pourpre. Elle fixait ce voile large qui s'amenuisait pour descendre en filet rouge vers son poignet. Envie de rire, de hurler, envie de tomber au sol avec lui. Norman s'approcha d'elle et caressa ses cheveux, amenant doucement sa bouche vers le voile de sang. Il lui sembla qu'elle tentait de résister, une fraction de seconde, puis ses lèvres se tiédirent et sa langue ramena contre ses joues un goût fort, vaguement sucré, à peine ferrique. Précieux.

Lorsque la main de Norman remonta entre ses cuisses, lorsqu'il les aida à s'entrouvrir, lorsque sa paume se plaqua contre son sexe et que son ventre se colla au sien, elle songea qu'elle allait suffoquer de désir, de perfection du désir.

Michael, la bouche pleine, nia d'un petit signe de tête contrit, avant d'avaler avec effort.

— Non. Je commence juste les cours de criminologie. Doyle était réticent. Il aurait préféré que je continue à pianoter dans mon coin, mais je l'ai enfin convaincu que je n'avais pas accepté une substantielle diminution de mes revenus pour continuer le même boulot dans des bureaux aveugles. Avant, je supervisais le service informatique d'une grosse banque. Je m'épanouissais dans un somptueux bureau et ma secrétaire me préparait le café tous les matins... Il ne faut pas exagérer ! Continuez, je vous en prie. Le sujet m'intéresse.

— C'est ce que j'avais compris. Pour Dougray Doyle, je veux dire. Bundy chassait ses proies — des jeunes filles — sur les campus, dans les auberges de jeunesse... Il les charmait et son physique faisait le reste. Il les assommait dans sa voiture, parfois grâce à un faux plâtre dont il s'entourait l'avant-bras, les violait — je vous passe les détails — avant de les étrangler. Il se débarrassait ensuite de ce qu'il appelait avec condescendance "ses prospectus publicitaires [1]".

» En réalité, Bundy avait déjà été arrêté pour d'autres motifs et s'était échappé. Sa personnalité hautement structurée s'est dégradée principalement en raison de son alcoolisme. Il a commencé à prendre des risques, à mal contrôler ses chasses, ses pulsions. Du

1. Cité dans *The Serial Killers. A Study in the Psychology of Violence*, Colin Wilson, Donald Seaman, Editions W.H. Allen & co, 1990. Le terme utilisé par Ted Bundy est *throwaways*. Il s'agit de cette masse de prospectus publicitaires qui envahit quotidiennement nos boîtes aux lettres et que nous jetons sans même les regarder ni les parcourir.

reste, je me demande si on serait parvenu à le coffrer sans cela.

» Sa véritable arrestation et son identification par le FBI sont le fruit d'un hasard. Il a attaqué et violé quatre étudiantes de Tallahassee, en Floride. Deux des jeunes filles ont été massacrées. La troisième souffrait d'une fracture du crâne à l'arrivée des secours. La dernière s'en est sortie avec la mâchoire fracassée. Il a encore tué une dernière fois — une gamine de 12 ans — avant de se faire coffrer pour avoir ouvert le feu sur un policier. Il conduisait une voiture volée. Sans l'identification du FBI, il n'est pas exclu qu'il aurait pu s'en sortir avec quelques mois de taule pour vol de véhicule et conduite en état d'ivresse.

» On a dépeint Bundy de façon parfois contradictoire : un bel introverti affamé mais paniqué par le sexe, qui n'aurait perdu sa virginité qu'à 20 ans. Il n'en demeure pas moins qu'il a eu quelques petites amies que beaucoup d'hommes lui enviaient. Lorsqu'il travaillait pour le Crime Commission and Department of Justice Planning[1] — ça semble trop beau pour être vrai, n'est-ce pas ? —, ses collègues masculins lui enviaient "son assurance, son charme et son physique d'Adonis". On a même poussé le gag jusqu'à prétendre que la rebuffade de l'une de ses fiancées l'aurait poussé au premier meurtre !

— Vous n'y croyez pas ?

— Non. Ce qui est étrange dans la vaste littérature consacrée aux serial killers — je parle des ouvrages sérieux —, c'est que bien souvent se forme de façon presque insidieuse une équation étrange. Une femme — donc une victime potentielle de la plupart de ces

1. Département de criminologie du ministère de la Justice.

types — est proposée comme possible ou probable coupable de leur plongée dans la monstruosité. C'est la mère, autoritaire ou trop faible, qu'elle soit mariée, divorcée ou remariée. Ce qui tendrait à suggérer qu'on se marie, qu'on fait un enfant et qu'on divorce seule ! C'est aussi la petite amie qui le lâche parce qu'elle finit par avoir la trouille de certains aspects de son comportement, ou celle avec laquelle il n'est pas parvenu à l'érection.

» Heureusement que tous les hommes subissant un jour une panne ou une rupture sentimentale ne se transforment pas en serial killers ! À mon avis, ce qu'il faut en retenir, c'est que la majorité de ces tueurs sait très bien utiliser les ficelles de la psychologie pour se soustraire à la prison ou à la peine capitale. (Julia réfléchit et reprit :) Non, ce que je crois, c'est qu'hormis les vrais professionnels de ce type de psychologie, les autres tentent le plus souvent de transposer des outils qui ne sont adaptés qu'à la population "normale". J'ignore ce qui fait un serial killer, et dans le doute, je m'abstiens de théories dont certaines manquent de cohérence.

» Ted Bundy venait d'une "bonne" famille, son grand-père l'adorait. Certes, sa mère était célibataire — donc fille-mère à l'époque — lorsqu'elle l'a eu, mais si c'est un argument avancé par Bundy lors de sa défense, là encore, je le trouve peu déterminant. D'autant que les grands-parents avaient accueilli la mère et le bébé. Elle devait se marier peu après avec un homme plutôt agréable. Il semble que Ted Bundy ait commencé très jeune à mentir, tricher, voler de façon pathologique, bien avant l'épisode de la petite amie récalcitrante. Et après tout, peut-être un jour découvrirons-nous qu'il a également tué avant elle.

L'épuisement l'avait terrassée. Pamela sentit une sorte de coma idéal l'envahir, mais sursauta, inquiète, lorsque Norman se releva.

— Chut, je reviens.

Elle désigna du regard les entraves qui lui immobilisaient toujours les chevilles et plaquaient l'un de ses bras contre son flanc.

— Tu les gardes, ma douce, comme le bâillon. Nous n'avons pas fini, pas encore.

Pamela soupira de bien-être et de fatigue et ferma les yeux quelques secondes. Un étrange silence les lui fit rouvrir.

Il se tenait debout au pied du lit, nu, et la détaillait, un sourire ravi aux lèvres.

Pamela Kells tenta de se lever et tomba à genoux sur le plancher. La main de Cordell apparut armée d'un rasoir, la lame libérée de son manche brilla. Elle parvint à se relever et sautilla vers la salle à manger. Une main sans hargne s'abattit sur ses cheveux, tirant sa tête vers l'arrière. Elle tenta de se débattre en titubant, tenta de hurler derrière son bâillon, mais son souffle bloqué par l'adhésif l'étouffa. Il passa sa main gauche derrière son cou et approcha son visage du sien en murmurant d'un ton doux :

— Chut, ma douce... tout va bien.

L'immobilité de Michael Baghurst allégea l'humeur de Julia, qui basculait vers l'aigreur. Il la fixait, sans penser à son assiette où le T-bone refroidissait. Se rendant compte de l'amusement de son invitée, il secoua la tête en rougissant.

— Mais c'est dingue ! Qu'est-ce qui peut pousser un type intelligent... D'autant que dans ce cas-là, l'argument classique de l'enfance calvaire ne tient pas.

Plus j'en entends, moins je comprends. Je manque vraiment de bases fondamentales. Et donc Charly...

Cordell jeta un regard indifférent au corps nu affaissé sur le tapis et l'enjamba, prenant garde de ne pas tacher de sang le bas de son pantalon et ses chaussures. Pamela fixait le plafond, un air paisible sur le visage. Amusant, ils ont tous l'air si préservé de peurs ou de douleurs. Cette menteuse tranquillité rassure beaucoup les survivants aimants qui se consolent en songeant que la mort a dû être tendre. C'est faux, bien sûr. Tous les muscles du visage se détendent après le gigantesque court-circuit cérébral qui signe le décès, concédant au cadavre ce masque apaisé mais menteur.

Cordell engagea le CD des *Variations Goldberg* dans la platine laser, version de 1955, pouffant de sa plaisanterie. Un des morceaux de musique préférés de Helen. Elle comprendrait le message qu'il lui laissait. Rien que pour elle.

— Cordell n'a rien à voir, au fond, avec un Ted Bundy, si ce n'est le physique et le goût de la manipulation et du mensonge. Cordell... vous avez raison, nommons-le Charly, c'est plus facile pour moi... Charly, donc, était un dieu. Il était et est toujours adulé. Il est si beau, si charmant, si drôle. Parfait. Bundy était assez cultivé, lui aussi. Je ne suis pas certaine des vrais mobiles de ce dernier, en revanche ceux de Charly sont lumineux. Il est le maître et il le prouve. Mais il ne faut pas que l'on se rende à sa volonté sous la contrainte. Ce ne serait pas amusant. Il faut que l'on désire lui plaire, le satisfaire plus que tout. Il faut que l'on soit séduit au-delà de son libre arbitre, au-delà de toute velléité de résistance. (Elle gloussa dans sa serviette.) C'est ce que j'ai fait durant trois ans.

Baghurst baissa le regard vers la coupe de fruits qu'il malmenait depuis quelques instants du bout de sa cuiller et murmura :

— Vous le détestez ?

— Je suis au-delà. Je suis au-delà de la haine.

Elle attaqua une énorme part de brownie inondée d'une mousse blanche pompeusement baptisée crème Chantilly.

Et c'est vrai, Cordell, tu sais. Je suis au-delà. Tu m'as poussée vers une zone terrorisante dans laquelle plus aucune émotion ne se justifie, plus aucun sentiment humain ne s'applique. Je veux que tu crèves, Cordell. Je veux revenir chez nous, les humains. Je vais revenir, même si c'est morte. Et pour cela, il faut que tu crèves.

Michael Baghurst la raccompagna jusqu'à la porte de sa chambre et s'excusa :

— Vous êtes livide, Mrs Holmer, vous avez l'air épuisée. J'espère n'avoir pas abusé de votre temps... surtout, j'espère n'avoir pas remué des souvenirs trop insupportables.

— Ne vous inquiétez pas. Ils sont insupportables — vous n'y êtes pour rien —, mais ce ne sont pas des souvenirs. C'est ma vie, la seule que je me connaisse encore. Au contraire, merci à vous de votre compagnie. Finalement, j'en avais besoin. Bonne nuit et à demain.

La nuit était magnifique. Cordell leva le visage et contempla le ciel si dégagé que les étoiles s'y agglutinaient les unes aux autres.

Dommage pour Glenn Gould.

Il rajusta son sac à dos en cuir noir sur son épaule puis examina, ravi, la gangue de sang qui soulignait les lignes de ses paumes. Belle, belle ligne de vie, longue et droite. Ligne d'argent profonde. Ligne d'amour suspecte, si rectiligne et si simple. Il aimait tant ses mains. De longues mains fines et nerveuses, des mains de sang, en sang. Le sang des autres.

Cordell enfila les gants de cuir chocolat qu'il avait fourrés dans la poche de sa veste. La barre l'avait enfin abandonné, installant à sa place une fatigue tendre et tiède.

Rejoindre la voiture, rentrer, prendre une longue douche brûlante qui diluerait le sang séché sur sa peau, formant une mare à ses pieds.

Il avait presque séduit, dansé, fait l'amour, égorgé Helen, ce soir. Le délice de l'attente lui revenait. Il pourrait patienter encore.

Julia colla son front contre la large baie de sa chambre qui donnait sur l'arrière du Jefferson Building. Un peu plus loin, les grappes foncées des premiers arbres de la forêt qui s'étendait sur des kilomètres carrés.

La nuit était magnifique. Elle leva le visage et contempla le ciel si dégagé que les étoiles s'y agglutinaient les unes aux autres.

Magnifique et si paisible. Une de ces nuits durant lesquelles on regrette de ne pas avoir le courage de se promener, seule, dans les rues.

Elle se coucha après une rapide toilette et s'endormit comme une masse.

11 octobre, environs de Fredericksburg, Virginie.

Liam s'était débrouillé comme un as la veille au soir, au grand raout de son école de plongée. Enfin, du moins était-ce ce que Dougray Doyle avait perçu aux applaudissements de ses petits camarades. Un jeune garçon assis non loin de lui sur la rangée de bancs ceinturant la grande piscine avait murmuré à son voisin d'un air admiratif en commentant la performance de son fils :

— Putain, il est bon, Doyle. C'est la galère, le sac à billes. À chaque fois que tu le prends, les billes filent vers le bas et leur poids t'entraîne. La croix, c'est bien plus simple. Tu la cramponnes à l'intersection des branches et tu la remontes.

Du coup, Dougray Doyle avait prêté plus d'attention aux exercices imposés aux jeunes plongeurs. La silhouette noire de son fils, soulignée par sa combinaison, décomposée en lames par l'eau, nageait à trois mètres de fond, les bras rabattus contre le corps, les jambes et le bassin ondulant comme ceux d'un dauphin. Petite, légère et pourtant si déterminée à apprivoiser cet élément fluctuant dans lequel nous nous développons durant neuf mois puis qui nous devient si étranger, parfois adverse.

Un peu plus tard, lorsqu'ils étaient rentrés chez eux en voiture, Doyle avait déclaré d'un ton pénétré :

— Je me disais... ce sac, ça ne doit pas être aisé. Je

suppose qu'à chaque fois que tu le prends, les billes filent vers le bas. Leur poids doit t'entraîner, et en plus, la prise est difficile. La croix de mon époque, c'était bien plus simple. Tu la cramponnais à l'intersection des branches et tu la remontais.

Ravi, Liam s'était exclamé :

— T'as vu ça ? Je ne pensais pas que tu t'en apercevrais.

— Ben, ça tombe sous le sens. Non... tu t'en es vachement bien sorti, mon fils.

Ils terminaient leur petit-déjeuner. Au-delà d'une habitude, d'un engagement paternel, c'était un des moments de leur vie auquel Dougray tenait le plus. Une superstition, et alors ? Rien à foutre. Les superstitions sont souvent un objet qui s'offre pour qu'on y accroche des angoisses d'autant plus effrayantes qu'elles demeurent sans nom, sans identité, sans définition. Craindre de passer sous une échelle, les éviter quitte à se faire écraser en empiétant sur la chaussée, c'est aussi se convaincre que l'on a un pouvoir sur les choses qui terrorisent, que l'on conserve un miraculeux remède qui permet de les éviter. Redouter ou rechercher le chiffre 13, c'est oublier durant un bref instant que l'on mourra un jour, sans savoir pourquoi, sans même être certain que cette vie ait eu un but ou un sens. Une ritualisation de l'angoisse, de nos peurs les plus floues, donc les plus redoutables, afin de les contenir, de les rendre habitables. Ritualiser, c'est penser que l'on maîtrise un peu l'insaisissable, c'est abandonner fugacement ce si fragile état d'humain pour s'approprier un peu de force du magique. Il s'agit juste de ne jamais l'oublier, de ne jamais croire à la réalité de cette béquille.

L'idée que si ce moment-là, si ce petit-déjeuner était

parfait, le reste suivrait. Nécessairement. L'idée que rien dans la journée qui s'annonçait ne pourrait le faire déraper tout à fait. Finalement, lequel des deux se cramponnait à l'autre dans le désert laissé par Rosemary ? Ni mère ni épouse, ni même une femme, juste un petit fantôme douloureux, décharné, si perdu. Sans doute lui, l'adulte, celui qui se targuait du pouvoir et de la liberté de faire. Dougray Doyle découvrait chaque jour chez ce petit garçon de 12 ans des signes qui le bouleversaient, le blessant parfois. Cette maturité trop précoce — davantage un oubli d'enfance —, ce regard si semblable au sien et qui pourtant pouvait l'interroger au-delà de ce qu'il souhaitait répondre. Merde ! Liam était encore un enfant !

Les enfants ne doivent pas être mêlés aux choses contre lesquelles ils ne possèdent pas encore de défense. Tout dire, tout expliquer est une aberration confortable d'adulte. Avouer, et l'on s'octroie un demi-pardon, comme le veut la maxime. *Faute avouée est à moitié pardonnée.* Foutaise. Avouer, c'est parfois se décharger, se simplifier la mémoire jusqu'à l'escroquerie. Prendre l'autre pour un déversoir, un anxiolytique, voire une poubelle. Trouver le courage du mensonge dans le cas de Liam était probablement l'une des plus belles démonstrations d'amour de son père.

— Tu vas voir maman, demain ? On sera samedi.

Dougray Doyle se contraignit à la fixité. Comment Liam avait-il senti ? L'enfant lui sourit d'un air triste.

— Je sais que tu pensais à elle. À chaque fois, tu fermes les yeux et tu crispes les mâchoires en baissant la tête vers ton assiette.

— Je ne sais pas. Tu passes le week-end chez Benny Gyver ?

— Pourquoi ? Ça t'arrangerait ?

— Comment ça ?

— Oui... tu ne veux plus que je la voie, n'est-ce pas ? Tu te débrouilles toujours pour rendre visite à maman lorsque je suis chez Benny ou à l'entraînement. Lorsque je m'incruste, nous restons à peine dix minutes avec elle. Tu trouves toujours une excuse pour partir très vite.

Une trouille diffuse fit hésiter Dougray Doyle.

— Ce n'est pas cela, Liam... enfin, pas vraiment. C'est juste que... Elle est... elle est passée de l'autre côté.

Dougray se mordit la lèvre. La même question, la même depuis des mois, qui traînait dans son sillage une réponse et son inverse. Fallait-il que le lien de l'enfant avec sa mère se distende pour devenir aussi indolore que possible ? Rosemary ne savait plus qui ils étaient, et même si des éclairs de souvenirs s'imposaient parfois à elle, ils ne signifiaient plus rien. Son monde se focalisait sur cette chambre du Bellview Hospital qu'elle occupait depuis douze ans, depuis la naissance de leur fils. L'évidence de sa glissade s'était manifestée quelques jours après son retour de la maternité, au point d'oublier le bébé sur une table à langer ou dans une poussette à la sortie d'un magasin en s'exclamant : « Mais il n'est pas à moi ! J'ai eu une petite fille, et je veux qu'on me la rende. Mon mari fera un procès, c'est une substitution d'enfant. »

Dougray Doyle avait mis plusieurs mois à comprendre cette inversion de sexe et pour quelle raison elle ne parvenait pas à mémoriser le prénom de leur fils. La révélation s'était imposée à lui lorsque Rosemary avait commencé à évoquer ce petit chien blanc à poils frisés, Muffin, qui avait un jour sauté au visage d'un jeune garçon à la sortie d'un magasin. Rosemary n'avait jamais eu de chien. Elle s'était approprié les souvenirs de sa mère, citant son père comme un mari décédé trop jeune d'une crise cardiaque, tant aimé, tant regretté. Doyle n'existait plus, pas plus que Liam. La petite fille qu'elle revendiquait en hurlant parfois était elle, mais elle l'avait oublié, devenant dans son délire sa propre mère, la femme de son père. Son cerveau avait éliminé les vingt dernières années de sa vie, toutes celles qui ne concernaient pas son père, sa mère, son enfance. Cette amnésie spécifique avait d'abord démoli Doyle. Et puis l'idée qu'il devait continuer pour Liam l'avait tiré du néant dans lequel le poussait Rosemary sans même le souhaiter.

— De l'autre côté ? Tu veux dire que la maladie de maman s'est aggravée ? Explique-moi, papa.

Une rage folle éloigna le chagrin de Doyle. *Comment as-tu pu nous abandonner de la sorte, ton fils et moi ? Comment as-tu pu nous livrer à ta folie ? Pourquoi n'es-tu pas morte, Rosemary ? Pourquoi n'es-tu pas devenue un beau chagrin, un magnifique souvenir que nous aurions ressassé jusqu'à ce qu'il devienne notre plus belle, notre plus inaltérable histoire d'amour ?*

Doyle tendit la main vers le visage de son fils au-dessus de la petite table ronde de la cuisine autour de laquelle ils prenaient leur petit-déjeuner.

— Elle a progressivement rejoint son passé, Liam. Quand elle était petite fille.

Ce qu'il redoutait plus que tout se produisit. L'immense regard sombre et doux qui ne le lâchait pas se voila, bleuissant sous l'afflux de larmes. Liam articula lentement :

— Tu veux dire qu'elle ne se souvient plus de moi ? De nous ? Jamais plus ?

Dougray Doyle résista de toutes ses forces à l'envie de lâcheté, à la perspective du soulagement temporaire mais salvateur qu'il y puiserait. Il y résista pour Liam, pour qu'il abandonne de lui-même l'espoir d'un miracle qui l'unirait à nouveau à sa mère. Il n'y aurait pas de miracle. Juste la dévastation d'un nouvel espoir bafoué.

— Elle... ne sait plus qui nous sommes.

— Mais les médecins n'ont pas de médicaments contre ça ?

— Non. Ils travaillent avec elle tous les jours, mais elle s'enfonce de plus en plus dans son monde.

Le petit menton rond trembla et une larme roula comme un cataclysme. Liam l'essuya avec rage, comme s'il voulait se griffer la joue. Et Doyle entendit son fils prononcer la phrase qu'il redoutait tant d'entendre :

— C'est ma faute ? (Le petit garçon se leva d'un bond, renversant sa chaise, et hurla :) Dis-moi la vérité... C'est ma faute, c'est ça ? Je le sais, puisqu'elle est devenue comme ça juste après ma naissance !

Dougray Doyle se précipita vers lui, tentant de le plaquer contre lui, de le prendre dans ses bras. Ce petit corps raide de chagrin qui luttait lui donna des envies de sangloter, de fuir, de tuer. Il tomba à genoux et cria à son tour :

— Ce n'est pas ta faute, Liam, je te l'affirme ! Ni la mienne. Tu n'as rien à voir là-dedans.

Le petit garçon balbutia contre son cou :

— Mais elle est là-bas depuis que je suis né. C'est donc que ça a un rapport avec moi. Et la mère de Benny a fait une dépression, elle aussi, après sa naissance. Benny dit que c'est fréquent...

— Non, ça n'a rien à voir, les médecins m'ont expliqué. Tu sais, une femme enceinte n'a plus les mêmes hormones. Quand elle accouche de son bébé, ses hormones d'avant reviennent. C'est comme un cyclone, et ça la secoue. Ils appellent cela le blues post-partum. La maman alterne entre son bonheur d'avoir le bébé et ce gros choc. En général, ça dure peu.

Cette monstrueuse décharge d'hormones qui submerge la femme, et puis, insidieux, son refus que cette vie à deux dans son ventre cesse déjà, que ce bébé qui respirait d'elle, se nourrissait d'elle, bougeait avec elle la quitte. *Pourquoi n'as-tu pas supporté cela, Rosemary ? Pourquoi n'as-tu pas fait l'effort de nous aimer assez pour nous garder ?* Jamais il ne tolérerait que Liam puisse se convaincre de sa responsabilité dans la noyade de sa mère au centre d'une autre réalité. *Merde, c'est la physiologie depuis que les femmes enfantent.* Rosemary l'avait bousillé, lui, le corrodant de l'intérieur depuis douze ans. Elle n'abîmerait pas son fils. Tant pis si c'était injuste, tant pis s'il devenait le salaud de l'histoire.

— Mais il y a peut-être des cas où c'est plus fort, papa.

Doyle embrassa le menton trempé et murmura :

— Non. Assieds-toi, il faut que je t'explique. J'aurais préféré attendre un peu, mais... tant pis. Je t'ai déjà raconté que j'avais rencontré maman à la bibliothèque de Newton, dans l'État du Massachusetts ? Elle était jolie comme un cœur. Assez petite, toute menue, avec de jolies taches de rousseur et des cheveux magnifiques, auburn sombre, qui lui cascadaient sur les épaules. Je crois que je suis tombé amoureux dans le quart d'heure. Elle était nerveuse, parfois exaltée ou silencieuse. Elle passait du rire aux larmes pour un rien. À l'époque, ça me charmait, je la trouvais hypersensible. Avec le recul, il est évident que j'aurais dû y voir les premiers indices de son déséquilibre. Peut-être que si j'étais intervenu, si elle avait consulté à cette époque... Ce que je veux dire, c'est que ça n'a rien à voir avec toi. Elle portait déjà le début de cette cassure en elle.

Le regard sombre pénétra à nouveau dans le sien.

— C'est vrai ? Tu le jures, papa ?

— Je le jure. Croix de bois, croix de fer, si je mens, je vais en enfer, et il sera terrible.

Liam se leva et s'avança vers son père pour s'affaler contre lui. Il pleurait, mais ces larmes-là ne blessaient plus.

Quand as-tu basculé vraiment, Rosemary ? La naissance de Liam a-t-elle été l'indispensable catalyseur, ou simplement le révélateur de ce qui était inévitable ? Je l'ignore, Rosemary. Mais mon fils, qui n'est plus le tien dans ton vide, ne partagera pas les souffrances de mon incertitude. Plus tard, dans quelques années, je lui avouerai que je cesse aujourd'hui de me battre pour toi, contre toi. On se bat, on protège où l'on aime. Je ne t'aime plus. Je lutte simplement pour ne pas te détester. Pour Liam.

11 octobre, FBI, base militaire de Quantico, Virginie.

La sonnerie péremptoire du vidéophone de sa chambre fit sursauter Julia. L'écran, grand comme une carte de visite, lui renvoya l'image minuscule de Doyle appuyé contre le mur du couloir. Pourtant, elle décrocha le combiné et s'enquit :

— Qui est-ce ?

— Dougray Doyle. Je viens d'arriver à la base. Je me demandais si un dernier café avant notre réunion vous tenterait.

— Volontiers. Une seconde, je me débats avec la carte magnétique de la serrure et je vous ouvre.

Il l'entendit pester, puis le battant s'ouvrit. Elle déclara :

— Je me demande ce que les gens ont contre les serrures normales avec de vraies clés !

— Ça déforme les poches.

— Voilà un argument comme je les aime. Pragmatique et évident !

Julia le suivit dans le couloir jusqu'à l'ascenseur qui descendait à la cafétéria. Une fois dans la cabine, il se laissa aller contre la paroi en métal brossé.

— Vous n'avez pas l'air en forme, Mr Doyle.

— J'ai passé une nuit médiocre.

Le choix de l'adjectif la dissuada de poser d'autres questions. Elle plaisanta :

— Enfin un ascenseur muet. Pas d'infernale zizique ni de voix suave vous énumérant les étages.

La couleur des cheveux de Julia le frappa. Presque la même teinte que ceux de Rosemary, juste un peu plus cuivrée, chaude.

D'instinct, Julia se dirigea vers la table qu'elle avait occupée la veille au soir. Doyle s'installa en face d'elle. À la crispation de ses maxillaires, à sa façon de respirer la bouche entrouverte, elle comprit sa tension et les efforts qu'il fournissait afin de rester courtois et faussement serein. Elle devait l'aider à chasser cette ombre parce qu'elle avait besoin de lui, de ses compétences. Elle commença :

— Michael Baghurst est un parfait baby-sitter. J'ai passé un bon moment. Assez étonnant, étant donné les circonstances. Nous avons dîné à la même table. C'est étrange, n'est-ce pas, cette façon de répéter inconsciemment les mêmes comportements. Il y a une bonne quinzaine de tables libres, ajouta-t-elle en désignant la salle d'un petit mouvement de poignet. Comme d'emprunter toujours le même trottoir lorsque l'on se rend au travail ou chez le marchand de journaux.

Doyle eut un léger sourire.

— Ou de s'habiller en commençant par le slip, les chaussettes ou la chemise.

Julia sentit qu'elle grignotait un peu de terrain sur l'ombre et renchérit :

— Selon vous, il y a une explication ?

— Sans doute plusieurs. La séquence et l'ordre des petits gestes quotidiens relèvent du réflexe conditionné. Cela permet d'agir sans avoir à se concentrer, en gardant sa disponibilité d'esprit. Pour ce qui est du choix de la table, je crois que c'est différent. Vous pénétrez sur un territoire qui n'est pas le vôtre, ce qui provoque une réaction de prudence de votre part. Ce chemin et cette table se sont révélés inoffensifs hier, vous les adoptez donc. (Il ajouta avec un petit rire :) Outre que le choix est bon : c'est l'une des mieux situées.

— Je peux me joindre à vous ? Enfin si... je ne dérange pas.

Julia leva le regard. Esperanza Lorca y Fernandez ne fixait que Doyle. Ce dernier répondit d'un ton las :

— Je vous en prie. Nous avons encore cinq petites minutes avant la réunion.

— Comment s'est déroulée la soirée plongée de Liam, hier ?

— Oh, il s'est débrouillé comme un chef.

— Ça ne m'étonne pas.

Julia s'étonna d'abord de l'hésitation qui perçait dans la voix de Lorca, d'habitude cinglante ou insolente. Et soudain, elle comprit. Lorca abordait un sujet personnel, aussi minime soit-il, pour signifier à l'autre femelle qu'elle n'était pas aussi proche qu'elle du mâle. Elle faisait étalage d'une mince connivence avec Doyle pour marquer son territoire. Si cette constatation divertit Julia, elle s'en voulut d'être passée à côté d'une évidence : Lorca était jalouse parce que ses sentiments pour Doyle dépassaient le strict cadre professionnel. Avaient-ils eu une liaison ? L'impassibilité suspecte de Dougray Doyle pouvait le laisser supposer.

Ils finirent leurs tasses en silence et ce dernier se leva.

— Il est temps de rejoindre les autres, si vous êtes prête, Mrs Holmer. Thomas Sturgeon est à Washington. Il ne rentrera pas avant plusieurs jours. J'aurai le plaisir de vous présenter la nouvelle venue. Nina Kroeger. Je trouve le... remplacement de Cory très prématuré, mais nous en avons discuté en équipe. L'administration étant ce qu'elle est, nul n'est certain qu'on nous réattribuera le poste si nous le refusons. Il n'en demeure pas moins que... c'est difficile. Désagréable coup au cœur à chaque fois que je pousse la porte du bureau de Cory et que je découvre le visage de Nina.

Il passa son bras derrière le dos de Julia, la guidant imperceptiblement au travers de l'immense salle. Son soin à ne prêter aucune attention à Lorca la convainquit qu'en effet, un autre souvenir pas trop gai gisait entre ces deux êtres.

Doyle poussa la double porte et précisa :

— Installez-vous, Mrs Holmer. Juste deux ou trois petites choses à rassembler et nous vous rejoignons. Ensuite, je vous verrai en privé. Vos nouveaux papiers sont arrivés dans le même hélicoptère que vous. Il s'agit d'une identité transitoire.

Julia ne demanda pas à la connaître. Peu importait. Elle se foutait tant d'elle-même. Quelle importance pouvaient donc revêtir le nom, le prénom et la date de naissance attribués à son inexistence ?

Quand avait-elle pénétré pour la première fois dans cette salle de réunion ? Julia aurait répondu « une éternité », et pourtant sa visite ne remontait qu'à quelques semaines. La pièce aveugle de dimensions très modestes la glaça.

Ici, Julia les avait affrontés, groupés en clan autour de leur certitude qu'ils formaient un monde à part, détenteur de terribles secrets, sécréteur du dernier rempart entre les ravageurs et le reste de la population : Lorca, Sturgeon et Baghurst.

Ici, Julia les avait embarrassés en étalant son obésité comme une carte de visite. Elle se souvint de cette réplique adressée à une Cory Fried paniquée par sa graisse, réfugiée dans un joli maquillage et les effluves d'un lourd parfum luxueux : « Ce ne sont pas des bouffées de chaleur, madame, je cherche mon souffle parce que soulever 110 kilos de lard, c'est dur, lorsqu'on ne mesure même pas 1,60 mètre. »

Ici, Julia avait fini par les convaincre que son aide leur permettrait de rejoindre Cordell, son ex-mari. Elle les avait sentis se tasser, se défiler et n'était parvenue à les rejoindre qu'au prix d'une ruse aberrante. Leur faire gober qu'elle était comme eux : humaine. Que Cordell ne l'avait pas contaminée. Aucun n'avait senti à quel point cette affirmation était mensongère. Aucun n'avait décelé la tricherie, pas même Doyle et sa déroutante subtilité, ou Lorca, dont l'animosité avait pourtant été immédiate. Aucun n'avait compris que ce qu'elle venait chercher dans ces murs était précisément cela : la restitution de son identité humaine.

Il aurait fallu pour que s'éclaircisse cette monstrueuse charade que ces super flics aient vécu ces trois années d'amour fou, cette passion absolue, comme elle. Il aurait fallu qu'ils sentent sur leur peau, dans leur sang ces nuits de feu, de délire lorsqu'à chaque fois que Cordell la voulait, il la mettait au monde. Il aurait fallu qu'ils admettent, sans question, que pas un instant elle ne s'était rebellée, étonnée, inquiétée.

« Tends ton bras, mon ange. Tu veux A Whiter Shade of Pale *? Cligne des yeux si ça te plaît. » Elle cligna des yeux, souriant sous le bâillon en gros adhésif gris qui lui tirait les lèvres. « Viens, lève-toi, danse contre moi. » Elle se leva en titubant, gênée par l'entrave qui resserrait ses chevilles et plaqua son ventre contre celui de son mari. Un slow, un magnifique slow d'une infinie longueur parce qu'elle se sentait couler et qu'elle pouvait à peine le toucher. Comme toujours, ses nerfs l'exaspéraient, la tendaient jusqu'à l'irritation. Elle le voulait, le voulait maintenant. Mais le temps n'était pas encore venu. Il ne*

serait là que lorsque les tremblements de ses cuisses, la crispation de son bas-ventre feraient rire Cordell. Que lorsqu'il passerait sa main contre son sexe pour l'en retirer trempée, tiède et salée, et la lécher ou lui en peindre le front.

Ordure. Enfoiré psychopathe.

Il faut que tu meures, Cordell.

Je t'en supplie, meurs.

Comprends-tu comme c'est important ? Je crève d'anticipation depuis trois ans, peut-être même davantage sans le savoir.

Chacune des photos de tes victimes, chacun de mes souvenirs, chacun de mes espoirs me tend vers toi, dans l'attente de ton agonie.

Si tu meurs, je saurai et je mourrai juste après. Je te le jure.

Meurs, je t'en prie. Meurs pour moi.

— Vous devez être Mrs Julia Holmer.

Julia se retourna d'un bloc vers la voix grave et accueillante. La femme devait avoir une trentaine d'années, peut-être juste un peu plus. De beaux cheveux courts, frisés et blonds encadraient un visage carré et chaleureux, éclairé par des yeux couleur thé. Grande, large sans lourdeur, tout chez cette fille respirait l'harmonie. Pourtant, elle n'était pas vraiment jolie : un nez trop court pour une bouche trop épaisse, des maxillaires un peu trop marqués pour cette peau fine et fragile de blonde. Julia se surprit à tendre la main.

— Et vous êtes Nina Kroeger.

— Gagné ! Asseyons-nous, voulez-vous ?

Nina la détailla d'un regard rapide et sans sous-entendu. Les autres avaient-ils mentionné son obésité, ou s'en foutait-elle ? Peut-être un peu des deux.

— Je suppose que vous êtes gavée de mauvais café

depuis votre arrivée ? J'ose à peine vous en proposer une tasse supplémentaire, d'autant que celui du percolateur de l'étage est encore pire que celui que l'on sert à la cafétéria. Ce qui prouve que la réalité dépasse souvent la fiction. (Nina abandonna brutalement son ton badin et poursuivit :) Euh... je ne sais pas comment vous dire cela sans jouer les âmes supérieures, Mrs Holmer, mais... je compatis. C'est le mot.

— La vraie compassion est un des sentiments les plus élégants, les plus distinctifs de ce qui devrait faire l'humain... et appelez-moi Julia, s'il vous plaît. Souffrir avec l'autre, cela signifie être capable de se mettre à sa place, dans son épiderme. L'inverse de la sociopathie.

— Taylor-Caedon est un sociopathe, c'est bien cela ?

— De la pire espèce, celle qui la pousse au grand art. Mais il existe plein de formes bénignes de sociopathie, vous savez. Nous vivons au milieu d'elles, au milieu de cette indifférence polie pour les calvaires infligés aux êtres souffrants, quels qu'ils soient.

L'arrivée des trois autres empêcha Nina de répondre, pourtant, quelque chose dans son regard marron très clair avait un peu soulagé Julia.

Doyle s'installa en expliquant :

— Je vois que vous avez fait connaissance... La définition du poste de Nina est assez différente de celle du... peu importe. Nina nous vient du *Alcohol, Tabacco and Firearms*, le très fameux ATF, et nous nous en félicitons. Inutile de vous dire que nous souhaitons la convaincre qu'on est bien mieux ici que là-bas afin qu'elle reste chez nous. (Il soupira et se décida enfin à poursuivre :) Mrs Holmer, si toutefois vous vous sentez d'attaque, j'aimerais que vous nous expliquiez votre agression, dans les moindres détails. Si vous avez besoin d'une pause, n'hésitez pas à me le dire. Nous avons tout notre temps.

11 octobre, FBI, base militaire de Quantico, Virginie.

Une lassitude sans énervement rendait Julia presque muette. Quoi ? Encore répéter ? Depuis quand ânonnait-elle la même histoire ? Combien de fois avait-elle ressassé les mêmes minutes ?

Dougray J. Doyle sentit sa fatigue et insista avec tact :

— Je vous en prie... encore un petit effort. L'avantage de l'épuisement, c'est de tirer du témoin des choses qu'il excluait, les trouvant sans intérêt ou déplacées...

Quelques notes d'une chanson folklorique écossaise trouèrent étrangement l'espace. Tous les regards se tournèrent vers Nina, qui rougit jusqu'à la racine des cheveux, expliquant :

— Excusez-moi... J'avais demandé que l'on filtre les appels. Ce doit être urgent... du moins j'espère.

Elle marmonna quelques bribes de phrases, d'abord agressives, puis alarmées, et tendit le minuscule boîtier à Doyle par-dessus la table ovale de conférence.

— Il vaut mieux que vous preniez, monsieur.

Au pli en griffe qui se creusait entre ses sourcils, à cette ride qui tirait la commissure de ses lèvres, à son regard qui la fuyait, Julia comprit.

Tu as recommencé, enfoiré ! Combien de temps as-tu attendu après l'incendie ? Qui, cette fois ? Un homme, une femme ? Une femme, sans doute, n'est-ce pas, Cordell ?

L'infime claquement de la patte du téléphone résonna dans la salle comme une détonation. Julia inspira et demanda d'un ton neutre :

— Une autre victime ? Une femme, c'est cela ? Il ne pouvait pas rester sur l'idée de ma survie. Quand ?

— Oui, une femme, a priori hier soir, à Boston. Pamela Kells, une professeur de musique. Le Boston Police Department m'envoie le fichier avec les pièces graphiques. Ils attendaient le feu vert pour l'autopsie, les tests et les empreintes génétiques également, mais le *modus operandi* laisse peu de doute quant à l'identité du meurtrier. Cela met un terme à notre réunion. Lorca, vous entrez immédiatement en relation avec les flics locaux. Vous foncez là-bas et vous demandez à Susan Wuang Tong de dépêcher sur les lieux un de ses meilleurs techniciens du Russel Building. Je veux que la scène de crime soit passée au crible, chaque millimètre carré de ce foutu abattoir doit être examiné, scruté, retourné, et vous y veillez !

Lorca se leva d'un bond.

— Bien, monsieur. Concernant le voyage...

Il l'interrompit en sifflant, mauvais :

— Démerdez-vous, Lorca !

— Ça marche.

La jeune femme quitta les lieux sans prendre congé de quiconque. Baghurst hésitait. Enfin, sa mauvaise humeur eut raison de sa prudence :

— Je ne sais pas, mais ça me semble assez important pour qu'on constitue un binôme. Thomas ou moi devrions l'accompagner, et puisque Thomas est en déplacement...

— En effet, Baghurst, vous ne savez pas. J'ai besoin

de vous ici. Maintenant, dans mon bureau. Mrs Holmer, si vous voulez bien nous suivre.

— Oh, mon Dieu !

Baghurst se précipita derrière le bureau de Doyle, regardant par-dessus son épaule l'écran de l'ordinateur. Nina Kroeger se leva et frôla machinalement l'épaule de Julia installée à côté d'elle. Michael Baghurst blêmit jusqu'aux lèvres et son regard se focalisa sur Nina, évitant Julia avec tant de soin que celle-ci comprit que quelque chose qui allait faire très mal suivrait.

Un truc. Un truc comme le réveil d'une très ancienne terreur glaça l'intérieur de son crâne. Fuir. Fuir cette pièce, fuir encore.

Non, pas fuir. La fuite ne servait plus à rien. Pas plus que la peur. Se calmer. Retrouver l'usage de son intelligence. Immédiatement. Seule son intelligence pouvait devenir une arme.

Les trois autres regards l'évitaient, passant au-dessus de sa tête, circulant selon un itinéraire et des connivences qui l'excluaient.

Retrouver un sauf-conduit. Récupérer ce lien si fictif, si versatile et pourtant si crucial qu'elle avait peiné à tisser avec eux tous.

— Je crois qu'il vaudrait mieux parler. Le silence est encore pire. Ma mémoire et mon imagination sont sans limites.

Dougray Doyle articula avec difficulté :

— Je ne sais pas, Mrs Holmer. Je ne sais pas, et pour ne rien vous cacher, j'ai la trouille.

Elle le fixa et insista d'un ton plat :

— Dans ce cas, acceptez-vous que je me déplace pour regarder ce qui se trouve sur votre écran ?

— C'est... Venez.

De longs cheveux très bouclés. Un bel auburn cuivré. De grands yeux bleu héliotrope. Une peau pâle et fine. Un petit nez droit et bien dessiné. Un joli sourire espiègle. Elles. Pamela Kells, Julia aussi. Helen, plutôt. Pamela était mince, comme Helen trois ans auparavant. Séparée du premier cliché par une frêle bande verticale noire, la seconde photo était encore elle. De longs cheveux très bouclés, répandus sur le tapis, collés de sang bruni. Un bel auburn rougi. D'immenses yeux bleu héliotrope, vides, fixant le plafond. Une peau fine, d'une pâleur cendrée, épaisse, celle des cadavres. On ne devinait plus rien du pli de la bouche sous le large bâillon gris.

La voix de Doyle la surprit parce que, depuis plusieurs secondes, elle était seule avec Pamela.

— Le CD des *Variations Goldberg* de...

— Bach, par Glenn Gould, version de 1955 a été retrouvé dans la chaîne ? C'est bien cela ?

— Oui.

— Il aurait aussi pu y placer le *Requiem* de Fauré, la *Messe du couronnement* de Mozart ou encore le *Concerto pour violoncelle* de Boccherini. Il s'agit des œuvres que je préfère. Je pouvais les passer durant des heures, j'ai un petit côté obsessionnel avec la musique. Ça rendait mon père hystérique, et même mon...

Julia s'interrompit brutalement. Elle allait dire « et même mon mari devenait fou ». La panique d'une glissade. Elle se sentait déraper à l'intérieur.

— Ah non, mon ange... pas encore Boccherini. C'est magnifique, mais nous devons pouvoir trouver une autre œuvre sublime dans nos CD. Un truc que nous n'aurions pas déjà écouté trois mille fois. Les concertos pour cor de Mozart, ou même le Requiem *de Duruflé, par exemple...*

— Je découvre un nouvel indice à chaque passage.

— Indice ?

— De perfection.

Cordell se leva et frôla son front de ses lèvres en murmurant :

— Tu es si drôle. Comment fais-tu ?

Julia se laissa aller contre la cloison du bureau. Michael Baghurst tendit la main vers son visage. Elle le regarda, étonnée.

11 octobre, Boston, Massachusetts.

L'efficacité bruissante avait cessé. La colonie de visages anonymes, de légers scaphandres blancs en plastique tissé avait disparu. Une sorte d'étrange termitière s'affairant selon un rite bien précis, récoltant des débris, des bouts de fibres, des poils, les conservant dans une batterie de petites fioles étiquetées de codes-barres. Ce qui resterait d'une vie. La dernière trace objective d'un saccage : le meurtre de Pamela Kells.

Lorca souffla. Le claquement caractéristique d'un Zippo la tira de la stupeur qui la clouait sur la chaise qu'elle avait poussée dans un coin afin de ne pas gêner. Susan Wuang Tong exhala une longue bouffée de fumée.

— Vous fumez ?

La biologiste, tassée dans le renfoncement d'un bow-window, la fixa, étonnée.

— Oui, pourquoi ?

— Je ne sais pas, c'est inattendu.

— Pourquoi ? Parce que je suis d'origine chinoise ou scientifique ?

— Les deux.

— Justement. Lorsque je vois des trucs comme... Enfin, lorsque je découvre le cadavre d'une jeune femme égorgée... mes angoisses me paraissent soudain très lointaines. En dépit d'une très ancienne culture assez imprégnée de symbolisme et d'onirisme, notre histoire nous a contraints au pragmatisme. Dans mon cas, la science n'a fait que renforcer ce trait de caractère.

— Ce n'est pas parce qu'un enfoiré l'a massacrée que vous devez mourir d'un cancer du poumon.

Susan Wuang Tong sourit et déclara avec gentillesse :

— C'est sans doute ce que Pamela pensait aussi.

La mince Chinoise vêtue d'un pantalon et d'un sweater noirs soulignant sa finesse sans fragilité s'extirpa du coin de fenêtre qui l'hébergeait et tourna sur elle-même en murmurant :

— C'est joli ici, chaleureux... vous ne trouvez pas ? Pas beaucoup de moyens, mais un goût pour les choses. Vous voyez, agent Lorca, c'est pour cette raison que j'ai tant insisté pour venir, lorsque vous m'avez demandé un super technicien. Je sais que cela ne vous réjouissait pas de me traîner derrière vous. Ne jamais oublier que ce que vous injectez dans un appareil est un être humain. Ne jamais devenir négligent parce que cet humain est une victime et qu'il mérite réparation, ou parce que c'est un coupable et qu'il mérite d'être jugé.

La jeune femme serra les mâchoires et conclut :

— Je n'avais jamais vu de victime de meurtre, je veux dire en vrai. J'ai vu des photos, des vidéos. J'ai vu les dépouilles familiales de morts aimés. J'ai vu de pauvres choses congelées à la morgue. Je n'avais jamais approché un corps qui témoigne encore de sa peur et de sa souffrance.

Lorca eut envie de s'approcher d'elle, peut-être de lui tendre la main. Au lieu de cela, elle baissa le regard vers le tapis et croisa ses bras sur sa poitrine en répondant d'un ton sec :

— Vous ne pouvez pas réfléchir de cette façon-là.

— Pourquoi pas ?

— Parce que ce dont cette fille a besoin maintenant, c'est de votre intelligence, de tout ce que vous savez faire et de votre acharnement. Pas de votre peine. Du reste, c'est aussi ce que j'attends de vous.

Susan Wuang Tong fit un pas dans sa direction. Le long regard noir en amande plongea dans l'éclat sombre des iris de Lorca.

— Vous ne vous lâchez jamais, Esperanza ?

Parce qu'une sorte d'émotion inquiétante la gagnait, parce qu'elle ne craignait plus la femme légère qui se tenait devant elle et qu'elle se méfiait de cette bizarre confiance qui s'installait entre elles, Lorca répondit d'un ton ironique :

— J'évite. Je me suis pas mal entraînée et je m'applique.

— Vous ne ressentez rien pour elle ?

Quoi, mentir encore, prétendre ? Susan ne s'arrêterait pas aux apparences. Tout son domptage scientifique consistait à forcer son chemin au-delà des évidences présentées. Alors, s'accorder une demi-vérité :

— Pas maintenant. C'est un luxe que je ne peux pas me permettre, Susan, dans son intérêt. Plus tard. Peut-être que je chialerai plus tard, mais pas maintenant.

— Appelez-moi, ce jour-là. Nous chialerons ensemble.

— Ça marche.

La scientifique se redressa et ramassa la masse de ses longs cheveux soyeux en les tordant d'un gros nœud approximatif en haut de son crâne.

— Je ne sais pas très bien ce que vous attendez de moi. Le médecin expert se chargera de l'autopsie. À ce propos, quand doivent passer les gens de l'Institut médico-légal ? (Sans attendre la réponse, elle poursuivit :) Les techniciens du Boston PD ont ratissé la scène de crime... Certes, ils suivent un protocole, mais ce sont des bons. Ils ne rateraient pas un indice...

— J'ignore ce que j'attends, Susan. Un petit miracle, peut-être.

— Aussi curieux que la chose paraisse, les scientifiques croient souvent à la chance ! Allons-y, Esperanza. Si vous avez un grigri — genre patte de lapin ou trèfle à quatre feuilles —, c'est le moment de le tripoter : ça ne peut pas faire de mal, et je garderai le secret.

— Malheureusement, je ne possède rien de tel. Mais la bonne nouvelle, c'est que les gars du labo ont tout relevé, tout photographié — dont bien sûr les deux capotes abandonnées à côté du lit. On peut mettre le bordel sans hésitation.

Elles se répartirent l'espace assez restreint de l'appartement. Susan commença par la chambre, Espy par la salle à manger ; elles intervertiraient ensuite et passeraient dans un deuxième temps à la cuisine et au salon.

La nuit tombait lorsqu'elles se rejoignirent dans la salle de bains. La fatigue creusait une ride étrange au milieu des sourcils si bruns de Susan, et une colère glacée faisait trembler les mains d'Espy.

— Bordel ! Rien. Rien d'autre que ce que les gars du labo ont prélevé. Ils ont même dévissé les siphons de la baignoire et du lavabo. Et tout ça nous mènera à quoi ? À l'identité du tueur qui n'en a rien à battre puisque tout le monde sait qu'il est le coupable : connard-de-merde-Taylor-Caedon !

— Il nous reste le corps.

L'imminence d'un échec rendait Espy agressive. Elle siffla entre ses dents :

— Pourquoi vous êtes devenue médecin légiste ?

Une voix péremptoire la calma :

— Pas de ce ton-là avec moi, Lorca ! Vous voulez passer vos nerfs ? Allez faire un tour et laissez-moi travailler.

— Excusez-moi... je... Je ne supporte pas l'idée que ce tordu soit plus malin que nous, qu'il gagne encore...

Teigneuse, Susan Wuang Tong l'interrompit :

— Pas moi ! Je n'ai pas l'habitude de m'avouer vaincue. Même la fameuse grosse claque de l'échec en pleine figure ne me décourage pas, au contraire. S'il y a quelque chose à trouver, je vais trouver. C'est une affaire de temps, et je me l'accorde. On y va. Ne touchons pas le corps afin de donner toutes les chances au légiste.

Espy la suivit dans le salon, s'agenouilla à ses côtés tout près du corps rigide de Pamela, dont les yeux maintenant secs fixaient toujours un point du plafond. Un épais résidu translucide dont l'odeur acide ne s'était pas tout à fait dissipée recouvrait le bâillon, retenant l'infini silence d'une femme qui venait de mourir. De la super colle permettant de fixer les empreintes digitales labiles que des supports mous et déformables comme un ruban adhésif ou une étoffe ne conserveraient pas longtemps.

Espy vit la petite main fine aux ongles courts couverts d'un vernis à peine rosé s'approcher du front de la jeune femme morte. Trois doigts s'y posèrent pour une improbable et très tendre caresse. Une fatigue épouvantable lui tomba dessus, et elle se laissa choir sur les fesses, sans même prendre garde à la large tache de sang séché sur laquelle elle s'effondrait. Elle entendit juste le murmure de Susan :

— On va trouver, Pamela, je te promets.

Esperanza Lorca y Fernandez fit un gigantesque

effort pour rester dans la pièce, pour se concentrer encore et encore, mais son cerveau fuyait dans sa tête. Merde... Si ça se trouvait, Pamela avait cru, comme elle, qu'elle avait le temps, que quelque chose de phénoménal, d'idéal allait survenir dans sa vie qui la rembourserait de tout le reste, qui gommerait les souvenirs les plus coupants. Si ça se trouvait, la veille, Pamela avait cru que ce baume d'âme serait cet homme si séduisant.

Cordell. Lorca s'était toujours confortée dans l'idée qu'elle chassait un tueur, et elle se rendait compte qu'elle voulait la peau d'un mirage, le genre de mirage qui lui avait pourri la vie jusque-là. Des mirages qui mentent, qui charment en vous faisant gober que le monde peut devenir un conte de fées pour vous abandonner ensuite encore plus amochée qu'avant. Conne, quelle conne ! Elle avait jeté le seul qui n'avait pas menti, qui n'avait rien maquillé de la réalité. Dougray Doyle, sa lourdeur sérieuse, son intelligence sans artifice.

Ce soir-là, elle avait poussé le goût du carnage jusqu'à l'inviter chez elle, elle qui habitait à peine dans ce deux-pièces, y errant parfois pour y prendre une douche ou s'effondrer dans son lit. Parmi les caisses de déménagement qu'elle n'avait toujours pas déballées depuis plus d'un an, elle avait retrouvé le carton contenant la vaisselle. Certes, elle n'avait pas poussé l'appétit de domesticité jusqu'à cuisiner, mais du moins avait-elle dressé la table avec de vraies assiettes et de vrais couverts.

Une heure après l'arrivée de Dougray, d'un petit ton calme et cordial, elle l'avait congédié comme s'il s'agissait d'un de ces innombrables épidermes contre lesquels elle avait apaisé ses nuits durant toutes ces années. Elle avait même peaufiné cette mise à mort relationnelle en insistant : « Bon, on ne va pas en faire une pendule. Qu'y a-t-il de coupable dans quelques échanges de sueur entre adultes consentants ? Cela dit, j'ai autant besoin d'une relation stable que d'un clou à la fesse. Et puis, il y a Liam, je n'ai jamais voulu d'enfant. »

L'homme taciturne avait lutté contre cette violence qu'il domptait depuis si longtemps. Espy l'avait senti comme si sa rage lui coulait sur la peau. Il ne lui avait jamais pardonné. Pourquoi l'aurait-il fait ? Elle avait soigneusement choisi le moment de moindre résistance, celui qu'elle savait le plus blessant pour placer sa petite tirade meurtrière.

Pourquoi ? Sans doute parce que celui-là n'était pas comme les autres et qu'elle le redoutait. Sans doute parce que si les choses foiraient encore cette fois-ci, il serait beaucoup moins aisé de les lui coller sur le dos. Sans doute parce qu'elle ne pourrait s'accrocher ni à « l'infantilisme sentimental des mecs », ni à « leur goût pour le beurre et l'argent du beurre », ni à « leur insupportable trouille de l'investissement », bref toute la panoplie bien rodée des reproches qu'elle adressait habituellement à ses multiples conquêtes et qui lui permettait de les balancer comme un vieux collant.

Merde, elle en était tombée amoureuse, sans doute l'aimait-elle toujours, mais cet ahurissant sentiment lui était si peu familier qu'il lui donnait envie de fuir. Non, pas *sans doute* : elle n'avait jamais aimé que cet homme. C'était également une des raisons inavouables pour lesquelles la Baleine lui tapait sur les nerfs, pour lesquelles elle avait toisé Cory Fried. Doyle avait vis-à-vis d'elles cette tendresse immédiate, évidente, une tendresse généreuse qu'il ne semblait éprouver que pour les femmes et son fils. Jalouse, elle était jalouse. Merde, il ne manquait que cela.

Un long souffle, un souffle de ventre, la tira du cataclysme qui s'annonçait. Une voix qui ne s'adressait pas à elle. Une voix en dedans, soliloquant pour s'encourager, celle de Susan :

— Non, non... ce n'est pas un cheveu... Trop épais, rigide. Réfléchis, Wuang, réfléchis !

— Quoi ?

— Un homme méticuleux, ce Cordell Taylor-Caedon. J'aime. Je suis moi-même méticuleuse au point de devenir insupportable. Il a commencé par lui entraver le bras droit le long du corps.

— Comment le savez-vous ?

Un sourire, mais un regard implacable. Lorca se fit la réflexion idiote que rien n'est plus mouvant qu'un regard sombre. Rien n'est plus aimant ou lacérant. Le regard de Doyle au creux de certaines nuits lorsqu'il repoussait ses cheveux trempés de sueur, ou jetant sa serviette sur la table afin de retenir la bordée d'injures qui lui venait. Un regard de mise au monde ou de mise à mort. Susan flairait sa proie, et à sa façon fonçait à la gorge pour faire ruisseler le premier sang. La main d'Espy rejoignit le bras menu et serra les muscles fins. Un geste si étonnant de sa part qu'elle se sentit rougir.

L'index de la biologiste se tendit vers le mince pli rabattant le bout de ruban adhésif.

— Il fait comme moi avec mon escargot de scotch au bureau. Je replie toujours l'extrémité sur elle-même, c'est plus facile de la repérer ensuite et de dérouler l'adhésif.

— Oui, oui, et...

— Et quelque chose est pris dans le pli. Là, regardez, ce truc marron foncé. Pas un cheveu.

Lorca se pencha. Une sorte de mince et court

cylindre, du diamètre d'une aiguille, était prisonnier du pli collant. Elle avança les doigts. Une poigne ferme et sans concession l'arrêta.

— On ne touche pas, Espy. Si c'est organique, je n'ai pas envie de trier votre empreinte génétique des autres. Vous avez une pince à épiler dans votre barda ?

— Oui.

— J'ai vu des ciseaux dans la cuisine, on va découper tout cela et le protéger dans une enveloppe ou un bout de papier hygiénique, n'importe quoi n'ayant jamais été effleuré.

— C'est quoi, à votre avis ?

— Je n'en ai pas la moindre idée. Ça vient de lui, mais a priori ce n'est pas de lui... enfin, biologiquement. Ni poil, ni cheveu. C'est peut-être sans intérêt...

12 octobre, Bellview Psychiatric Hospital, Virginie.

Dougray Doyle se gara à l'extrémité du petit parking réservé aux visiteurs du Bellview Hospital, un établissement psychiatrique semi-privé situé à quelques kilomètres au nord de Richmond.

Les trois courts bâtiments de quatre étages, construits sur la pente douce d'une colline, avaient été récemment recouverts d'un nouveau crépi. Le blanc lumineux des murs donnait à l'ensemble des allures de pimpante maternité. Un indiscutable progrès si on le comparait au ciment gris qu'avait connu Doyle auparavant et dont la tristesse accompagnait celle des petites vies de purgatoire qui sillonnaient les couloirs.

Dougray J. Doyle éteignit le moteur de la voiture et demeura là, le regard aveugle rivé sur une pelouse. Un peu plus loin sur sa droite, un vieil homme, les mains croisées sur sa nuque, la bouche entrouverte, l'effleura d'un regard furtif. Son pantalon de pyjama trop large découvrant le bas de son ventre, il oscillait d'avant en arrière, rythmant une prière d'hébétude.

Chaque samedi. Penser que depuis douze ans, il se traînait ici tous les samedis ou presque. Aujourd'hui marquait la fin de son régulier pèlerinage. À partir d'aujourd'hui, il espacerait ses visites au petit fantôme qui avait été sa femme, une éternité plus tôt. Elles n'avaient plus d'objet — et surtout plus d'utilité — depuis si longtemps, mais il s'y était astreint durant des années. La raison en était simple et peureuse : il craignait que Liam ne lui reproche un jour d'avoir abandonné sa mère à la folie. Pourtant, la crise de larmes du petit garçon la veille avait fait comprendre à Doyle que le lien fictif qu'il entretenait en venant chaque semaine au Bellview maintenait son fils dans une sorte de culpabilité. Liam n'admettait pas d'être exclu des visites de son père. On l'écartait, lui seul, de sa mère, ce qui signifiait à ses yeux que sa naissance était à l'origine de son dérapage. Il fallait le convaincre de l'hérésie de cette déduction. Il fallait que Rosemary et les reproches qu'elle sécrétait involontairement disparaissent. Dougray Doyle ne pouvait plus rien pour elle, mais il pouvait encore tout pour son fils.

Il se décida enfin à descendre de voiture après avoir repêché sur la banquette arrière le sac de petits cadeaux qu'il apportait chaque samedi. Le plus souvent des sucreries, des gâteaux que Rosemary avalait avec une voracité d'affamée. Leur absence, lorsqu'il avait oublié d'en acheter, provoquait des bouderies muettes et revanchardes ou de violentes crises de sanglots étouffés qui donnaient à Dougray envie de fuir ou de hurler. Un jour, elle l'avait pincé au sang en trépignant de frustration. Il avait eu toutes les peines du monde à maîtriser ce corps décharné mais déchaîné de rage.

La même odeur de chou, mêlée à celle du désinfectant utilisé pour les sols, l'accueillit dans le hall de réception. Une des jeunes femmes en blouse blanche — il ne les différenciait pas les unes des autres — lui sourit derrière le bureau en fer à cheval. Il répondit mécaniquement à son salut.

La chambre de Rosemary se trouvait au deuxième étage. Il délaissa l'ascenseur, s'accordant encore quelques secondes pour reprendre son calme, et gravit les marches sans hâte. Il hésita, comme à chaque fois, devant la porte, puis la poussa sans frapper. De toute façon, Rosemary n'invitait plus personne à pénétrer dans son petit cube de chambre, d'univers.

— Bonjour, Rosemary, comment vas-tu ? Tu portes la chemise de nuit que je t'ai amenée la dernière fois, n'est-ce pas ? Elle te va très bien. Le bleu a toujours été ta couleur.

Il ne s'agissait pas de questions, juste de sons pour retarder son malaise. Car Rosemary ne répondrait pas. Elle ne lui avait pas adressé un mot depuis plusieurs mois. Il n'était même pas sûr qu'elle comprenait encore les phrases des autres. Seules les siennes la retenaient à son humanité. De longs monologues rapides, si heurtés et répétitifs que Dougray parvenait à peine à les suivre.

Comme à l'accoutumée, elle se tenait debout devant la fenêtre grillagée de sa chambre, bras croisés dans le dos, regardant avec fixité les mains de son mari. La chemise de nuit, qu'il avait achetée en taille 16 ans, bâillait autour de son corps creux.

Rosemary hocha la tête, d'abord lentement, puis avec vivacité. Elle tendit les deux mains vers le sac en papier kraft qu'il déposa sur son lit. Elle fonça vers sa proie et déchira le papier avec force dans son énervement, avant d'en tirer les barres chocolatées et les cookies. Une vague de nausée fit reculer Doyle vers la porte lorsque de petits gémissements s'échappèrent des lèvres entrouvertes de sa femme, lorsqu'un filet de salive coula le long de son menton sans qu'elle songe à l'essuyer. Enfin, elle découvrit au fond le cadeau de la semaine. D'abord crispé de méfiance, son visage s'éclaira lorsqu'elle déballa la petite peluche blanche de son papier de soie. Un hurlement de joie lui échappa, le premier depuis dix ans :

— Muffin ! Oh, Muffin... Comme tu es joli, comme

tu as manqué à maman, mon chéri-chien ! Mais où étais-tu passé, vilain ? (Elle retourna le jouet en tous sens, soulevant la fourrure synthétique de ses doigts.) Tu n'es pas blessé, au moins ? Je me suis tant inquiétée. C'est parce que je t'avais grondé à cause du petit garçon que tu as mordu ? C'est cela, n'est-ce pas ? Tu as fugué pour me punir ? Mais mon chéri, il faut me comprendre : tu ne devais pas mordre ce petit garçon, il ne t'avait rien fait. Je sais, certains enfants sont très cruels avec les animaux, mais celui-là... Oh, et puis, peu importe... Je suis si heureuse... Quel souci je me suis fait...

Rosemary fondit en larmes de bonheur, serrant la peluche contre elle pour la couvrir de baisers. Le fameux Muffin, le chien de sa mère. Le sien, maintenant.

Elle ouvrit soudain la bouche en levant le visage vers Dougray et bafouilla :

— Je ne vous ai jamais raconté cette grosse bêtise de Muffin, n'est-ce pas ?

Il sentit les muscles de son dos se tendre. Le rouge qui avait soudain afflué aux joues blêmes de sa femme formait comme deux touches malhabiles d'un fard trop criard. Il sut qu'il ne résisterait pas à la millième répétition de l'anecdote, l'une de celles appartenant à sa mère, l'une des seules capables de ramener un peu de vie et de sang au visage cireux. Durant un court instant, il détesta Rosemary à la gifler. Mais elle oublia sa présence et reporta toute son attention sur la peluche.

Dougray contempla la fermeture du minuscule univers de Rosemary sur elle-même et sur le jouet. Il sortit de la chambre et se dirigea vers l'ascenseur.

Il avait hésité si longtemps, rangeant le chien durant des mois dans une armoire, conscient qu'un tel cadeau cautionnerait l'usurpation d'identité commise par sa femme. Ce matin, il s'était décidé. Aujourd'hui était différent parce que Doyle avait cessé de négocier avec la folie de Rosemary et sa peur à lui. Parce que maintenant, il acceptait d'avoir disparu tout à fait de sa mémoire. Finalement, l'espoir toujours déçu, toujours bafoué de la récupérer, de la ramener à eux — son fils et lui — avait sans doute davantage bousillé Doyle que l'admission de leur totale inexistence dans l'esprit bouleversé du petit fantôme. Elle n'était plus « maman » ni « chérie », elle était un être souffrant dont il convenait de minimiser les douleurs sans espérer rien d'autre pour elle qu'un peu de confort et de paix. Comme un petit chat sauvage, qu'on nourrit dans son jardin, qu'on tente de protéger de l'hiver sans pour autant parvenir à l'apprivoiser. Sans le souhaiter non plus.

Doyle rejoignit sa voiture à pas lents. Le vieil homme poursuivait son incantation confidentielle sur la pelouse. Une barre au nougat traînait sur la banquette arrière, sans doute échappée du sac. Doyle s'approcha de l'homme, qui recula vivement. Il tendit la friandise.

— C'est pour vous, monsieur.

Le vieux monsieur fit un pas, puis un autre, tendant une menotte ridée et maigre qui ressemblait à celle d'un enfant et murmura, les larmes aux yeux :

— Oh... merci, docteur.

12 octobre, Massachusetts.

Cordell Taylor-Caedon referma le vivarium puis ralluma la barre UV chauffante qui le surplombait. Il inspecta les étroites allées aménagées entre les rangées de tréteaux soutenant la masse végétale qui s'épanouissait dans la serre avec l'euphorie conquérante des éternels seigneurs. Un cattleya rose et pourpre caressa son sexe nu, et il frissonna de plaisir avant de se baisser pour embrasser doucement les larges pétales séducteurs. Cette chaleur moite avivait son envie de peau humaine, d'odeurs d'animalité mêlées.

Il sourit au souvenir de cette première fois où il avait remorqué une Helen pétrifiée et dévêtue au milieu de cette jungle enivrante et incompréhensible. C'était ailleurs, dans une autre grande maison. La jeune mariée grelottait de panique. Se déshabiller au jour, devant son mari, avait déjà été une épreuve, mais évoluer, marcher nue dans une serre ouverte sur le ciel et l'espace lui semblait un exercice obscène.

Il l'avait convaincue, bien sûr. Un bras plaqué sur ses seins, elle avait fini par le suivre. Il l'avait couchée sur un tapis de fleurs prodigieuses et hors de prix, pour la plupart inconnues des mortels. Il avait aimé caresser cette peau, cette chair affolée, la pénétrer en écrasant sous ses fesses des grappes d'*Encyclia vitellina* d'un orangé flamboyant, respirer l'odeur de son sexe sucré par les capiteux effluves d'une *Gongora atropurpurea* dont les fleurs affolées comme des insectes cascadaient d'une vasque. Surtout, il avait adoré qu'elle ne le laisse plus se relever, le plaquant à nouveau contre elle, s'asseyant dans la pulpe d'orchidées broyées pour l'emprisonner de ses jambes ceintes autour de ses hanches, cherchant son sexe, le flattant pour le conduire à nouveau en elle en gémissant de triomphe.

La main de Cordell descendit le long de son torse, frôla le pli de son aine pour caresser le haut de sa cuisse et remonter jusqu'à son pénis. Elle agaça d'abord ce pli fragile, si excitable, qui remontait vers l'anus. Il feula d'exaspération, tentant de la contraindre. Tout de suite. Mais sa main savait mieux que lui. Enfin, elle revint sur son sexe. Ses genoux lâchèrent et il se cramponna de son autre main au rebord d'un tréteau.

Bientôt, Helen, mon ange, bientôt, juste toi et moi, de si longues heures, rien que pour nous deux. Pour moi.

Le soir tombait. Il soupira, rassasié, apaisé par la longue douche presque brûlante qui avait achevé de détendre ses muscles, ses cellules, ses souvenirs.

Cordell abandonna la contemplation du grand parc désert sur lequel ouvrait l'immense baie vitrée du salon et se dirigea vers le guéridon en bois de rose pour y déposer sa tasse de thé vide. Le haut miroir de Venise accroché au-dessus de la cheminée lui renvoya son image : un long homme mince, large et musclé, si beau. Son pull en fine laine noire rehaussait la matité de sa peau, soulignant un sourire qui lui étirait les paupières vers les tempes. Il passa une belle main nerveuse dans la masse frisée de ses cheveux bruns bouclés et pouffa.

Mais comment peux-tu espérer me résister, mon ange ? Nul ne le peut, et tu le sais.

Une minuscule bouderie lui vint, crispant à peine son front. D'autant qu'il détestait qu'on lui résiste. Ça pouvait même le rendre sottement agressif. Mais l'ombre désagréable s'évanouit vite. Helen ne combattrait pas beaucoup plus longtemps que les autres. Juste assez pour que le jeu devienne vraiment excitant.

Cordell s'installa derrière la table de couvent Louis XIII et pénétra sur Internet. Un itinéraire informatique changeant, balisé de codes et d'étapes précises dont il recevait les pièges par courrier dans une boîte postale qu'il avait louée pour cette seule correspondance, lui permit d'accéder rapidement à ce qu'il cherchait : un message de son contact, un certain *XX*. Si la signature manquait d'originalité, du moins évitait-elle les pseudonymes convenus et sanglants. Peut-être dissimulait-elle une charade biologique : XX pour les femmes, XY pour les hommes ? Aucune importance pour l'instant. Il lut à haute voix, respirant parfois sur les brefs silences de *Una macchia è qui tuttora* du *Macbeth* de Verdi interprété par Montserrat Caballé, une merveille.

Bonne nouvelle : le nom est Terry Novak. Je n'ai pas tous les détails, et l'adresse est encore confidentielle. Mauvaise nouvelle : les mesures habituelles seront renforcées à l'insu du sujet. Des raffinements ultra-technologiques sont prévus. Il faudra que vous interveniez assez vite, sans quoi la partie risque de vous échapper. *XX.*

Un coup de poing sur le plateau de la table. Cordell s'étira jusqu'à sentir les muscles de son cou se rebeller. Il passa l'index sur sa paupière qui tressautait imperceptiblement. L'indice du début de la fureur. Depuis quand n'avait-il pas ressenti ce maelström d'émotions ? Des années. Lorsque ce petit con, qui sautait sa mère en troquant une assez jolie parodie d'amour contre des avantages très lucratifs, lui avait lancé sur une œillade appuyée : « Nous avons tout intérêt à nous entendre, Cordell. Après tout, nous sommes de la même race. Celle des prédateurs... Au fait, ta mère et moi trouvons que tu dépenses beaucoup trop d'argent. Elle songe à demander à votre homme d'affaires d'y mettre bon ordre. Il faudrait peu de chose pour que j'incline son humeur dans ce sens ou, qu'au contraire, je l'en dissuade. »

Cordell s'était approché du jeune homme plus vieux que lui de six ans et avait caressé sa nuque jusqu'à ce qu'il ronronne presque. La fureur faisait trembler ses doigts, ajoutant au trouble du petit maquereau. Le chalet dans lequel ils passaient quelques vacances à Aspen avait explosé le lendemain soir. Une tragique poche de gaz s'était formée sous la cuisine.

Pauvre larve. De la race des prédateurs ?

Pauvre gentil ersatz. Prédateur parce qu'il soulevait du fric à une femme crédule qui avait besoin d'être aimée, de croire qu'elle pouvait encore séduire ?

Cordell écarta les doigts au-dessus du clavier. Ils tremblaient. Il patienta quelques secondes et tapa son message :

Quelles subtilités technologiques? J'ai besoin d'informations précises. Bravo pour le reste. L'argent vous sera versé par le circuit habituel.

La réponse lui parvint quelques minutes plus tard.

Pour l'instant, c'est davantage une crainte qu'une certitude. À ce sujet, je prends des risques qui n'étaient pas initialement prévus, de gros risques. Je ne considère donc pas abusif d'espérer respectueusement une marque de votre appréciation sous forme d'une rallonge financière que j'évalue à 30 000 dollars, à verser selon le procédé habituel. Je reste bien sûr à votre disposition pour en discuter si elle vous semble disproportionnée. XX

La formule trop courtoise et alambiquée fit sourire Cordell. Son interlocuteur avait peur de lui, en dépit de la multitude de précautions dont il s'entourait. Il l'avait déniché après pas mal d'efforts sur un site *point d'eau.* Un réseau de précieux contacts. Le point d'eau autour duquel s'abreuvent les fauves à la tombée du soir, le lieu où s'installe une trêve éphémère entre les prédateurs qui surveillent du coin du regard leurs prochaines victimes. Car il existe un lien puissant et beau entre les prédateurs et les proies, puisque les uns n'existent que grâce aux autres. Cordell devait la découverte du site à Ernest Whitecomb, une des rares choses intéressantes de ce brave Erny, avec les sachets de moisissures nourricières d'orchidées qu'il cultivait dans sa serre.

Amusant. Les proies ne savent pas. Même les fauves les plus solitaires savent se réunir afin de concentrer leurs forces. Mais elles, elles s'affolent, courent droit devant, s'isolant du troupeau plutôt que de faire face en groupe, dissuadant alors le chasseur d'une incertaine curée.

Le site avait été créé depuis un pénitencier. Son géniteur ? Chut, il était incarcéré pour une broutille. Nul, hormis les initiés, dont feu Erny, n'avait découvert qu'il s'agissait avant tout d'un vrai tueur. Jesse James Preston. Véritable prénom, ou d'une fabrication pseudonyme ? Le patronyme était sans doute authentique. Ce genre de type manifeste le plus souvent une soif d'ego inextinguible : il faut qu'on les reconnaisse, qu'on les identifie.

Jesse James Preston s'était fait coffrer dix-huit mois plus tôt à la suite d'un braquage de bijouterie si mal préparé, si ahurissant de stupidité qu'il en disait long sur le QI de son auteur. Car il faut de l'argent pour tuer confortablement. Beaucoup d'argent. La création de ce site en était une preuve supplémentaire. Lorsque Preston ressortirait dans quelques années, à moins qu'il ne s'évade avant, il pourrait, grâce à Internet, reprendre ses chasses aussitôt, n'ignorant rien des dernières inventions sadiques de ses semblables ou des trouvailles policières.

Amusant, cela aussi. Tous les serial killers remis en liberté à ce jour avaient aussitôt recommencé à tuer. Pourquoi ? Parce que c'était leur nature la plus profonde, leur unique délice. *Prends pour habitude, lors de toute action que tu vois faire à quelqu'un, de te demander : quel est son véritable but ? Mais commence par toi-même et examine-toi le premier*[1].

Cordell pouffa. Feu Erny, distrayante association d'idées, puisqu'il avait à moitié carbonisé le visage et le flanc du jeune homme sur la grille de la cuisinière chauffée au rouge afin de le pousser à l'obéissance... avant de l'abattre. La vie réserve plein de ces minuscules et réjouissantes surprises.

Cordell revint aux quelques lignes du message affiché à l'écran. Il tapa :

1. Marc Aurèle (121-180), *Réflexions adressées à moi-même*.

La somme ne sera pas abusive si le renseignement me convient. Merci de vous en préoccuper au plus vite ainsi que de la localisation qui m'intéresse.

Il faudrait un jour qu'il découvre l'identité de son interlocuteur. Plus tard. Pour l'instant, la chose était peu préoccupante.

Les palmiers qui bordaient l'oasis verdoyante signalant l'entrée du site s'agitèrent comme sous l'effet d'un souffle de désert. Un rugissement léonin, long et profond, salua sa déconnexion. Cordell éteignit l'ordinateur en soupirant de soulagement. Le jeu gagnait en complexité, à un point que même son informateur ne soupçonnait pas.

Bien. Trente mille dollars de mieux. Un joli pécule s'amassait déjà. Cordell était séduit par les renseignements glanés jusque-là.

Le reste était plus compliqué, plus redoutable, aussi. Livrer les détails du protocole de protection mis en place autour de la proie. *XX* les connaissait déjà mais hésitait encore. C'était une chose d'offrir un nom, une autre de fournir le passe-partout conduisant à un meurtre.

Nina Kroeger se leva de son fauteuil et hésita quelques instants. Oui, cela méritait bien une petite célébration intime. Un excellent verre de vin. Dès que l'argent promis parviendrait sur son compte confidentiel tenu par une banque des îles Caïmans, elle expédierait à Cordell l'adresse à laquelle il tenait tant. Le nouveau home sweet home de Helen, Julia. L'obèse et nouvelle-née Terry Novak. C'est ce qu'indiquaient les vrais faux papiers que lui avait fournis le FBI, une autre identité de protection.

La première gorgée de l'excellent chablis français offert par Doyle pour son arrivée dans le service la fit sourire. Mince, un grand cru de 90, il ne s'était pas moqué d'elle.

Voyons, 200 000 dollars dormaient déjà sur son compte. Qu'est-ce qu'on peut faire avec ça ? Bev se serait jetée sur un bloc-notes, établissant des listes à n'en plus finir : un voyage à deux, une nouvelle voiture, un 4 × 4, son rêve. Et puis elle aurait arraché la page, mécontente de ses choix, pour recommencer.

Mais Beverly était morte.

12 octobre, Farm Heights, Virginie.

Étirer ce corps repu, enfin rassasié jusqu'à la paix. Le monde venait de s'entrouvrir et il ne se refermerait plus. Le pouvoir de faire obéir l'univers. Se sentir au-dessus de la pathétique mêlée humaine. Ces fourmis déboussolées, leurs craintes, leurs frileux espoirs, leur terreur de la mort et du châtiment. Non, pas sentir. Être. Être enfin.

Un regard circulaire. La scène était belle, mais sans doute encore améliorable. Quelques détails péchaient par leur approximation malhabile. Une autre fois. Une autre fois, les choses s'agenceraient d'elles-mêmes pour atteindre la perfection qu'elles méritaient. Tout artiste, aussi prodigieux soit-il, doit supporter quelques répétitions imparfaites avant de parvenir au summum de son art. Au-delà du don existe le travail, l'acquisition d'une technique qui permet au génie de se révéler dans toute son unicité, sa splendeur. Acquérir cette technique pour égaler les plus grands.

Le véritable destin d'un grand artiste est un destin de travail. Vient dans sa vie une heure où le travail conduit sa destinée... Chaque jour, cet étrange tissu de patience et d'enthousiasme devient plus serré dans la vie de travail qui fait d'un artiste un maître[1].

---

1. Gaston Bachelard, 1884-1962. Ancien employé des Postes, puis professeur de physique et agrégé de philosophie.

Précisément. L'utilisation en de tels lieux de ces trois mots-clés — travail, enthousiasme, maître — semés par un philosophe français pétrifierait Mrs Helen Taylor-Caedon. Nul doute qu'elle les connaissait.

Un dernier coup d'œil avant de refermer derrière soi la porte en larges lattes de bois disjointes. Tout était fini. Quelle ironie, puisque tout commençait vraiment.

13 octobre, Farm Heights, Virginie.

Don Harvey glissa sur l'humus gras et détrempé puis pouffa en se rattrapant à la mince branche basse d'un peuplier. La fine tige ligneuse lui resta dans la main, et il se retrouva sur les fesses, hilare. Sa joie fut très passagère : merde, Thelma allait lui en faire tout un plat s'il se cochonnait le fond du pantalon. Un hoquet pénible ramena dans sa gorge le trop-plein de bière arrosée de bourbon, ou l'inverse. Quelle muflée ! Vraiment pas le moment de rentrer. Entre la cuite et le falzar, il était bon pour une épouvantable scène. Cuver un peu d'abord.

Thelma n'avait jamais été une rigolote, quarante ans de mariage n'avaient pas corrigé ce trait, à ceci près que maintenant, elle ne faisait plus aucun effort pour le dissimuler. Bon, d'accord : Don n'avait pas vraiment été à la hauteur des magnifiques promesses qu'il avait alignées les unes derrière les autres au temps de leurs fiançailles. Mais après tout, elle aurait dû s'en douter. Le père de Don Harvey était déjà un pauvre type doublé d'un poivrot et handicapé par un gros poil dans la main. Pas de raison pour que la lignée mâle de la famille Harvey s'améliore brusquement. Ça tombait quand même sous le sens. N'empêche, avec l'âge, elle devenait revêche et mauvaise, la mère Thelma. Plus de petites gâteries depuis des années et, en plus, elle avait fait changer les serrures derrière son dos. Si Don n'était pas rentré avant 8 heures du soir, elle bouclait la baraque et il pouvait se démerder pour trouver un endroit où dormir.

Il roula à quatre pattes et parvint à se remettre d'aplomb. Titubant, il leva le visage vers le ciel qui s'assombrissait. Merde, il ferait bientôt nuit.

Don Harvey eut toutes les peines du monde à mettre en branle les quelques neurones que l'alcool n'avait pas imbibés ou définitivement grillés. La première bourrasque chaleureuse et faussement amicale procurée par le bourbon s'estompait, peu à peu remplacée par ce froid sournois qui remontait dans ses membres maigres. Il grelotta, et une détresse peureuse et geignarde d'alcoolique l'envahit.

Il avait vraiment pas de pot d'être tombé sur une bonne femme comme ça. Au début, elle était jolie, mais maintenant... Et elle prétendait que c'était sa faute à lui : « Si tu n'étais pas un vulgaire soûlot, j'aurais pu économiser pour m'habiller un peu, rendre parfois visite au salon de coiffure... au lieu de ça, j'ai trimé pour élever deux gosses et payer les traites de cette bicoque. Mais tu vas donc pas crever une bonne fois, que j'aie enfin la paix ! »

Enfin, une idée s'imposa au cerveau embrumé de Don. La cabane du vieux Barney. Lui aussi, il se piquait bien le pif. Mais Thelma lui trouvait des excuses : « Barney, il a donné son seul gamin à la guerre du Viêtnam. Sa femme n'a pas résisté l'année et on l'a retrouvée la tête dans le four. Il a plongé ensuite parce qu'il ne lui restait rien d'autre. Te compare pas à Barney, je t'en prie, parce que toi, t'es qu'un moins que rien. »

On avait retrouvé Barney mort, gonflé comme une outre et tout violacé, flottant au milieu de la rivière. Pas beau à voir. Pauvre Barney. Tout le monde s'était cotisé pour lui offrir une sépulture à peu près digne aux côtés de sa femme, même cet enfoiré de Richard du magasin d'articles de pêche qui comptait ses sous comme si sa vie en dépendait. Faut dire qu'il n'avait pas eu le choix quand Thelma et ses deux copines — Mary et Bernadine — lui avaient déboulé dessus avec l'enveloppe de la quête. Paraît qu'il avait allongé un pauvre petit dollar en tremblant, se justifiant d'un « C'est le geste qui compte », à quoi Bernadine, qui pesait un bon quintal, avait répondu : « Et ma main dans ta sale tronche, c'est un geste ? »

Le Richard, qu'était gros comme un lacet, avait pris peur, à juste titre. Il s'était d'abord fendu de dix dollars sous l'œil torve des trois copines, puis de cinquante, pour enfin offrir cent dollars dans le silence de plus en plus hostile et massif de sa boutique. Satisfaites, elles l'avaient lâché en le remerciant d'un ton goguenard pour « sa générosité spontanée ». Il en avait les larmes aux yeux, le Richard. Mon Dieu, cent beaux dollars. Comment allait-il les récupérer ? Est-ce que ça pouvait se défalquer de ses impôts ? Mais fallait sans doute un justificatif. Peut-être que le pasteur était habilité à en délivrer ? À voir... avec discrétion, parce que les trois harpies étaient capables de lui tomber dessus en hurlant à l'indécence. Indécence, mon œil ! Quelle différence ça pouvait lui faire à Barney, d'où il était, que Richard récupère son fric d'une façon ou d'une autre ? C'était bien des trucs de bonnes femmes, ça, tiens ! L'avenir avait révélé qu'il s'agissait aussi d'histoires de pasteur, puisque Richard s'était fait jeter de l'église sans beaucoup de ménagement et que la triste anecdote avait fait le tour de leur petite ville.

Don Harvey rebroussa chemin, coupant à travers les bosquets qui couraient le long de la rivière.

Il parvint épuisé à quelques mètres de la cabane. Une mauvaise sueur le faisait grelotter.

La porte en larges lattes de bois était entrouverte. Ce détail lui échappa. Don poussa le panneau branlant et resta figé, bouche entrouverte. Il lui fallut quelques épouvantables et interminables dixièmes de seconde pour comprendre ce qu'il découvrait : une scène de martyre. Un calvaire humain et sanglant. Un sanglot sec le cassa sur lui-même, et il lutta pour récupérer son souffle. Une quinte de toux suffocante lui arracha un gémissement. Don se précipita à l'extérieur pour vomir un mélange amer et salé d'alcool, de fragments de cacahuètes et de sucs gastriques.

Rita. C'était Rita Puig. Malgré le sang qui la maculait, qui collait ses cheveux par touffes grotesques, malgré ses viscères qui avaient glissé, rouges et bruns, sur le tissu de sa robe vert tendre. Malgré la chaussure noire vernie d'un rouge organique qui pendait à l'un de ses pieds replié sous elle. C'était bien la gentille et triste Rita Puig.

Don Harvey fonça tête baissée. Rien à foutre des branches qui le giflaient à toute volée, rien à foutre de ces glissades qui collaient de terre son froc et les coudes de son pull. Rien à foutre des larmes qui tiédissaient ses joues glacées. Rien à foutre de sa cuite qui le lâchait au plus mauvais moment, de Thelma, de Richard et même de Barney. Rita, la gentille Rita, resterait à jamais imprimée sur ses rétines.

Durant toute la course qui le menait en ville, durant tout l'affolement de ce vieux cœur auquel il ordonnait de tenir encore un peu, durant tout ce cauchemar, lui vint une étrange et effroyable prière :

— Seigneur, ne nous pardonnez pas, ne nous pardonnez plus jamais. Nous sommes coupables, tous, puisque nous avons éventré l'innocence, ou bien parce que nous avons clos les paupières, détourné le visage et laissé faire.

15 octobre, Boston, Massachusetts.

Il était beau, cet homme. Non, il était au-delà. Quarante-trois, quarante-cinq ans peut-être, pas très grand, avec de beaux cheveux frisés poivre et sel. Et un regard. Un regard très bleu qui vous souriait dans la tête. Un vrai sourire et un vrai regard. Pas l'un de ces vagues étirements de lèvres, pas l'un de ces regards qui se posent par convention sur d'autres yeux, regrettant presque dc devoir s'y attarder. Hugh, il s'appelait Hugh. Un beau prénom presque disparu, un nom d'homme qui lui allait comme un gant.

Julia devait le rencontrer ce matin-là afin qu'il lui fasse visiter l'atelier qu'il lui abandonnait, qu'il lui explique le fonctionnement de certaines choses. Elle était rentrée depuis plusieurs jours de son séjour à Quantico, changeant d'hôtel quotidiennement ainsi que le lui avait conseillé Dougray Doyle, avec lequel elle demeurait fréquemment en contact. Finalement, elle prenait goût à cette vie nomade, à ces chambres anonymes et interchangeables, à cette idée qu'elle posait son sac de voyage sans prendre la peine de le défaire parce qu'elle repartirait sous peu sans rien emmener ni laisser d'elle-même.

Hugh était penché sur un haut buste de femme en glaise lorsqu'elle poussa la porte doublée de grosses barres de fer. Quelqu'un avait eu le bon goût de les peindre d'un bleu lavande afin d'en atténuer l'aspect rébarbatif. Lui, sans doute. C'est du moins ce qui s'imposa à l'esprit de Julia sans qu'elle sût trop pour quelle raison.

Il se leva et s'avança vers elle, les deux mains tendues. S'il remarqua la difformité de la silhouette de la femme plantée au milieu de la grande pièce de réception et d'exposition, son sourire ne vacilla pas, pas plus qu'il ne s'élargit de commisération.

— Vous êtes Terry. Terry Novak, c'est cela. Bonjour, je m'appelle Hugh. Entrez. Un café ou un café ? Il n'y a rien d'autre.

— Alors, je choisis un café.

Durant le temps qu'il grimpait à l'étage, calmait un labrador blond frustré d'être tenu à l'écart de la nouvelle animation et leur servait deux mugs fumants, Julia se promena entre les hautes tables sur tréteaux. Hugh était céramiste sculpteur. Il occupait depuis trois ans cet atelier concédé à un prix modique par la ville de Boston aux artistes résidents et d'une notoriété déjà frémissante. Ladite concession était d'autant plus raisonnable que ce loft en préfabriqué était planté au milieu d'une zone d'activité sinistre en bordure de Quincy, serré entre des hangars et des entreprises de louage d'engins de chantier.

Quelques pièces entreposées sans ordre bien défini retinrent l'attention de Julia. Le buste d'une vingtaine de centimètres d'une femme vieillissante, émouvante, en raku, une sorte d'urne en craquelé d'un rose de chair tendre dont le couvercle surmonté d'un éclat de quartz rosé renforçait la paisible autorité. Elle tourna autour de la sculpture grandeur nature d'un homme à genoux, les cheveux plaqués de pluie, la tête penchée vers ses cuisses. « Dévasté », « incapable », « assommé » furent les mots qui traversèrent son esprit.

Une trombe blonde déboula en jappant de bonheur et la bouscula.

— Kiki !

Hugh lui tendit un mug en s'excusant.

— Il adore les visites. Le genre à faire entrer des cambrioleurs s'ils acceptent de partager une partie de baballe avec lui.

— Kiki ?

— Un peu grotesque, n'est-ce pas ? C'est le surnom que lui a donné une de mes vieilles amies. Il s'y est bien mieux habitué qu'au Socrate dont je l'avais affublé et qui lui convenait comme un tablier à une vache. Je venais de relire Platon, mais ce chien glisse sur l'ironie socratique.

— Pourtant, ils se sont eux-mêmes baptisés les Cyniques en référence aux chiens, l'association étant d'autant plus judicieuse que leur école occupait la place du *cynosargues* : le chien agile qui aboie contre les préjugés de toute sorte.

— Ah oui, j'oubliais : vous êtes philosophe, à l'origine.

— Ancienne étudiante en philo serait moins prestigieux, mais plus exact.

— Et donc, vous avez fauté et trahi en rejoignant l'art et l'artisanat ?

Julia mentit avec aplomb :

— Oui, je suis peintre.

— Ah... un de mes vieux regrets... mais j'ai besoin du contact physique avec la matière brute. Il faudra que vous me montriez quelques-unes de vos œuvres, puisque vous avez fouiné dans les miennes.

— Entendu. Pour l'instant, elles sont stockées dans un garde-meuble.

Une dizaine de toiles y étaient en effet entreposées. Celles qu'elle avait photographiées pour se constituer un book frauduleux, mais dont la qualité — ainsi que quelques recommandations plus occultes — avait convaincu les services culturels de la mairie. Des huiles violentes, dont les rouges vindicatifs, les bruns sinistrés et douloureux lui convenaient. Lorsqu'elle les avait commandées à cet étudiant du département artistique de l'université de Boston, il lui avait juste demandé trois mots. « Comment cela, trois mots ? » Il avait ri. « Oui, donnez-moi trois mots pour décrire ces toiles. » Ils avaient surgi de sa gorge avant qu'elle n'ait le temps d'y réfléchir, de les évaluer : « Sang, défaite, sacrifice. »

Le rire du jeune homme était mort d'un coup. Il avait haussé les sourcils. Parce qu'elle était obèse, il l'avait crue vitale, enjouée, même. C'est le genre de raccourci consolateur qui s'impose souvent. Gros égale bouffe, égale appétit, égale vie. Mais il avait besoin de la somme assez généreuse promise par cette femme et il avait accepté ses conditions sans discuter : une commande qu'il devrait réaliser en quelques jours et quelques nuits blanches, ainsi que son anonymat permanent. En échange, elle l'avait assuré que ses huiles ne seraient jamais revendues à quiconque, sauf à lui, plus tard, s'il le souhaitait. La tristesse diffuse qu'il avait éprouvée au contact de cette femme l'avait convaincu qu'elle ne mentait pas.

Julia jeta un autre regard sur l'homme de terre brune agenouillé et demanda :

— De quoi sort-il ?

— Du désastre. Il a tout perdu, tout, peu importe ce qu'il possédait avant. Il ne sait pas s'il est encore en vie. Je veux dire vraiment en vie.

— C'est cela. De l'italien *disastro*, comme dans astre. L'étoile funeste.

— Je l'ai modelé pour une grosse exposition à

laquelle je participe. Le thème en est la catastrophe, le désastre. Je vous enverrai une invitation pour le vernissage, si cela vous intéresse.

— Oh, oui. L'association est ardue : le désastre impliquant une fatalité et la catastrophe un bouleversement.

— C'est injuste, j'aurais dû vous rencontrer plus tôt ! J'ai mis plus d'un mois pour parvenir à ce constat... Venez, Terry, je vous accompagne pour la traditionnelle visite du proprio. (Il sourit en baissant la tête.) Je vais regretter cet endroit. C'est une fournaise en été et une glacière en hiver — vous ne tarderez pas à vous en apercevoir, il commence à faire frisquet —, c'est bruyant comme une gare, fort mal famé à la nuit tombée, mais j'y ai vécu des heures si précieuses... d'autres pas mal déprimantes, aussi... J'ai l'impression de me séparer de mon cocon, du ventre qui m'accueillait. Ça fait un peu peur.

— Pourquoi le quitter, alors ?

— Parce qu'il le faut pour diverses raisons, dont une proposition de galerie sur la côte Ouest. Du genre qui ne se refuse pas. Mes céramiques se vendent de mieux en mieux là-bas, et c'est la voie royale pour le marché asiatique. L'idée aussi que l'on ne peut pas entreprendre une nouvelle route en restant rivé à un endroit. Après tout, *les plus grands voyages...*

— *... commencent tous par un premier pas.* Lao Tseu, enfin, paraît-il.

Il rit et lui prit la main pour la conduire vers l'escalier métallique qui montait aux appartements de l'artiste. Elle se fit la réflexion qu'ils ressemblaient à deux écoliers complices d'une minuscule bêtise. Pour lui faire plaisir, Julia prétendit s'intéresser à la kitchenette bien équipée, à la petite chambre lumineuse qui donnait sur une salle d'eau tapissée d'un joli papier d'un vieux rose éteint. Elle émit un petit murmure d'appréciation lorsqu'il précisa :

— C'est moi qui ai posé le Velux, la salle de bains était très sombre et affreusement humide. Il paraît que c'est malsain. Il suffit de l'ouvrir après la douche.

En fait, peu lui importaient les lieux, leur aménagement ou même l'espace disponible. Ce qui comptait, c'était cette périphérie de banlieue hostile, cet endroit si rébarbatif, protégé de hangars sillonnés toute la nuit par des patrouilles de chiens tueurs, car qu'avait-on à faire des rôdeurs qui s'égareraient à l'obscurité dans les parages ? La plupart n'existaient plus pour personne depuis longtemps.

Julia, Terry pour l'occasion, bouclerait sa meute disparate. Ses chiens braves n'avaient aucune chance face aux mâchoires dressées pour le meurtre que leurs propriétaires nourrissaient au matin et cognaient avec application afin de garantir leur férocité nocturne. Les bêtes croient les hommes, elles deviennent ce que veulent les hommes. C'est leur grandeur et leur calvaire. Tant d'hommes aussi. Tant d'hommes hérissés des haines et des envies de massacre d'une poignée d'autres hommes plus retors, plus manipulateurs. Pas elle, plus elle. Elle ne croyait plus personne, pas même elle.

Hugh attendait davantage qu'un simple acquiescement de tête. Elle improvisa :

— Mais c'est Byzance... comparé à là d'où je viens, c'est un quatre étoiles ! Je sens que je vais être très bien.

Il sembla satisfait de son approbation. Après tout, elle allait s'installer dans son ancienne tanière. Ils redescendirent, traversèrent l'immense atelier pourtant encombré, et il la mena jusqu'à une lourde porte métallique, défendue de cadenas et d'une épaisse barre de sécurité fichée dans le ciment du sol.

— Les fours sont derrière, ils restent sur place. Attendez, c'est un peu Fort Knox. Surtout, n'oubliez pas de tout boucler le soir. Le mur contre lequel s'adossent les fours est assez mince. Quelques bons coups de masse, et n'importe qui peut pénétrer.

— Ce n'est pas très discret, comme effraction.

— Si vous croyez qu'une patrouille de flics répondra en pleine nuit à un appel d'urgence provenant de cette zone ! À leur décharge, il n'y a plus que des trucs à voler ou à vandaliser dès la fermeture des hangars. À part vous, dans peu de temps. Ça ne vaut pas le coup de se faire exploser au fusil à pompe ou à coups de barres à mine.

Une odeur âcre la prit à la gorge dès qu'il ouvrit le lourd panneau. Une odeur de cendre, de métal et de briques surchauffées. Deux grands fours, gueules béantes, occupaient presque tout l'espace de la pièce de chauffe de taille modeste dont les murs étaient tapissés de plaques de matériau ignifugé.

— Celui-ci est destiné à la céramique. Le plus petit est réservé au raku. Très particulier. Ce qui, pour nous Occidentaux, est devenu une technique est très imprégné de spiritualité pour les Orientaux. La progression de la température doit être lente, cent degrés par heure, jusqu'à 1 000 °C. Les pièces sont alors sorties du four et refroidies. On peut y apposer un émail fait d'un mélange de minéraux, et on les replace dans le four pour une cuisson brutale à 980 °C pile. C'est là que les choses s'accélèrent et qu'il ne faut surtout plus répondre au téléphone. On sort les pièces encore incandescentes pour les enfouir dans de la sciure de bois ou du foin. Cette phase d'enfumage révèle les couleurs de l'émail ou noircit d'une façon inimitable les parties non enduites de la pièce.

Julia s'étonna :

— C'est fascinant. Vous laissez ces fours derrière vous ?

— Les déménager à l'autre bout du pays coûterait une fortune. D'autant qu'ils ne m'appartiennent pas. (Hugh hésita, son front se crispant.) Ils ont été construits par le couple qui vivait ici... avant mon emménagement.

— Et ils ne souhaitent pas les récupérer ? Je suppose que c'est un investissement substantiel.

— Non... Euh... le mari a été tué. J'ai perdu la trace de la femme. Je suis resté quelques mois en contact avec elle, et elle a disparu.

Julia décida d'insister, plus parce que cet homme qu'elle connaissait depuis moins d'une heure lui semblait presque familier, que par curiosité.

— J'ai l'impression que ce n'est pas sans rapport avec ce lieu...

— Écoutez, Terry... Nous nous nourrissons d'émotions et de fantasmes, mais il ne faut jamais leur laisser la liberté d'occuper tout notre cerveau. Ce que je veux dire, c'est que... vous allez vivre seule ici, non ?

— J'ai des chiens, et si votre vraie inquiétude est : « Ai-je peur ? », la réponse est non. Elle est sans ambiguïté.

Il avança la main vers son visage. Elle ne recula pas.

— Il a été abattu dans cette salle de chauffe. Ils l'ont traîné ici et l'ont tabassé à mort.

— Ils ?

— Les mecs qui se sont introduits par ce mur extérieur, justement. Ils étaient quatre. Selon les flics, ils ont sans doute pensé l'endroit désert. Ils sont tombés sur la femme qui travaillait encore dans l'atelier. Le mari dormait à l'étage. Elle a tenté de s'enfuir, mais ils l'ont rejointe et pas mal secouée. Elle a hurlé, son mari est descendu, armé d'un couteau de cuisine. Merde, un couteau de cuisine... Pourquoi pas un canif ! Les voleurs se sont déchaînés. Ils ont assommé la femme, massacré le mec. Elle était dans un état effroyable... après, je veux dire. Elle se sentait coupable du meurtre de son mari. Son obsession, c'était que si elle n'avait rien dit, si elle n'avait pas hurlé, les mecs auraient emporté ce qui les intéressait et auraient décampé.

— Hallucinant, n'est-ce pas, comme les victimes finissent par se sentir coupables, s'imaginent qu'elles doivent se justifier d'être victimes ou encore en vie ?

Hugh réfléchit et rétorqua :

— Quand on y pense, c'est assez logique. Dans la plupart des cas, seules les victimes conservent le sens du bien contre le mal. Les coupables perdent cette notion, et ils s'en foutent. À leurs yeux, tout se résume en termes de succès ou d'échec.

— En effet... nous sommes en train d'oublier la honte.

— Ressortons de cette pièce, Terry. J'y reste le moins possible.

Il boucla à nouveau tous les systèmes de sécurité qui condamnaient la porte et se tourna vers elle, son sourire descendant le long de son corps comme si elle était une sœur, ou pourquoi pas une bande de glaise informe mais attentive. Elle ne s'en offusqua pas, ne se rétracta pas. Ces mains-là, ce sourire-là ne jugeaient pas, ne soupesaient pas, ne négociaient pas. Ils cherchaient. Ils cherchaient une cruciale vérité derrière tout le reste. Un regret incohérent vint à Julia. Celui de ne pas avoir connu cet homme de toute vie, de toute amitié. Celui de le perdre déjà alors qu'elle venait à peine de le découvrir, ou plutôt de le trouver.

— Gardez à l'esprit, Terry, que ce lieu n'a rien à voir avec tout cela. Il est une coïncidence, sans plus. Ces choses effroyables peuvent survenir partout... Dans un gentil centre commercial, dans une belle demeure familiale, partout.

Pourquoi avait-il dit cela ? Qu'avait-il senti derrière ? Elle se retint de fondre en larmes.

— Oh, je sais, Hugh, je sais. C'est pour cela que je n'ai plus peur.

Il déposa un baiser rapide à la naissance des longs cheveux roux bouclés et murmura contre son front :

— C'est bien.

Elle le suivit dans son silence. Le regard de Hugh se perdit à l'autre bout de l'immense atelier, et il se laissa aller contre le mur. Il fit un bond qui crispa Julia.

— Merde !

Il se tourna brutalement, examinant le gros bouton rouge et l'espèce de compteur scellés juste à côté du chambranle de la porte épaisse avant de souffler de soulagement.

— Le genre de truc à ne pas faire... Le bouton enclenche l'allumage automatique des deux fours. Ce type de commande externe permet d'augmenter la sécurité des manipulateurs, un peu comme dans les chambres froides des abattoirs... J'y ai travaillé, pour me faire quelques sous. La température monte à toute vitesse, et comme ils sont ouverts, on friserait la fournaise et l'incendie en quelques secondes... sans compter les risques d'explosion, avec tous mes solvants et ceux oubliés par les anciens propriétaires.

Julia s'inquiéta rétrospectivement :

— C'est très dangereux... N'importe qui pourrait pousser le bouton par mégarde.

— Oui, surtout pour des étourdis de mon genre. Donc, si vous devez vous laisser mollement aller contre une paroi, choisissez-en une autre. Le mieux étant encore de faire condamner le compteur dès que vous serez installée.

Ils revinrent sur leurs pas. Kiki les attendait, poliment allongé devant la porte principale, un os en plastique bleu dans la gueule, comme s'il faisait acte d'obéissance.

Hugh pouffa.

— Lorsqu'il est bien élevé, c'est qu'il veut quelque chose. C'est l'heure de la promenade et de la partie d'os.

— Merci de cette visite, Hugh. Je...

— Je sais. Étranges, certaines rencontres, n'est-ce pas ? On dirait qu'elles sont préméditées avec minutie. Le problème, c'est que nous sommes le plus souvent incapables d'en deviner les motifs.

Julia rit. Cette réaction était suffisamment inhabituelle pour qu'elle s'en étonne. Depuis quand n'avait-elle pas ri ?

— C'est ça. C'est vraiment ça.

— Je vous raccompagne jusqu'à votre voiture. C'est la poubelle, là-bas ? Garée à côté de la mienne ? De poubelle, je veux dire. Marrant, nous conduisons tous les deux des Volvo quasi centenaires.

— Fiable et increvable. L'idéal pour des artistes...

— ... fauchés. Mais c'est un pléonasme pour la plupart d'entre nous.

Elle ne commenta pas. Un autre mensonge serait insupportable s'il s'adressait à lui. Hugh attendit qu'elle ait installé sa masse derrière le volant et caressa ses cheveux.

— Je reste un peu plus longtemps dans la région. Avant le grand envol. J'ai pas mal de choses à régler après l'expiration de mon bail ici. Je vous laisserai mes coordonnées sur le réfrigérateur. N'hésitez pas, Terry.

Si vous avez un problème, appelez-moi. Même en pleine nuit. Je suis le genre d'allumé qui peut débouler ici et s'en sortir sans une égratignure ou une beigne au milieu de cinq loubards déjantés. Mon côté un peu lunaire, aidé par une colossale myopie.

Parce que c'était évident, elle répondit :

— Je n'en ai pas le moindre doute.

— À bientôt, Terry.

— Je l'espère, Hugh.

15 octobre, FBI, base militaire de Quantico, Virginie.

La sonnerie du téléphone arracha un grognement de déplaisir à Dougray J. Doyle. Il hésita, mais reposa l'imperméable qu'il s'apprêtait à enfiler et décrocha le combiné en jetant un regard à sa montre. Merde, il était 19 heures passées !

Une voix masculine, lourde et déplaisante, éructa :

— Bon, qui vous êtes, vous ?

Doyle répondit d'un ton sec :

— Je vous demande pardon ?

— Écoutez, mon petit gars, ça fait une demi-heure qu'on me balade de poste en poste. Pour rien vous cacher, j'ai autre chose à foutre.

— Moi aussi, alors venons-en aux faits. Qui êtes-vous, qui cherchez-vous et pourquoi ?

Le ton péremptoire de Doyle parut convaincre son interlocuteur qu'un peu de courtoisie ne lui nuirait pas. D'un ton plus diplomate, il reprit :

— Je suis le shérif Fondale. Josh Fondale. Farm Heights dépend de ma juridiction. Je cherche le rigolo qui devrait s'occuper du VICAP[1] chez vous. Parce que s'il s'agit juste de s'emmerder à pianoter pour que ça reste dans les limbes, autant prévenir les copains. La

1. Violent Criminal Apprehension Program.

prochaine fois, on ira boire une bière. Au moins, on perdra pas notre temps.

La mauvaise humeur de Doyle se dissipa d'un coup. Il aurait envoyé au bain quiconque lui parlant sur ce ton, sauf un shérif de l'État de Virginie, donc a priori quelqu'un surveillant ses plates-bandes pour les préserver des grands sabots du FBI. Aussi biaisa-t-il :

— Nous entretenons le VICAP en l'alimentant avec toutes les données possibles.

— Et vous êtes ?

— Dougray J. Doyle. Je dirige le CASKU. Que puis-je pour vous ?

Un gros soupir désolé lui répondit d'abord.

— J'en sais foutre rien, Doyle. Mais j'ai vingt ans de carrière de flic derrière moi, et au pif, je dirais qu'on est face à un problème qu'on n'aurait jamais cru possible dans notre coin. C'est plutôt cool, vous savez, Farm Heights et les environs. Y a une semaine, on a retrouvé le corps de Rita Puig dans un hangar proche de la Pickett River. Un meurtre, mais pas du genre auquel on est habitué. Il faut vous dire que je connaissais bien Rita... Pas mal de gens, d'ailleurs. Elle faisait le ménage à l'école primaire où va ma petite-fille, la fille de ma grande. C'était une femme bien, Rita, qu'avait été mariée avec un sacré nul...

Doyle intervint, craignant qu'une description quasi exhaustive de la population ne suive et ne lui inflige tous les détails des liens de parenté des uns avec les autres, de leurs occupations ainsi que de leurs mariages, divorces et descendance.

— Pourquoi dites-vous que ce meurtre-là était différent de ceux auxquels vous êtes habitué ?

— Mis en scène. C'est pas des trucs de chez nous, ça. Déjà, chez nous, les crimes de sang sont exceptionnels. Et puis, c'est des machins passionnels, des histoires de jalousie ou de vengeance, ou alors un abruti qui a trop picolé qui renverse un piéton et qui se barre.

— Mais pas dans le cas de cette Rita Puig ?

— Non. C'est le vieux Don Harvey qui l'a retrouvée. Il traîne pas mal, quand il est bourré. Avant de rentrer au bercail pour que sa vieille lui tombe pas dessus parce qu'il s'est encore piqué le pif. Il a déboulé au poste dans tous ses états. Du coup, ça l'a dessaoulé. On a foncé... Putain d'enculé de mes deux... je crois que j'avais jamais vu autant de sang de ma vie... Pauvre fille... Elle était à genoux, les mains jointes, comme en prière, retenue par la cloison en planches. Ouverte comme un lapin... et la gorge tranchée. Bordel... C'était une fille bien.

Doyle perçut la déglutition pénible de son interlocuteur. Elle lui en rappelait tant d'autres, dont les siennes, au début, lorsque le jeune flic qu'il était alors avait décidé de rejoindre les rangs du FBI.

— Le légiste...

— Vous parlez... On n'est pas à Richmond, ici. C'est le médecin de garde qui fait office. Sauf que, comme je vous l'ai dit, je l'ai pas du tout sentie, cette histoire. J'ai appelé la morgue du comté. Ils sont venus la chercher. Je veux une vraie autopsie, par quelqu'un dont c'est le métier. J'attends le rapport, il devrait pas tarder.

— Vous pourrez me le faxer aussitôt ?

— Bien sûr. Vous croyez que je vous appelle juste pour papoter ? Vous pensez pas qu'il s'agirait d'un de ces dingues qui serait arrivé chez nous ?

Doyle sentit l'envie du shérif Fondale qu'on lui assure que non, son petit paradis domestique n'était pas menacé par la démesure sanguinaire d'un tueur en série.

— Si vous faites allusion à un serial killer, ce ne sont pas des dingues, du moins pas au sens classique du terme. Ils ne sont pas irresponsables, même si c'est la tactique de défense qu'ils utilisent presque toujours lors des procès. En ce qui concerne Rita Puig, je n'en sais rien. Peut-être le rapport nous fournira-t-il quelques éléments de réponse.

— Oui, mais si c'en était un, ça signifierait qu'il va y en avoir d'autres.

— Exact, mais peut-être pas chez vous. Ces types sont souvent assez mobiles.

— Mais vous... Enfin, je veux dire, y a des cas ressemblants ailleurs ? C'est pour ça qu'on s'est fait chier à entrer les données dans le VICAP.

La question de Fondale tombait à pic. Doyle se faufila à sa suite :

— Sur la base de ce que vous me dites, pas à ma connaissance. La victime était-elle entravée ? Les poignets, les chevilles ? Par un ruban adhésif ou des cordes ? Avait-elle été bâillonnée ?

— Pas à première vue, j'ai pas constaté de marques... Mais bordel, il l'a tabassée comme pas possible, ça je peux vous le certifier... Faudrait pas que je coince cet enfoiré dans un endroit pépère... Ni moi, ni mes gars qu'étaient à mes côtés. Ou alors si, il faudrait, ce serait justice... Merde, je sais plus.

— Franchement, moi non plus. Écoutez, Fondale, vous m'envoyez le rapport dès qu'il vous parvient. Je vous rappelle. Si besoin, je viens chez vous.

— Ça marche.

— À plus tard, shérif.

— Ouais. Eh, Doyle... merci.

Pas Charly. Ce meurtre, pour ce qu'il en savait, ne ressemblait pas à ceux perpétrés par Cordell Taylor-Caedon. Cordell n'avait pas besoin de tabasser ses victimes, elles obéissaient. C'était précisément tout le but de son jeu.

La trace boursouflée d'une gifle sur la peau blanc cendre d'une joue fine. L'unique fois où Charly avait frappé pour mater la résistance soudaine de sa victime. Celle de Cory Fried lorsque, enfin, elle avait compris que son conte de fées allait s'achever en cauchemar. Trop tard. Cory était morte comme les autres.

16 octobre, FBI, base militaire de Quantico, Virginie.

Espy reposa le petit téléphone sans fil sur la plaque de Plexiglas de son bureau avec tant de brutalité qu'elle le ralluma aussitôt afin de vérifier qu'elle ne l'avait pas endommagé.

Merde, elle passait sa vie l'oreille vissée au téléphone, cette fille ! Lorca tentait depuis son arrivée de joindre Susan Wuang Tong au Russell Building à Washington. La ligne sonnait occupée ou basculait vers une messagerie dont la voix suave indiquait que *« votre correspondant est déjà en ligne mais devrait vous répondre dans l'instant »*. À ceci près que Susan ignorait royalement cette suggestion.

Nina passa la tête dans l'entrebâillement de la porte et s'enquit :

— Prête pour la bouffe ?

— Deux petites minutes. Je tente de coincer Susan Wuang Tong et j'arrive.

— Bon, on te réserve une place.

— Ça marche, je vous rejoins.

Elle était plutôt sympa, cette Kroeger. Elle ne la jouait pas conquérante, élite de l'ATF. Pas mal physiquement. Le genre belle plante saturée d'engrais, qui s'oxygène les poumons à 5 heures du mat grâce à dix bornes d'un parcours du combattant ou quelques miles crawlés dans l'eau glaciale d'un lac. Le genre qui n'a jamais croisé une clope ou une cuite de sa vie, même par hasard. Le genre qui filait le bourdon à Lorca. Bref, le genre qui n'avait aucune chance, et sans doute aucune envie de séduire un Dougray Doyle, dont la croix sur terre semblait être de retenir à la vie les femmes glissantes, saccagées, surtout celles qui ne l'admettaient pas. Sa femme, elle, Julia, plus toutes les autres qu'Espy ne connaissait pas et dont elle ne souhaitait surtout pas entendre parler.

Le dernier week-end avait constitué une petite prouesse : Esperanza avait soigneusement omis de repenser à cette autre glissade, celle qui l'avait fait déraper dans l'appartement de Pamela Kells. Y penser, selon son mode d'emploi personnel, exigeait d'y remédier. Lorca n'avait aucune prédisposition pour la délectation dans les atermoiements. Une question nécessitait une réponse, un problème une solution. Il faut une fabuleuse résistance pour tolérer que les questions demeurent suspendues, ou alors une appétence pour le martyre. L'une lui faisait défaut et elle s'interdisait l'autre. Mieux valait prendre une bonne baffe dans la gueule tout de suite que supporter le calvaire de l'incertitude, de l'espoir toujours recomposé, toujours remis. L'espoir ronge quotidiennement, avec persévérance.

C'est bien, Lorca, ma fille, tu viens de faire un pas de géant. Tu as admis ce que tu savais déjà depuis presque deux ans. Que tu étais amoureuse de cet homme et que tu n'avais probablement jamais aimé que lui. Que ce petit garçon, son fils, t'attirait comme un conte de fées. Que tu avais à ton tour envie de paniquer lorsqu'il serait en retard de dix minutes au retour de l'école, besoin de lui faire réviser ses cours et de temps en temps de réussir un riz au lait pour lui faire plaisir. Bravo, Espy, ma grande ! Pour la première fois depuis l'enterrement de ta calamiteuse bouffonne de mère, tu admets qu'il est vital d'aimer et d'accepter l'amour des autres.

Au choix : elle déboulait chez Doyle un samedi soir, prévoyant que Liam passait le week-end chez son copain Benny Gyver. Son joli tailleur noir, décolleté ce qu'il faut sans exagération, une bouteille de bon vin, un sourire douloureux agrafé aux lèvres, elle dirait d'une voix blessée, vibrante d'un reproche contenu : « Je ne comprends pas ce qui s'est passé. Tu as mal interprété, ce n'est pas ce que je voulais dire. » Gros problème : Doyle avait oublié d'être un abruti et associait la subtilité de l'intuition à la puissance de l'intellect. Conséquence de cette regrettable combinaison : elle avait neuf chances sur dix de se faire foutre à la porte de la grande maison située à quelques kilomètres au sud de Fredericksburg sans qu'il lui concède trois mots. La dixième : il la foutait toujours à la porte, mais cette fois en l'injuriant. Deuxième possibilité : elle déboulait encore dans la vaste demeure antipathique, pas très loin de Charlottesville, et s'excusait platement. Dans la foulée, elle se jetait sur lui et lui roulait la pelle dont elle rêvait depuis des mois. Ensuite, s'il plissait ce regard si noir, s'il souriait juste un peu, s'il entrouvrait les bras pour l'accueillir, elle lui expliquerait. Elle lui expliquerait plein de trucs que lui seul pouvait comprendre. Merde... une vraie galère.

Elle composa nerveusement le numéro du Russell Building. Miracle, Susan lui répondit.

— Susan, je tente de vous joindre depuis ce matin.

— Je sais, ne m'en parlez pas, c'est l'horreur.

— Que se passe-t-il ?

Un ton sec remplaça l'affabilité de la jeune scientifique :

— Vous plaisantez, Espy ? Vous n'avez pas entendu

parler du sniper de Washington ? Faut sortir ou allumer la télé. Je peux vous dire que c'est une vraie panique. Nous n'avons rien, et de surcroît, l'affaire relève de la police. Je me permets de vous rappeler que votre petit copain Thomas Sturgeon est sur les lieux, juste au cas où.

— Ah, oui. Merde, il y a le sniper !

— Oui, il figure aussi sur la liste des tueurs, plus une petite centaine d'autres lâchés dans ce pays.

— Vous avez des éléments ?

— Peu. Si ce n'est que nous sommes presque certains qu'il s'agit d'un ancien flic ou d'un soldat. Très démonstratif ou symbolique : une seule balle par victime. Le genre « regardez comme je sais bien me servir d'un flingue ». Deuxième cas de figure, il se la joue façon Jugement de Dieu : si l'unique balle ne tue pas, c'est le résultat d'une intervention divine, et il ne renchérit pas contre Dieu. Pour couronner le tout et vu sa rapidité de réaction, il n'est pas exclu qu'ils soient deux : un qui conduit, l'autre qui vise.

— Je m'en veux...

— ... mais votre enquête, c'est Charly. Je sais, vous êtes tous pareils. Cela étant, je me permets de vous rappeler que le rythme des analyses réduit pas mal durant le week-end... Bref, le minuscule bidule que nous avons retrouvé prisonnier du ruban adhésif est organique. Ça possède de l'ADN. Nous l'avons amplifié et nous entamons la batterie de correspondances génétiques. Jusque-là, je n'en sais pas beaucoup plus. Sauf qu'il s'agit d'un fragment d'organe ou de tissu organisé. À première vue, sur la base de comparaisons purement anatomo-physiologiques, on dirait un piquant d'oursin. On cherche de ce côté-là aussi. Espy, il va falloir que je vous laisse... j'ai trois autres correspondants suspendus à cette ligne.

— D'accord, je comprends... Susan...

— Ne vous inquiétez pas, je vous rappelle dès que j'ai une précision.

Espy s'apprêtait à raccrocher lorsque l'exclamation de Susan interrompit son geste.

— Ah... Espy, je n'y connais pas grand-chose, mais rassurez-moi : les mesures de sécurité entourant Julia/Helen sont maximales, n'est-ce pas ?

— Oui... Bien sûr.

— Il va tenter de lui faire la peau. Pamela n'était pas un hasard. Il l'a choisie parce qu'elle ressemblait à sa femme.

La vraie courtoisie dont fit preuve Espy la surprit la première. Elle aurait envoyé promener n'importe qui d'autre assenant une telle évidence.

— Je sais, Susan, nous le savons tous. Même Julia... Vous êtes quelqu'un de bien, n'est-ce pas ?

— J'essaie, et ce n'est pas tous les jours une sinécure. À bientôt.

Lorsqu'Esperanza Lorca y Fernandez rejoignit les autres, la mauvaise humeur qu'elle contrôlait avec plus ou moins de bonheur depuis plusieurs jours grimpa d'un échelon. Car ce n'était certainement pas les quelques tâches ménagères ou « bricoleuses » auxquelles elle s'était exceptionnellement contrainte durant le dimanche qui avaient amélioré son estime d'elle-même. Dougray Doyle était plongé dans une conversation animée avec Nina et Michael. Le silence qui s'installa lorsqu'elle tira sa chaise lui donna envie de mordre. Elle hésita entre deux ou trois vacheries, toutes inappropriées, et opta pour un fielleux :

— Surtout, que je ne vous interrompe pas.

Dougray Doyle chercha l'apaisement :

— Nous parlions de Thomas. Il a téléphoné à Michael

ce matin. Son séjour à Washington n'a pas l'air de le ravir. Il se sent coincé et pas franchement utile.

Lorca entama sa soupe de légumes et grommela :

— Ben, il n'a qu'à rentrer, son aide ne serait pas superflue sur notre enquête.

Doyle soupira.

— Impossible. Il faut que nous marquions notre présence sur le terrain.

Toujours aussi gracieuse, Espy conclut :

— Alors, qu'il prenne son mal en patience ou qu'il appelle sa femme pour se faire consoler. On n'est pas le bureau des pleurs !

Un silence gêné salua cette repartie. Michael s'absorba dans la lecture de l'étiquette de son pot de yaourt. Nina se prit de fascination pour les pelouses qui s'étendaient devant la grande baie circulaire du self-service. Les trombes d'eau tombées depuis quinze jours les avaient ravivées au point d'allumer leur vert d'une nuance si chlorophyllienne qu'elle semblait artificielle. Seul Dougray Doyle, sa cuiller de salade de fruits en suspens au-dessus du ramequin, la fixait, impénétrable. Le déjeuner se termina assez abruptement, l'envie d'un café ayant déserté tout le monde. Une urgence téléphonique fantaisiste offrit à Michael et Nina le prétexte pour quitter la table au plus vite.

Le regard collé à sa purée de carottes d'un orange déconcertant, Lorca se serait battue. Merde, elle ajoutait une hargneuse nullité à la stupidité. D'autant que Thomas était à peu près le seul auquel elle ne trouvait rien à reprocher, que le reproche fût ou non fondé.

De l'autre côté de la table, le souffle de l'homme s'accéléra. Espy attendit. Ce qui allait suivre risquait de ne pas lui faire plaisir. Elle était très en dessous de la vérité. La voix qu'elle aurait reconnue entre mille, la voix de rage contenue, la voix de ce soir-là, lorsqu'il avait jeté sa serviette sur la table.

— Je ne commenterai pas votre imbécillité méchante, Lorca. Elle est assez flagrante pour ne pas vous avoir échappé. En revanche, il y a une chose que je ne tolérerai pas pour la bonne marche de l'unité que je dirige : que vous foutiez votre merde avec application ! La cohésion de notre petit groupe, même artificielle, même mensongère, est vitale pour notre survie. Vous avez envie de vous lâcher ? Je vous conseille une longue douche glacée ou une heure de sueur et de courbatures le long du laminoir. Ni Nina, ni Michael, ni Thomas ni moi ne sommes vos poubelles, Lorca. Nous ne sommes pas payés pour supporter vos aigreurs. C'est la dernière fois que j'aborde cet aspect avec vous. Si ça ne l'était pas, je vous demanderais de trouver une autre affectation dans les plus brefs délais. Vous pourriez alors compter sur mon aide pour appuyer votre mutation. Après tout, vos états de service sont élogieux.

La petite boule verte chiffonnée de sa serviette en papier atterrit sur le plateau, juste devant son verre. Il conclut, du même ton glaçant :

— Ai-je été assez clair ?

— Tout à fait, monsieur.

— Bien. Vous avez des nouvelles de Susan au Russell ?

— Elle doit me rappeler dès qu'elle aura le moindre bout d'information.

— Tenez-moi au courant. À tout à l'heure.

Espy se terra tout le reste de l'après-midi dans son bureau. Peu de choses la rendaient lâche. La honte. La honte y parvenait. La honte est un beau sentiment. Elle sous-entend une sorte de générosité, une blessante lucidité, aussi. Mais c'est un sentiment dévastateur. Une critique de soi-même. Ce sont les pires. Il faut avoir failli pour avoir honte, et avoir honte prouve que l'on possède toujours une âme. Un de ces précaires et épuisants équilibres entre le respect et la haine de soi.

Il était 19 heures passées. Esperanza tendait l'oreille depuis un moment afin de risquer une sortie, peu glorieuse mais à peu près supportable. Michael était parti. Dougray aussi. Le silence qui régnait dans leur section de boyau souterrain indiquait qu'elle était la dernière attardée en ces lieux. Elle ne rencontrerait personne en rejoignant sa voiture.

Elle passait son manteau lorsqu'une tête blonde apparut dans l'entrebâillement de la porte.

— Vous êtes encore là, Espy ?

Merde, Nina !

— Euh... en effet. Mais j'allais partir.

— Moi aussi. On monte ensemble ?

— D'accord.

Merde, remerde !

Elles attendirent l'arrivée de l'ascenseur sans un mot. On se moque souvent des petites conversations, ces meubles superflus et interchangeables qui accommodent le silence en le fragmentant. Pourtant, elles font tant défaut lorsqu'elles deviennent impossibles. Enfin, Lorca se lança :

— Je suis désolée pour tout à l'heure. Vraiment. C'était crétin et malveillant. Thomas est un mec bien. Il doit s'ennuyer comme un rat mort à Washington... Sa femme et leur bébé l'attendent ici.

— Vous étiez de mauvais poil, ça arrive.

— Ce n'est pas une raison pour tomber sur des gens corrects.

— Juste. (Nina s'arracha à la contemplation de la porte en acier qui venait de se refermer sur elles et détailla Lorca avant d'ajouter d'un ton doux :) D'autant que la priorité serait de résoudre les causes de votre mauvaise humeur. Ses conséquences disparaîtraient d'elles-mêmes.

Le sous-entendu évident ébranla Espy.

— Je... Mais...

— Je sais. Une bonne part de votre stratégie consiste à séparer le monde émotionnel du reste, à le reléguer dans un petit coin en espérant le rendre moins dangereux. Mais ça ne fonctionne pas souvent, la preuve.

La panique cloua Esperanza et la porte de l'ascenseur faillit se refermer sur elle. Elle fonça derrière la haute silhouette de Nina et l'agrippa par le bras.

— Attendez... Qui vous a... Dougray ?

— Personne. Et non, Doyle n'est pas vraiment du type à se répandre en confidences. Mais je suis nouvelle parmi vous. Un regard neuf, extérieur. En plus, je suis une femme... (Elle sourit avant de poursuivre :) Parfois même une vraie midinette. Je renifle les histoires de cœur à dix kilomètres à la ronde. Écoutez, nous habitons toutes les deux Fredericksburg. Je n'ai rien de prévu ce soir. Si ça vous tente, nous pouvons trouver un petit restau sympa en ville.

Espy lâcha le bras de la jeune femme.

— Non... merci, mais non.

Nina baissa le regard et déclara :

— C'est dommage... D'un autre côté, une réponse inverse m'aurait étonnée. À demain Espy, rentrez bien.

16 octobre, Fredericksburg, Virginie.

Bordel, cet appartement devenait intolérable ! Le grand deux-pièces qu'elle avait loué au sud de Fredericksburg dès son affectation à la base, quelques mois avant la courte liaison qui lui empoisonnait la tête depuis deux ans, semblait toujours aussi inhabité. Pourtant, depuis quelques jours, il se mêlait une sorte d'animosité à cette vacuité. Étrange, comme les lieux nous renvoient ce que nous ne leur offrons pas. Ces murs, ce parquet, ces rares meubles, cette absence d'objets, de tableaux, de photos pourtant lisses de l'indifférence de leur occupante finissaient par sécréter une sorte de frigidité déplaisante. Ils semblaient l'inviter au départ, comme si eux-mêmes s'étaient lassés de la difficulté d'Espy à les apprivoiser, à les investir. Un peu comme la grande maison qu'occupaient Dougray et son fils, la maison de Rosemary.

Quelle gourde ! Pourquoi avoir refusé l'invitation de Nina ? Elles auraient pu dîner ensemble, papoter en évitant soigneusement de se livrer, de se révéler, mais la soirée serait quand même passée plus vite, moins crûment. Erreur. Il y avait quelque chose de déroutant chez cette nana, un truc si diffus qu'Espy ne parvenait pas à mettre le doigt dessus. La nouvelle recrue de l'unité était sympathique, accueillante, presque charmeuse, et pourtant dans cet ascenseur, un peu plus tôt, Espy avait senti une sorte de dureté sans malveillance mais sans pitié... les lames de son cerveau. Pourquoi Nina avait-elle demandé sa mutation de l'ATF ? Elle y avait dirigé une section informatique. Avait-elle choisi le CASKU, ou le hasard des attributions de postes était-il à l'origine de sa venue ? Espy était assez lucide et intelligente pour comprendre qu'elle commençait à se méfier de la jeune femme simplement parce que celle-ci avait percé à jour les causes de son agressivité du déjeuner.

Esperanza alluma la télévision sans même se préoccuper de l'image qui s'installait sur l'écran 16/9ᵉ. Un fond sonore, un machin qui produisait un bruit articulé, rien de plus.

Incapable de rester en place, elle se leva et fonça vers le dressing. Elle en tira les deux grands tapis mexicains qu'elle avait achetés un jour de lassitude ou d'optimisme, et les sortit de leur protection de plastique afin de les dérouler. Les couleurs toniques et heurtées lui arrachèrent le premier sourire de la journée. Le jaune et le bleu cobalt iraient assez bien dans la pièce qu'elle avait baptisée chambre puisqu'elle y avait installé son lit, rien de plus. Par déduction, l'autre pièce, plus grande, devenait le salon-salle à manger. La preuve : une table, quatre chaises et un canapé s'y perdaient. Le deuxième tapis, rouge brique, vert et beige conviendrait à ce désert minimaliste. Les minuscules efforts de décoration d'Espy obtinrent le résultat mérité : pas grand-chose. Le souvenir étonnamment douloureux de l'appartement de Cory Fried lui revint. Un joli endroit lumineux, chaleureux. Quelques beaux meubles, deux ou trois plantes ahurissantes de santé, des objets élégants. Une belle huile aux jaunes violents était accrochée le long d'un des murs. Un appartement issu de sa propriétaire : sans gros moyens mais joyeux, d'un goût prononcé pour les jolies choses et le bonheur. Du reste, ce goût du bonheur-là avait tué Cory. Espy crispa soudain les mâchoires et feula tout haut :

— Foutaises ! C'est ce sac à merde qui l'a butée.

Elle commanda une pizza et zappa en attendant qu'un gars pressé la livre. Elle dévora la moitié de la pâte caoutchouteuse inondée d'un petit quintal de fromage fondu en s'aidant d'un long verre de whisky. Une peine terrible lui fit lâcher la part triangulaire qu'elle achevait d'engloutir. La Baleine. Merde, elle ressemblait à la Baleine, le lard en moins. Une boule de sanglots lui fit cracher la pleine bouchée qu'elle mastiquait dans la grande boîte plate en carton graisseux posée sur ses genoux. Non, même pas. La Baleine avait choisi de devenir ce qu'elle était, elle pouvait changer d'orientation si elle le décidait, sa fortune l'y aiderait. Espy avait obéi à ses peurs, à un calcul qui se révélait inepte et mortifère : être seul, c'est concentrer ses forces sur soi-même. Aimer, c'est tolérer une fragilité, un danger impossible à cerner. Mais comment avait-elle pu en arriver à ce raisonnement crétin, pervers ? Le meurtre de Cory, la débilité hargneuse de sa propre mère, le mariage de Helen avec un serial killer... toutes ces anecdotes qui lui avaient permis de conforter son argumentation n'avaient rien à voir avec l'amour. Il s'agissait même du contraire : du mal-amour, de celui qui se fourvoie et se concentre sur un indigne sujet d'amour pour devenir souffrance, rejet, destruction. Et Dougray était digne. Il était si digne d'amour qu'elle avait fui, terrorisée.

Espy termina son verre et se resservit. Elle réserva la fin de son whisky pour avaler deux comprimés de somnifère. Dormir. Offrir une trêve menteuse à son cerveau. Que ses cauchemars se démerdent pourvu qu'elle les ait oubliés au matin. On verrait ensuite. Il y avait encore assez d'énergie en elle pour qu'elle ne finisse pas comme la Baleine.

17 octobre, FBI, base militaire de Quantico, Virginie.

Un très prometteur début de migraine pulsait contre sa tempe droite lorsqu'elle gara sa voiture le lendemain, peu après 8 heures, sur le parking du Jefferson. Une douleur en cordon dévalait de la racine de ses cheveux jusqu'à la base de son nez en dépit des trois Exedrin qui avaient accompagné sa tasse de café tiédasse. Une vague sensation de désorientation trahissait le désordre de sa nuit, mais grâce aux deux petits comprimés oblongs de sommeil chimique qu'elle avait avalés la veille, elle n'en conservait aucun souvenir.

Espy s'arrêta devant le percolateur de l'étage et attendit que le gobelet se remplisse du breuvage baptisé — non sans optimisme — espresso court non sucré par le fabricant.

Elle n'avait pas avancé d'un pouce depuis la veille, rien décidé, rien élucidé. Ce n'était pas tout à fait fair-play vis-à-vis d'elle : elle était au moins parvenue à la conclusion qu'elle ne pourrait pas demeurer beaucoup plus longtemps plantée au milieu de son indécision et qu'elle allait devoir se pousser un peu.

Elle redescendit vers son bureau et croisa un Thomas Sturgeon souriant qui l'accueillit comme si elle était porteuse d'une bonne nouvelle.

— Ah... je suis rudement content de te revoir, Lorca. Comment ça va ?

— Pas génial, mais c'est sans importance. Alors, enfin rentré de Washington ?

— Quel soulagement ! Je n'avais pas grand-chose à faire, c'est sympa pendant deux jours. Tu as l'impression que le gouvernement t'offre des vacances. Au-delà, c'est la tasse.

— Rien à faire, vraiment ?

— Une activité de conseil, et encore. C'est l'enquête des flics locaux. On déjeune ensemble ?

Esperanza hocha la tête sans trop prêter attention à la proposition de Thomas. Elle l'aimait plutôt bien. Du moins n'éprouvait-elle aucune animosité à son endroit. De surcroît, elle était assez contente de son retour. Un peu moins d'isolement, seule avec sa tête, ne pouvait pas nuire. Certes, Nina était sympa, mais elle ne la connaissait pas suffisamment pour s'en faire une alliée contre cet abruti prétentieux de Baghurst.

Espy était assez intelligente pour admettre que son inimitié pour Michael reposait sur peu de chose : le sentiment qu'il n'hésiterait pas à investir ses plates-bandes sans y être invité et sans l'ombre d'un état d'âme. Sans doute aussi cette morgue inconsciente de gentil garçon bien élevé qui n'a jamais douté, jamais été mortifié parce qu'il sort d'une famille blanche, protestante et petite-bourgeoise. Rien à voir avec Thomas ou elle. Un univers les séparait dont Baghurst ne prendrait jamais la mesure dans sa chair, dans sa peur, dans son humiliation : celui de la vulnérabilité sociale.

Un message survolté de Susan Wuang Tong l'attendait sur sa boîte vocale.

— *Esperanza ? Ah, mince... vous n'êtes pas encore arrivée. Bon, rappelez-moi dès que possible, j'ai un début de quelque chose. Les premières comparaisons semblent indiquer que... Non, c'est trop long, votre répondeur va me couper le sifflet au milieu d'une phrase... J'attends votre appel.*

Espy localisa la jeune scientifique en quelques minutes.

— Susan... Vous rentrez parfois chez vous ?

— En ce moment, juste pour dîner et dormir. Trop de trucs sur le feu et pas assez de personnel... C'est toujours la même plaie. Heureusement, j'ai un compagnon concepteur de logiciels qui travaille pas mal à domicile et dont les talents culinaires et le sens de l'organisation domestique sont nettement supérieurs aux miens. C'est génial de rentrer pour se mettre les pieds sous la table.

Cette information bénigne sidéra Espy. Bien que n'y ayant pas vraiment songé, elle aurait parié que Susan vivait seule. Solitaire. Comme elle. Elle contraignit sa voix pour la garder légère.

— Vous avez avancé ?

— Si on veut... De l'extérieur, la première avancée d'une recherche scientifique semble rendre la question posée encore plus compliquée.

— Oh là, je crains le pire... Car c'est une mise en garde, n'est-ce pas ?

Un rire lui répondit d'abord, puis la voix de Susan expliqua :

— J'ai toujours pensé que vous étiez futée ! Je ne vous surprendrai pas en vous annonçant que le sperme contenu dans le réservoir des deux capotes retrouvées dans la chambre de Pamela Kells appartient bien à Cordell Taylor-Caedon, tout comme le sang collecté à l'intérieur du bâillon et autour des lèvres de la victime. J'ai envoyé les résultats par mail à Dougray un peu plus tôt.

— Pardon ? Vous pouvez reprendre ? Pas le sperme

— le contraire m'aurait étonnée, en effet —, mais le reste.

— Le médecin expert de l'institut médico-légal de Boston a découvert des traces de sang séché sur la face interne du bâillon adhésif — celle qui était au contact des lèvres — et autour de la bouche de la victime. Le sang est le même dans les deux cas. Celui de Cordell. A priori, je ne pense pas que ce genre de type se laisse mordre par surprise...

— En effet. En revanche, il semble avoir un certain goût pour les petites mutilations lors de ses jeux sexuels. Le sexe, le sang et la mort. Un trio vieux comme l'Homme. On a déjà retrouvé des gouttes de son sang sur certaines de ses victimes. Celui qui boit mon sang devient moi, il m'est lié de façon indissoluble, il m'appartient totalement et pour toujours.

À l'autre bout du fil, Susan compléta :

— L'argument classique des romans et des films de vampires.

— Le vampirisme a toujours été très lié au sexe, surtout à l'époque victorienne. C'était sans doute aussi une vision littéraire métaphorique qui permettait d'éviter la censure. Il n'en demeure pas moins que cela reprend l'équation de base : sexe-sang-mort.

— C'est une équation qui me passe complètement au-dessus de la tête. Pour moi, le sang est la vie, c'est son principe et son fuel.

Espy réprima un rire.

— Pour les vampires aussi. *Leur* vie. Et le petit truc que nous avons prélevé sur le bout d'adhésif, avez-vous déniché quelque chose ?

— Ah, ah ! Accrochez-vous. Les empreintes génétiques réalisées sur le bidule en question ne sont pas humaines. De surcroît, nous avons détecté au moins deux ADN très différents.

— De l'ADN de moisissure ? Comme la dernière fois ? Une de ces moisissures spécifiques des orchidées qui permet leur germination ?

— Raté ! C'est d'abord ce que j'ai pensé. Mais les hybridations avec les sondes spécifiques ne collent pas. Vraiment pas. On a essayé avec toutes les autres sondes conservées au labo central provenant surtout de mammifères communs comme le chien ou le chat, mais ça ne fonctionne pas davantage. On utilise ces sondes-là en cas de morsures graves afin de déterminer dans la salive si l'agresseur mordeur était un quadrupède ou un bipède. Aussi hallucinant que cela puisse paraître, l'écrasante majorité des morsures nécessitant une hospitalisation d'urgence est infligée par des humains. Pardon... je m'écarte du sujet... La grosse question qui se pose à nous est la suivante : ces deux ADN sont-ils significatifs dans le cadre de l'enquête, ou alors l'un des deux est-il un contaminant accidentel qui parasite les résultats ?

Espy gribouillait des notes. Elle interrompit son geste et, fronçant les sourcils, déclara :

— Je ne vous suis plus très bien.

— C'est le cas classique. Un exemple, en prenant en compte le fait qu'aucun des deux ADN n'est d'origine humaine : admettons qu'un animal — un chien, un chat, peu importe — ait léché l'échantillon qui nous intéresse — le petit bidule marron — avant son dépôt sur l'adhésif. L'animal aura déposé sa salive, donc son ADN dessus. Il s'agirait dans ce cas d'un ADN parasite n'ayant rien à voir avec le meurtre et qu'il va falloir différencier pour le rejeter des conclusions.

— Et vous pouvez y parvenir ?

— On s'y emploie. Ça ne va pas être de la tarte parce que nous n'avons aucune idée de la provenance des deux génomes. Je crois que je préférerais encore chercher une minuscule aiguille dans une gigantesque meule de foin. Si on se plantait, ce qui est loin d'être exclu...

Le docteur Susan Wuang Tong s'interrompit au milieu de sa phrase et Espy l'entendit marmonner agressivement.

— Susan ? Vous êtes toujours en ligne ?

— Hum... Je réfléchis en même temps... Je parle toute seule... Depuis toujours... je veux dire toute petite... pas un indice de sénilité dans mon cas. Au début, ça surprend, mais on s'y fait très vite. Attendez... de toute façon, je suis coincée. J'ai peu de matériel biologique de départ puisque l'échantillon était vraiment petit. Je n'ai pas le moindre début d'idée sur son origine, la piste des moisissures ayant avorté... Réfléchis, Susan, réfléchis... Les DNA chips — les puces à ADN — ne seraient d'aucune utilité à ce stade... Donc... donc... on séquence. Voilà, c'est ça. On va séquencer !

La jeune femme sembla soudain se souvenir qu'elle avait une interlocutrice pendue à l'autre bout de la ligne téléphonique et s'excusa :

— Ah oui, pardon, Espy. On va séquencer les ADN.

— Ça veut dire quoi ?

Un silence embarrassé lui répondit d'abord, puis :

— Euh... Eh bien... C'est un peu complexe à expliquer. Je vous fais la version rapide. Vous savez que l'ADN est le matériel génétique de tout ce qui est vivant, à l'exclusion de quelques exceptions comme certains virus qui possèdent seulement de l'ARN. Cet ADN constitue les fameux chromosomes. Ce sont de longues chaînes formées d'une succession de petites unités mises bout à bout et qu'on appelle les nucléotides. Il existe quatre nucléotides dans l'ADN, que l'on différencie par la base qu'ils renferment : Adénine, Cytosine, Guanine, Thymine, soit A, C, G, T.

» Pour parvenir à séquencer, c'est-à-dire à déterminer la succession de ces quatre bases le long d'un fragment d'ADN donné, on découpe l'ADN de l'échantillon en bouts plus petits et on l'injecte dans un gros appareil, un séquenceur. Ces bouts servent de modèles à l'appareil. On injecte en même temps une soupe constituée d'un mélange des quatre nucléotides dont je viens de vous parler. L'appareil va synthétiser des fragments d'ADN en partant des modèles qu'on lui a fournis. Au hasard : il les synthétise de façon aléatoire. Ces fragments sont de taille, dc poids et de charge électrique différents puisqu'ils n'ont pas la même composition en nucléotides. On peut donc ensuite les séparer sur des gels d'électrophorèse.

» Je n'entre pas dans les détails, mais ça permet de les différencier assez facilement. D'ailleurs c'est très joli, ce que l'on obtient : comme de longues et fines échelles... Il paraît que certains artistes s'en servent dans leurs œuvres... J'aimerais bien voir ça... Bon, je m'écarte encore. L'appareil vous donne alors l'enchaînement des quatre bases — A, T, C, G — sur les différents fragments qui correspondent donc à nos modèles initiaux. Chaque fragment en renferme une flopée, bien sûr. Ce sont les fameuses séquences. Vous les entrez dans un ordinateur relié à une banque de données de séquences déjà déterminées, et avec du bol vous obtenez une identification par comparaison. Euh... Ai-je été à peu près claire ?

— Oui, mentit Espy.

— C'est vrai ?

— Tout à fait.

— Ah, je suis rudement contente. Non, parce qu'au début, je me demandais comment j'allais m'en sortir...

Lorca aimait bien cette biologiste et, finalement, il importait peu qu'elle ait tout assimilé puisqu'elle s'en remettait à la compétence de la jeune femme. Aussi déclara-t-elle avec la sincérité d'un bonimenteur :

— Vous êtes une pédagogue hors pair, Susan, je suis sincère. Je serais incapable de répéter ce que vous m'avez dit, mais j'ai compris. Ça prend combien de temps, ce genre de Cocotte-Minute high-tech ?

— Si on s'y colle en urgence, je pense que d'ici à demain soir, l'appareil devrait commencer à cracher des petits résultats.

— Je vote pour l'urgence, Susan.

La voix gentiment goguenarde répondit :

— Sans blague ? Ça, c'est une vraie surprise !

Espy s'accorda une dernière demi-heure de répit pour ordonner ses pensées. En dépit de sa résistance, quelque chose devenait personnel dans cette enquête. Elle les haïssait, elle les avait toujours haïes. Toutes ces malfaçons humaines qui tuaient, torturaient, saccageaient pour leur plaisir. Il fallait qu'elle les exècre pour faire sortir d'elle ce qui s'y terrait de plus puissant, de plus acharné et de plus dangereux. Car on ne combat pas ce mal-là avec de bons sentiments ou des vœux pieux. Il n'y a que dans les films que ce genre de guimauve rassurante fonctionne. On l'affronte avec la même détermination et la même absence d'états d'âme que ceux que l'on doit retirer du circuit. Du moins était-ce leur guerre à eux, les chasseurs de prédateurs.

Pourtant, jusque-là, la haine d'Espy avait été générique. « Ils » étaient un emblème ou une formulation du mal contre lequel l'Homme devait se battre depuis la nuit des temps. Jamais elle n'avait associé de connotation religieuse à ces termes, certaine que l'Homme restait libre de ses choix et responsable de ses actes. Mais ce « il-Cordell » lui était devenu particulier. C'était une redoutable erreur, et Espy en était consciente. Elle n'était pas assez armée, pas encore assez trapue pour sortir indemne de l'infiltration de « il » dans sa tête, dans sa vie. Elle le détestait viscéralement, certes. Pourtant, « il » la fascinait aussi. Cette aberration d'homme avait réussi partout où elle se plantait depuis des années. « Il » avait baigné dans l'amour de tous et dans son plaisir de lui-même. « Il » avait massacré, démoli, vandalisé des vies et pourtant nulle douleur, nulle peine ne l'avait effleuré. « Il » était une éclatante et insupportable démonstration du succès de l'injustice, de sa récompense.

Son poing serré heurta violemment le mur en ciment recouvert d'une mince moquette gris pâle. La douleur qui lui électrisa l'avant-bras jusqu'au coude lui fit monter les larmes aux yeux et elle expira bouche ouverte pour ne pas hurler. Durant quelques secondes, la paralysie de ses doigts crispés lui fit craindre une fracture. Enfin, elle parvint à les détendre et à les écarter. La peau qui recouvrait l'articulation des premières phalanges avait éclaté sous l'impact et une mousse rouge couronnait le haut des métacarpiens. Elle s'apprêtait à foncer vers les toilettes lorsque Dougray Doyle déboula dans son bureau. Espy cacha sa main meurtrie derrière son dos.

— Qu'est-ce qui s'est passé ? J'ai entendu un choc sourd. Ça va ? Vous êtes livide.

Elle articula d'un ton plat :

— Ça va.

Doyle la fixa et s'avança lentement. Elle recula jusqu'à sentir le mur contre ses épaules.

— Lorca, vous vous sentez bien ?

— Mais oui.

— Pourquoi planquez-vous votre bras derrière vous ?

— Mais je...

— Montrez.

Elle resta figée, bouche entrouverte. Il insista :

— Montrez... C'est un ordre, Lorca.

Elle ne bougeait toujours pas. L'homme agrippa la manche de son sweat-shirt et tira. Il ferma les yeux brièvement en murmurant :

— Le coup de poing dans le mur ou dans une bagnole, je connais bien. C'est très con, vous savez. Ça ne soulage pas du tout. Au contraire, on risque de se faire très mal. Venez, on va l'asperger d'eau froide pour limiter les dégâts. Je suggère aussi une radio.

— C'est pas cassé... Je peux me débrouiller.

— Obéissez.

La morsure de l'eau glacée sur les articulations tuméfiées lui fit d'abord si mal qu'elle crut qu'elle allait se pisser dessus. Doyle massa ensuite doucement sa main avec une serviette en papier.

— J'ai un tube de crème anti-inflammatoire quelque part dans l'un de mes tiroirs.

Il l'installa sur une chaise et fouilla à la recherche de la pommade.

Lorsqu'il reboucha le gros tube jaune et blanc quelques minutes plus tard, la douleur était devenue presque soutenable. Elle tenta de plaisanter :

— Merci... Vous auriez dû être infirmière.

Doyle haussa un sourcil.

— Mais je suis infirmière... Et cuisinière et nounou. Je suis un homme admirable et une femme parfaite.

— Je sais, répondit-elle d'un ton si défait qu'il la fixa à nouveau.

Il s'écarta et s'appuya contre la plaque de son bureau. Espy se cramponna pour ne pas tendre la main, le forcer à rester à côté d'elle.

Un bref silence s'installa entre eux, un silence si vertigineux qu'elle songea qu'elle devait le rompre au plus vite.

— Je viens d'avoir une longue conversation avec Susan Wuang Tong...

— Plus tard... Elle m'a envoyé deux mails. Quelle était la raison de ce coup de poing ?

— ...

— Répondez.

— Cet enfoiré de Cordell... Enfin, pas vraiment lui. L'injustice. Pourquoi ce mec a-t-il tout eu ? Pourquoi a-t-il obtenu ce qu'il y avait de plus précieux, de plus beau et aimant chez ses victimes sans jamais rien donner, dispenser d'autre que la souffrance et la mort ?

— Je pourrais vous répondre que si ce monde était juste, on le saurait depuis longtemps. Au demeurant, je ne suis pas convaincu que les hommes soient épris de justice, même s'ils souhaitent en profiter lorsqu'elle leur convient. Mais je vais me contenter d'une réponse au ras des pâquerettes : je ne sais pas pourquoi. Ce que je sais, c'est que ça va s'arrêter parce que nous allons y mettre un terme. Vous m'entendez, Lorca ? Je veux qu'on coince ce tordu, vite. Je veux que cette injustice cesse. C'est une goutte d'eau, je sais, mais ce sera la nôtre !

La tête d'Espy s'inclina vers l'avant. Il suivit le lourd mouvement de sa chevelure si brune, si frisée s'affaissant sur ses genoux. Il avait plaqué ces boucles-là contre son torse ou dans le creux de son épaule durant des nuits.

— Merde... je finis par me demander si elle n'a pas raison, murmura Espy. Mrs Holmer. Je pétoche parce que... Et s'il était plus fort, plus malin que nous... et si nous ne parvenions jamais à le bloquer ?

— Non.

— Alors pourquoi sa femme, Julia Holmer, qui en dépit de ses défauts est loin d'être une gourde, le croit-elle ?

— Il faut qu'elle le croie, du moins pour l'instant. Il faut qu'elle se rassure en songeant qu'il jouit presque de pouvoirs surnaturels. Ce serait du suicide, autrement.

Espy releva le visage. La trace humide d'une larme qu'elle avait essuyée discrètement bouleversa l'homme en face d'elle. Il avait effacé du bout du doigt d'autres larmes qui lui coulaient le long du nez durant son sommeil. Des larmes de nuit, celles que poussaient sous les paupières closes de la jeune femme les rêves terribles qui lui crispaient par moments les jambes, qui lui serraient les mains sur les couvertures. Il n'avait jamais osé lui demander quels étaient ces rêves, ni d'où ils lui venaient.

— Pourquoi du suicide ?

— Parce que pour l'instant, Mrs Holmer a besoin de trouver une explication, ou du moins une justification, aussi floue soit-elle, à son aveuglement de femme amoureuse. Prêter à son ex-mari des pouvoirs intellectuels ou autres, hors du commun, sert cette fonction. Le jour où nous lui aurons cloué la peau des couilles, elle pourra le démythifier sans achever de se démolir.

— Et selon vous, elle en sera capable ?

— Je le souhaite de tout mon cœur. L'injustice est une des nombreuses exceptions qui battent en brèche la loi des + et des –. Une injustice multipliée par une injustice ne donne jamais une justice. Ça fait trop de dégâts et ça laisse trop de vilaines cicatrices pour pouvoir se gommer tout à fait. C'est pour cette raison qu'il faut stopper le processus le plus vite possible.

Espy soupira. Sans même le vouloir, sans même y réfléchir, elle s'entendit déclarer :

— Je suis parvenue à la même conclusion dans l'appartement de Pamela Kells. Je... je me suis conduite comme une sale conne. Non, je me conduis comme une sale conne depuis deux ans. Je le déplore d'autant plus que, pour tout vous dire, ça ne m'a pas vraiment rendue heureuse. Loin s'en faut. Je voulais que vous le sachiez.

Une peine terrible coupa les mots de Dougray. Merde ! Il aurait tant souhaité entendre cette confession quelques semaines auparavant. Il s'était interrogé durant des mois après leur rupture. Non, après qu'elle l'eut lourdé comme un autre des épidermes contre lesquels elle apaisait ses nuits. Où avait-il commis une erreur ? Y avait-il quelque chose de si fautif en lui que Rosemary usurpe la vie de sa propre mère dans son délire en l'abandonnant, lui, Dougray, son mari, en ignorant leur petit garçon nouveau-né ? Pour qu'Esperanza le jette comme un échange de sueur et d'humeurs passager ? Il avait tourné et retourné les questions dans sa tête jusqu'à l'insomnie. Et la réponse lui parvenait aujourd'hui.

— Je suppose que je dois vous remercier pour cette franchise. Malheureusement, elle est tardive... trop. Esperanza... Je... Vous aviez raison, je suis un homme trop lourd. Je manque d'humour, surtout sentimentalement. Même mon fils l'affirme. Surtout, je m'achemine vers 43 ans et je suis le père — et la mère par intérim — d'un petit garçon qui a assez morflé. Liam tient de moi. Il a tant besoin d'aimer et d'être aimé sans condition ni réserve, de savoir qu'on ne balancera jamais plus son amour à la poubelle. En d'autres termes, je n'ai plus le temps pour les atermoiements ou les jeux adolescents. Plus l'énergie non plus. Et puis, pour tout vous dire, le jeu du « j'avance-tu-recules » et l'inverse m'a toujours fait chier, sans doute parce que j'y manque de talent. Je suis désolé.

— Moins que moi.

— Sans doute pas.

Elle se leva. Merde, il fallait qu'elle sorte de ce bureau avant de fondre en larmes sur ce gâchis, sur sa connerie. La voix de Dougray l'immobilisa alors qu'elle se dirigeait vers la porte :

— Je vais relire les mails de Susan, au besoin l'appeler à Washington. Je pense qu'une petite réunion d'équipe juste avant le déjeuner ne sera pas superflue.

— D'accord, monsieur, répondit-elle sans se retourner.

— Espy... Espy ? Regardez-moi.

— Pour quoi faire ? siffla-t-elle, hargneuse, parce que son contrôle lui échappait.

— Ce n'était pas le moment. Je veux dire... on ne peut pas tenir ce genre de conversation en ce moment, ici, entre deux portes.

— Je n'ai pas choisi. De surcroît, je ne suis pas certaine qu'il existe un meilleur moment.

— Alors un moins pire. Après Cordell, après toute cette merde sanglante.

Elle secoua la tête et murmura :

— Quand je vous disais qu'il est fascinant : il parvient même à orchestrer la vie intime de gens qu'il n'a jamais approchés !

Susan Wuang Tong avait à nouveau éclairci l'état de leurs recherches au profit de Doyle. Avant de mettre un terme à leur conversation, il posa la question qui lui brûlait les lèvres :

— Dites-moi, Susan, en toute franchise... ce que vous appelez « le Bidule » va-t-il nous aider ?

Il l'entendit rire doucement.

— Franchement, Dougray, lorsque nous l'avons découvert avec Espy, je n'en donnais pas cher. Mais j'ai changé d'avis.

— Pour quelle raison ?

— Mettez cela au compte de l'intuition.

— Vous y croyez, Susan ?

— Non. Mais j'ai peut-être tort. Je vous rappelle dès que nous aurons avancé un peu. Au revoir, Dougray.

Le ronronnement du fax le tira de la note qu'il relisait pour la troisième fois. *On prend les mêmes et on recommence.* Une petite formule a priori inoffensive, mais trop tarabiscotée pour être bénigne, tournait dans sa tête.

« *Il va de soi que le redéploiement des crédits se fera sur une base plus quantitative que par le passé.* »

Qu'est-ce qui allait de soi là-dedans ? Doyle balança la note sur le coin de son bureau et tendit le bras vers la machine qui crachait ses feuillets.

Quelques mots griffonnés à la hâte par Josh Fondale barraient le haut de la première page : *Puig était une femme paisible, de bonne réputation. Pas le genre à suivre un mec inconnu dans un hangar isolé.* Suivait le rapport du médecin expert du comté, une certaine Dr Nelle Pierce, daté du 15 octobre, 21 h 25.

Rita Puig, née à Porto Rico le 19 juin 1954. Race caucasienne, 1,62 mètre, 65 kilos. Cause du décès : exsanguination profuse.

L'âge de la victime troubla Doyle. Quarante-neuf ans. Les tueurs chassant dans cette tranche d'âge étaient moins fréquents. La victime type est plus jeune, parce que l'âge rend plus méfiant, ou alors moins désirable. Il interrompit le cours de sa réflexion. Pourquoi partait-il du présupposé qu'ils avaient affaire à un tueur chronique ? Il se replongea dans la lecture du texte technique qui résumait le dernier témoignage d'un être.

Événements ante mortem *:*

La victime a été frappée avec violence au visage, comme en témoigne l'éclatement de l'arcade sourcilière gauche, de la lèvre supérieure, ainsi que l'enfoncement de la canine supérieure gauche. A priori, ces coups ont été portés de face par un droitier. Leur puissance évoque un agresseur masculin d'une force importante. (Note : il s'agit là d'une simplification de langage puisque rien n'exclut définitivement la présence de plusieurs agresseurs, bien qu'elle soit peu probable.)

Des contusions avec début d'hémorragie sous-cutanée dans la région sous-claviculaire gauche et les hanches signent l'impact de coups plus modérés.

Aucune trace de sperme n'étant présente, l'utilisation de préservatifs est vraisemblable. En effet, des marques d'abrasion sont perceptibles au niveau de la vulve et de l'anus. La présence d'ecchymoses sur la face interne supérieure des cuisses renforce cette hypothèse. Selon le rapport établi par le shérif Fondale, nulle protection sexuelle ne se trouvait sur les lieux.

Un poil pubien a été retrouvé dans le tiers supérieur de l'œsophage de la victime, évidence de fellation. L'absence de bulbe ne permettra pas d'identification ADN. La présence de cet échantillon rapprochée de l'utilisation d'un préservatif suggère que le poil a été entraîné sur la verge par l'enroulement de la protection sexuelle. Une étude microscopique sommaire révèle que l'agresseur était châtain clair.

Les blessures ventrales et à la gorge ont été portées ante mortem, *comme le prouve l'infiltration hémorragique du bord des plaies. Causées par une arme blanche, chacune pouvait être fatale en raison des destructions artérielles — voire veineuses — qui en ont résulté, expliquant l'importance de l'hémorragie et le décès qui a dû alors survenir rapidement.*

L'état des plaies (début abrupt et fin dite en queue de rat) signe l'utilisation d'une lame assez large, sans crantage, de type couteau de cuisine. Elles ont été faites de façon presque concomitante.

Au vu de plusieurs indices (température rectale mise en relation avec température environnementale, humeur vitrée de l'œil, réactions tissulaires post-agression), la mort remontait à vingt-quatre heures lors de la découverte du cadavre.

Événements post mortem *:*

Au vu des lividités cadavériques, plusieurs minutes au moins se sont écoulées entre le moment du décès et « l'arrangement » du cadavre en position agenouillée. Cependant, une nette érosion récente de l'épiderme des genoux indique que la victime a été contrainte d'adopter cette position durant un moment assez long avant son meurtre.

Événements annexes :

L'état des poumons de la victime traduit un tabagisme de longue date. Un degré d'alcoolémie nul a été détecté. D'autres analyses toxicologiques sont en cours. À première vue, la victime ne souffrait d'aucune pathologie décelable à l'examen médico-légal.

Dougray Doyle reposa les feuilles devant lui, les lissant du tranchant de la main sans même s'en apercevoir. Devait-il en discuter avec les autres, qui l'attendaient sans doute déjà dans la salle de réunion ? Cette enquête ne les concernait pas. Rien ne prouvait qu'il s'agissait d'autre chose que d'un meurtre isolé, et même en cas de série, l'affaire demeurerait entre les mains de la police tant qu'elle ne dépasserait pas les frontières du comté, voire de l'État de Virginie... Sauf si, bien sûr, Fondale réclamait leur intervention.

Son hésitation fut de courte durée. Il valait mieux évoquer cette information. Elle ne resterait pas longtemps confidentielle. Avec le bol qui s'abattait depuis quelque temps sur leur équipe, le tueur pouvait récidiver, et un des costard-cravate-bureau-de-teck-roux au sommet ne manquerait pas de balancer que décidément, ils les accumulaient. Leur incapacité à prévoir devenait-elle systématique ? Un des effets du 11 septembre. Il se promit d'appeler le shérif Fondale le soir même, pour maintenir un contact et aussi préserver les arrières de son équipe.

Lorsqu'il rejoignit ses adjoints dans la petite salle de réunion, Doyle s'étonna de les voir tous tassés dans l'arc de la table oblongue, épaule contre épaule. Une réaction presque grégaire de protection, de défense. Michael Baghurst la traduisit à sa façon en déclarant avec une précipitation agressive :

— On avance pas d'un iota dans cette enquête ! Ce mec va en buter d'autres et on n'a rien de nouveau !

— De nouveau, non, en effet. Mais nous progressons dans une autre direction, répondit Doyle.

— Comment ça ?

Doyle croisa le regard perplexe de Nina et, butant un

peu sur sa formulation afin de la rendre aussi bénigne que possible, expliqua :

— Je viens de joindre Fiorentino, des services techniques...

L'appellation « services techniques », lénifiante et peu spécifique, recouvrait en réalité les diverses unités spécialisées dans la surveillance, les écoutes téléphoniques, les poses de micros, de mouchards informatiques ou de caméras satellites. Marcus Fiorentino, leur directeur, était une sorte d'allumé de génie, un de ces types capables de bidouiller n'importe quel gadget high-tech avec trois élastiques et deux bouchons de liège. Ses longs cheveux bouclés de hard rockeur, sa masse bodybuildée, ses santiags et ses innombrables bagues en argent figurant des croix de Malte ou des têtes de mort faisaient tache au milieu des gris et bleu marine rigides qu'affectionnaient encore la plupart des agents du FBI.

Marcus avait commencé dans les effets spéciaux pour le cinéma, et sans doute passait-il davantage inaperçu dans ce milieu. À ses dires, ces gags l'avaient vite gavé. Lorsque sa compagne devait s'absenter, il trimbalait volontiers sa petite « merveille » — sa fille de 1 an, Enya. La fillette, rousse comme un écureuil, considérait le monde avec de grands yeux gris et une sagesse de montagne, toute la journée à cheval sur l'épaule de son géant de père ou plaquée dans son dos, soutenue par une sorte de large ceinture en jean inspirée de ces cocons dans lesquels les femmes africaines protègent leurs bébés. Ce genre de baby-sitting était interdit à la base, mais Marcus avait un caractère assez ombrageux, surtout lorsqu'il s'agissait d'Enya. De surcroît, ses innombrables talents lui valaient une complaisance que nul n'aurait songé à lui disputer. Chacun faisait donc une cour assidue à l'enfant afin de se garantir les services et l'amitié du papa, dont le bureau finissait par ressembler à un magasin de jouets. Dougray Doyle n'avait pas dérogé à la règle en lui offrant, discrètement, un gros éléphant en peluche dont la trompe se levait et s'abaissait sur une approximation de barrissement.

— ... Ils sont intervenus avec grande discrétion juste avant l'emménagement de Mrs Holmer dans ce hangar/loft loué par la ville de Boston.

— Pouvons-nous avoir des précisions ? s'enquit Nina d'un ton calme.

— J'y viens. Les deux entrées ont été sécurisées grâce à des minicaméras à lumière solaire, infrarouge et balayage intégral. Nous avons également placé des sondes détectrices de mouvements, à hauteur d'homme en raison de la ménagerie qu'entretient Mrs Holmer : nous n'avons pas envie d'intervenir toutes les dix minutes parce qu'un toutou batifole. Quiconque les franchit est détecté de jour comme de nuit. Si les caméras sont découvertes, obturées, déconnectées ou, plus futé, déviées sur une projection informatique de leurre, nous sommes aussitôt avertis. Nous n'avons pas équipé les fenêtres puisqu'elles sont toutes protégées de barreaux. Il y a donc peu de chances que Cordell s'introduise par là... Le bruit le ferait vite repérer.

— C'est quoi « balayage intégral » ? demanda Michael Baghurst.

— Euh... techniquement, je l'ignore. Un machin bidouillé par Marcus à sa grande époque des effets spéciaux. Si j'ai bien compris, il s'agit d'une courbure d'objectif particulière qui permet les gros plans et les angles de vue à presque 360° sur une même prise. C'est l'ordinateur qui opère la sélection de l'image souhaitée après enregistrement. Comme il s'agit de vraies prises, on ne passe plus par des agrandissements ou au contraire des serrages qui font perdre en définition, donc en détail.

» Comme vous le savez, le gros problème de ces moyens de surveillance reliés à un ordinateur, c'est qu'un futé peut les contrer en balançant sur le système un enregistrement de leurre. Cela sous-entend, bien sûr, d'avoir déjà filmé les lieux, mais quelques secondes suffisent. On les réplique autant de fois que nécessaire pour atteindre la durée souhaitée. L'ordinateur est incapable de faire la différence, et les observateurs sont convaincus de la tranquillité des lieux. L'agresseur dispose ainsi de toute la durée de la bande pour pénétrer dans la zone sécurisée, commettre ce qu'il a en tête et ressortir sans être inquiété. Mais “on ne la fait pas à Marcus”, ainsi qu'il me l'a assuré. Il a donc inclus un truc qui détecte l'intrusion d'un préenregistrement pirate dans le système.

— C'est géant ! s'exclama Nina. C'est quoi ?

— Mystère ! Grand secret. Impossible de faire lâcher à Fiorentino la moindre information sur le sujet. Il doit m'envoyer le plan de ses interventions. Je vous ferai passer une copie dès que possible.

D'un ton un peu inquiet, Michael Baghurst s'enquit :

— Et c'est légal ?... Enfin, je veux dire, Mrs Holmer est au courant que nous l'espionnons indirectement ?

— Oui à la première question. Nous avons obtenu les autorisations sans grande difficulté puisqu'il s'agit de la protection d'un témoin majeur. Non à la seconde. Elle n'en sait rien et doit rester dans cette ignorance. C'est pour le mieux : je me méfie des tentations de bravoure suicidaire de Mrs Holmer.

Dougray Doyle relata ensuite sa conversation avec le docteur Wuang Tong. Enfin, il aborda l'affaire de Farm Heights et le meurtre d'une certaine Rita Puig.

Thomas Sturgeon demanda d'une voix placide :

— C'est nous ?

— Non, pas encore, Thomas. Sans doute le dossier ne nous serait-il jamais parvenu sans l'obstination du shérif Josh Fondale. Le bonhomme en fait une affaire personnelle, je crois. L'idée que sa petite ville puisse elle aussi sombrer dans le grand sadisme le rend malade. D'autant que tout le monde semble se connaître — au moins de vue — dans ce bled.

— Si ça le rend malade, qu'il vienne faire un stage chez nous... ça immunise.

Nina rectifia dans un murmure qui passa inaperçu de tous sauf de Doyle :

— Rien n'immunise. Jamais. Tant mieux.

Le regard de Dougray Doyle capta celui de la jeune femme. Il y reconnut cette peine qui ne s'efface jamais. C'était tant mieux, en effet, parce qu'il vient des nuits où c'est l'unique chose qui dit encore que l'on est vivant et humain.

Il détourna les yeux et conclut :

— Pour l'instant, on garde de côté. Mais je me tiens informé. Nous avons fait le tour, je crois. Merci de votre attention.

Esperanza Lorca y Fernandez se leva la première. Elle n'avait pas ouvert la bouche de toute la réunion.

17 octobre, Fredericksburg, Virginie.

Nina se délesta du gros sac à dos qui faisait office de fourre-tout et de sac à main dans l'entrée de son appartement. Elle se baissa pour récupérer à l'intérieur le plan détaillé des installations qui protégeaient le hangar dans lequel Julia venait de s'installer, puis passa dans le grand salon qui lui servait aussi de bureau.

Elle avait acheté un joli appartement au centre de Fredericksburg sans trop de difficultés...

L'argent de l'assurance. Merde ! L'argent du sang et du désespoir. L'argent d'une double fin de vie. Ne pas penser à cela. Évacuer. Pour l'instant, il ne fallait plus...

Un grand trois-pièces lumineux au troisième étage d'un bel immeuble qu'une récente restauration n'avait pas défiguré. Deux fois 3. Bev aurait adoré. Elle cherchait des signes partout, n'hésitant pas à les inventer lorsqu'ils faisaient défaut. Certes, le numéro de rue lui aurait déplu : 16. Sans doute aurait-elle additionné les deux : 1 + 6 = 7, un bon chiffre aussi selon son code. Ensuite aurait commencé le parcours du combattant pour Nina. Boussole en main, sa « bible » Feng Shui en équilibre sur son avant-bras, Bev aurait pris possession de l'espace millimètre par millimètre. Elle aurait tracé mentalement ce qu'elle appelait son Ba-Gua. Il s'agissait de délimiter les neuf maisons de chaque pièce — le vent, l'eau, le feu, la terre, la montagne et les autres — avec une importance spéciale pour le truc qui se trouvait au centre — dont Nina avait oublié le nom —, qui devait rester vierge de tout désordre.

Nina aurait suivi, plaçant les meubles en respectant ses indications, les déplaçant parce que l'énergie circulait mal ou parce que leurs angles droits produisaient des *chi* néfastes, les tournant en tous sens jusqu'à ce qu'enfin Beverly soupire de bien-être en déclarant : « Tu sens comme c'est mieux ? Une vraie respiration de l'espace. C'est palpable, non ? » Et Nina, faux cul mais ravie de lui faire plaisir et surtout soulagée que tout soit enfin en place, aurait répondu : « Ah oui... ça fait une différence. »

Où était l'énergie, ce jour-là ? Où était cette putain d'harmonie ? Bev et ses axiomes à la con : « Si tu produis une bonne énergie, on te répond sur la même onde. Les énergies négatives ou agressives engendrent d'autres énergies néfastes. » Bev qui n'avait jamais produit une once de méchanceté, de haine. Nina, elle, se serait battue, elle aurait frappé à la première occasion, sans doute tué, et elle s'en serait sortie. Pas Bev. Pas Bev qui avait dû croire jusqu'au bout que sa bonne énergie influerait sur celle de l'autre.

Beverly était morte.

Quand le bout était-il enfin arrivé ? Après combien de minutes, combien d'heures ? Quand la mort salvatrice avait-elle enfin remplacé le reste ? Nina repoussa le désert de haine meurtrière, celui qui avait grandi dans sa gorge, dans sa tête, dans son souffle quatre ans plus tôt.

Elle avait besoin d'un verre. Oui, c'était cela : Beverly était morte. Le reste avait-il encore une quelconque importance ? C'est ce que Beverly aurait pensé. Pas Nina, plus elle.

La jeune femme se servit un grand verre de vin blanc frais et se dirigea vers la petite table en demi-lune sur laquelle elle avait installé son ordinateur portable. Cordell avait dû recevoir les nouvelles indications d'itinéraire permettant de parvenir jusqu'à elle. Il allait être content et juger qu'elle n'avait pas volé le surcroît d'argent qu'elle lui avait réclamé.

Nina brancha le scanner et pénétra sur Internet. Elle scanna le plan que leur avait remis Doyle un peu plus tôt puis tapa un complément d'indications pour préciser à son généreux mécène les subtilités technologiques mises en place par le Bureau afin de maximiser la sécurité de Julia/Terry, sans oublier la localisation du hangar. Elle conduisit la petite flèche du curseur sur l'icône d'envoi, hésita une fraction de seconde, puis enfonça la touche de la souris.

Beverly était morte. Le reste suivait son cours et ce déroulement importait peu. Seule la conclusion l'intéressait encore.

17 octobre, limite de Boston et Quincy, Massachusetts.

Les chiens étaient bouclés pour la nuit, protégés dans le grand garage bordélique qui jouxtait le bâtiment.

Julia/Terry avait d'abord songé à les garder près d'elle, en bas dans l'atelier. Mais cette masse animale, tendre et trop attentive, imprégnait l'endroit d'une fausse sécurité. On désapprend vite à écouter, à voir, à sentir lorsque des fauves protecteurs se chargent de vous, veillent sur vos nuits.

Julia traversa l'immense atelier seulement éclairé par les veilleuses qui surmontaient les deux portes. Leur pingre clarté s'ajoutait à celle qui descendait en s'amenuisant de la kitchenette située à l'étage.

Pas peur de ce silence si lourd qu'on le savait peuplé de sons qui ne s'avouaient pas : les sons de la guerre urbaine qui se livrait certains soirs, de l'autre côté des herses, des fils de fer électrifiés. Elle n'en voulait rien savoir et couvrait le manque de bruits identifiables par les notes d'un concerto de Boccherini.

Pas peur de cette obscurité que les portes blindées, les fenêtres à barreaux et les volets métalliques contenaient à l'extérieur.

Pourquoi avoir peur ? On n'a peur de l'inéluctable tant qu'on ne l'admet pas. Une fois acceptée la notion que l'on n'est qu'un bref sursitaire, la peur doit disparaître parce qu'elle dévore tout le reste. Tout le temps qui demeure, toute l'énergie qui n'a pas encore été dépensée ou ravagée. Julia était une sursitaire des jeux sanglants de Cordell. C'était aussi simple que cela.

Julia s'effondra dans le canapé avachi abandonné par Hugh, qui en avait hérité d'un plus lointain locataire. Ce couple ? Ne pas penser à eux. Le cuir beigeâtre, craquelé de dessèchement, gardait l'empreinte large et péremptoire de griffes de chien. Kiki ?

Elle jeta un regard sur le petit buste féminin en raku qu'elle avait retrouvé au fond de l'un des deux fours. Hugh l'avait-il oublié ou jugé indigne du reste de sa création ? Une longue craquelure soulignait la hanche droite, attendrissante comme la marque d'une ancienne grossesse. Les seins, un peu trop bas, un peu trop lourds, appuyaient cette impression d'une vie passée, organique. La terre surchauffée avait abandonné ou offert sa perfection minérale pour accepter les tempêtes d'une physiologie de femme.

Cordell gloussa de satisfaction. Bien... Son interlocuteur sans identité avait mérité sa rémunération à double titre. Il lui fournissait les renseignements promis et leur nature faisait grimper d'un cran inattendu la difficulté de la partie.

Il allait devoir trouver un expert qui contourne pour lui tous les pièges mis en place par le Bureau. Il n'existe qu'un problème sans solution : la mort. C'est pour cette raison qu'elle est si belle, si intacte. *La mort : le maître absolu*[1]. Pour le reste, il suffit d'avoir les moyens de trouver et de s'offrir la contre-attaque.

---

1. Georg Wilhelm Friedrich Hegel (1770-1831), *Phénoménologie de l'esprit.*

Un jeu d'enfant, pour lui.

Julia parvint à négocier l'équilibre nécessaire avant de poser le grand plateau de son dîner sur ses genoux. Une chatte tricolore, borgne du sadisme coutumier d'un ancien maître, sauta sur l'accoudoir. Les chats tricolores sont censés porter chance dans certains pays asiatiques. Julia avait même entendu un jour que c'était pour cette raison qu'on ne les y mangeait pas, contrairement à leurs congénères de robe moins fortunée.

La petite bête avança une patte timide, griffes tendues vers elle, effleurant son bras avec douceur. Étrange, comme les chats comprennent vite qu'ils ne doivent pas faire mal s'ils veulent séduire. Julia la contempla en déclarant :

— Tout à l'heure, le chat. Je te laisserai quelques petits bouts de viande.

La semi-angora menue replia la patte, son œil valide se plissa de convoitise, et un ronronnement prit en ampleur. Elle jouait les compagnes bien élevées, que l'idée de plonger quatre griffes rapides et voleuses dans l'assiette de sa maîtresse n'aurait jamais effleurée. Les chats peuvent si bien prétendre à l'obéissance lorsqu'ils n'ont pas d'autre alternative. Julia sourit, mais ne fit aucun geste vers l'animal. Ils ont également un sens aigu du pouvoir, décryptant ses signes avec une science déroutante. Ils savent lorsqu'ils doivent l'abandonner ou lorsqu'ils ont une chance de s'en saisir. Tout geste, toute phrase gentille seraient interprétés par le frêle animal comme une permission légitimant sa voracité.

Une si jolie phrase de Colette lui revint : *Le temps d'ouvrir la porte, tu avais déjà remis ton masque de chat, ton joli masque japonais aux yeux bridés... Peux-tu le nier ?*

Le contenu du plateau ravissait Julia : elle avait fait très fort, ce soir. Pour commencer, une généreuse distribution de tarama accompagnée par trois larges blinis. Ensuite suivraient des travers de porc caramélisés inondés de riz gluant. Elle avait précisé au petit jeune homme suant du minuscule traiteur chinois qui venait de s'ouvrir au centre commercial : « deux bonnes portions ». Enfin, un cheese-cake d'un jaune paille soutenu qui aurait dû la préoccuper, dégoulinant d'un nappage rouge fluo baptisé avec optimisme « coulis de framboises ». Ce soir étant une célébration confidentielle — sa pendaison de crémaillère pour elle toute seule —, Julia avait fait une grosse entorse à son régime en s'offrant une bouteille d'excellent vin : un chablis premier cru, de France, de la couleur d'un miel pâle et tiède. D'habitude, elle se contraignait à ce que sa défaite coupable autorisait. Car elle était fautive, elle s'était fait manipuler, abuser au point que ses parents et Nana avaient été abattus comme des animaux. Une impeccable boucherie. Elle devait donc payer, chaque jour, afin de se souvenir de son irréparable stupidité. Promis, elle reviendrait dès le lendemain aux alcools bas de gamme.

L'heure de sa présentatrice chérie de la météo locale était passée, à son plus vif regret. Elle zappa sans grand enthousiasme.

Julia adorait cette femme, un concentré d'hilarité involontaire. Une allumée, plutôt jolie, serrée dans des tailleurs si décolletés que l'on craignait de voir ses seins déborder soudain de sa veste pour accompagner un de ses grands gestes éplorés ou ravis. Une tragédienne de l'intempérie. Ça n'est pas si facile qu'il y paraît. Le sourire vacillant, la voix incertaine, elle semblait retenir un torrent de larmes à chaque annonce d'orage, ou tombait en extase lorsqu'elle prédisait un pingre rayon de soleil. Les gros grains jetaient la pauvre choute dans le désespoir. Elle crispait les mains comme si elle était personnellement responsable de cette inacceptable fatalité. Elle jetait alors des regards affolés en coulisse dans le vain espoir qu'un chevalier en armure, avec gravé sur son heaume SERVICE MÉTÉO, viendrait la détromper, lui permettant de rectifier son texte vers l'accalmie. À la fin de chaque présentation, son ton baissait vers la confidence : celle des minutes gagnées ou perdues sur le soleil.

Le rugissement péremptoire qui saluait sa connexion au site confidentiel agaçait toujours autant Cordell. L'idée était vulgaire, mais peu surprenante de la part du père spirituel de la page d'accueil : Jesse James Preston, un concentré de stupide et sanguinaire délire. Ce que d'aucuns nommeraient un boucher. Le terme est si bête. Les bouchers ne découpent que des carcasses animales avec un art certain et une connaissance indiscutable de l'anatomie. Meurtrier, tueur ou assassin ne convenaient pas non plus dans son cas. Ces termes indiquent que l'acte de distribuer la mort est essentiel. Or, pour Preston, c'était l'étape la moins satisfaisante, celle qui intervenait lorsque sa victime, épuisée de douleurs et de hurlements, sombrait dans un semi-coma qui n'amusait pas son tortionnaire et le privait de son plaisir : torturer, faire le plus mal possible. Il fallait abattre avant de retrouver un nouveau corps souffrant. Jesse James Preston, sadique jouissif, vomitif, inculte et triomphant, qui semait les fautes d'orthographe et d'anglais comme une démonstration de supériorité. Un bien vilain monsieur. Bien inintéressant, aussi. Utile, pourtant. Pour l'instant.

Cordell dégusta une gorgée de Vosne-Romanée. Les facettes du haut verre en cristal taillé projetaient sur sa main les éclats rubis sombre de la robe onctueuse du vin.

La belle voix grave d'un homme, d'un jovial inadéquat, commentait un reportage animalier. Une longue gazelle était tirée à l'aide de cordes du marécage où elle s'enfonçait par deux gardes africains d'une réserve. Libérée, elle s'ébrouait de soulagement, et sans un autre regard pour ses sauveurs, caracolait vers la savane.

Une lionne bâillait en se levant, calmant de quelques coups de langue deux lionceaux affamés qui s'accrochaient à son poitrail.

Course puissante et redoutable de longs muscles beiges. Arrêt. Contemplation calme d'un maigre troupeau d'oryx qui paît non loin d'un point d'eau. Fuite désordonnée de la viande sur pattes à l'approche du fauve. La voix de l'homme, idiote d'évidence : « La lionne choisira l'animal le moins rapide ou le plus âgé. Elle doit nourrir ses petits. » Qui a besoin d'une traduction sur ce qui rapproche toutes les femelles de la création ? Approche lente du grand félin. Regard vers ses lionceaux, restés serrés l'un contre l'autre, miaulant d'impatience. Il ne reste qu'un vieux mâle oryx. Il n'essaie pas de fuir, mais se retourne dans une élégante et si inutile tentative de défense. La fin est ici et maintenant et il l'affronte. Cornes longues, droites et torsadées pointées vers la prédatrice. La lionne l'encercle sans hâte. Elle craint la déchirure des bois de l'antilope. Le reste n'est qu'affaire de temps, d'angle d'attaque. Brusquement, le fauve magnifique se redresse sur ses postérieurs et bondit, gueule ouverte, sur le dos de sa proie.

Julia ferma les yeux en gémissant, tâtonnant en aveugle à la recherche de la télécommande qu'elle avait posée sur la table basse devant elle. Elle appuya au hasard sur toutes les touches que frôlait son index. Idiote, elle était retombée sur la même chaîne. Au moins, l'abruti bipède s'était tu.

La lionne tire des crocs la dépouille vers ses jeunes, longue trace de sang aspirée par la terre sèche et jaune. Elle traîne la carcasse entre ses pattes vers le monticule qui abrite les lionceaux en leur offrant une vue circulaire sur la savane. Un grand lion paresseux s'approche, revendiquant une part du festin. Folle de rage, elle se tasse, feule, attaque les yeux presque fermés pour parer aux coups de pattes, repoussant des griffes et de la gueule le mâle qui espérait prélever sa dîme sur cette manne. Il n'insistera pas. Elle ira jusqu'au bout, il le sent à la façon dont elle fait face. Si sa force est supérieure, il sait également que la détermination de la femelle la rend imprévisible et meurtrière. Il recule, se secoue d'exaspération. Elle lui abandonnera, de longues heures plus tard, les restes délaissés par ses petits gavés, qui se roulent dans l'herbe rase, le mufle collé de sang. Il est temps de les nettoyer, de jouer et de s'écarter pour dormir.

Julia zappa à nouveau jusqu'à ce qu'une musique abrutissante remplace la voix de l'homme qui avait repris son plat commentaire.

Juste une nécessité. Pas d'état d'âme ni de pitié, mais aucune férocité jouissive. Les petits de la lionne ont faim, elle prélève une proie, la tue. Elle déchire de longs lambeaux de chair encore tiède qu'elle dépose devant eux. Ses petits survivent. Elle survit. C'est tout.

Cordell tapa son code d'accès secret : Forma praedicta. Deux messages l'attendaient, tous deux envoyés par un habitué du site signant d'un Bloodfeast aussi descriptif que consternant.

Ho, ho... la cheminée est assez large pour laisser passer deux Santa Claus.

Sans doute agacé par son manque de réaction immédiate, Bloodfeast avait récidivé deux heures plus tard avec un plus évocateur :

Les fauves se concentrent toujours là où se trouve la viande. Celle-là est une belle proie. Elle en fait saliver d'autres de convoitise. Terry, Terry... ma chérie, c'est bientôt fini.

Le verre vola sous l'impact de son poing. Une large tache d'un rouge violent s'évasa sur la laine blanc cassé du tapis. Cordell ferma les yeux, respirant lentement, bouche crispée. Réfléchir. Réfléchir à cette nouvelle donne qui l'exaspérait puisqu'il ne l'avait pas planifiée. L'hypothèse était assez vraisemblable, les médias s'étant répandus durant des semaines sur Charly, ses exploits, sa monstruosité, son élégance, son charme, son intelligence. Abattre la femme du serial killer le plus recherché, le plus médiatique, cette proie que lui-même avait laissé échapper. La proie la plus magnifique.

Il hésita à peine et opta pour une réponse à l'envoyeur des messages :

Serais prêt à négocier toute autre information sur le sujet évoqué.

L'urgence était d'apprendre si un autre fauve rôdait vraiment autour de Helen. L'identifier, le rejoindre et l'éliminer. Helen était à lui, seulement à lui.

Katherine, sa mère. Helen/Julia aurait tant voulu convaincre sa mère de l'aimer. Elle aurait tant voulu lui montrer qu'elle était une gentille, charmante, intelligente petite fille. Mais sa mère ne voulait pas d'elle. Elle aurait supporté, peut-être même apprécié un fils, un mâle, quelque chose qui ne séduise pas sur le même territoire qu'elle. Julia ne pouvait pas vraiment lui en vouloir. Quatrième enfant d'une famille bourgeoise, trop sotte pour intéresser son père, pas assez drôle pour fasciner sa propre mère, la petite Katherine avait poussé. Bien nourrie, jamais battue, mais pas aimée. Incapable d'aimer à son tour, sauf de cette émotion tissée de convenances, de nécessité et de crainte du futur, mais seulement pour celui qui devait tout lui amener : son mari. Pas sa fille.

Une voracité d'amour, une voracité sans fin. C'est terrible l'amour, le besoin qu'on en a. C'est comme un gouffre qui engloutirait tout le reste, un appétit qu'on ne pourrait jamais rassasier. Helen avait ramené des bons points comme autant de cadeaux pour sa mère : prix d'excellence, meilleure élève, meilleure camarade, premier prix d'anglais, premier prix de science. Première de sa promotion à l'université de Boston. Quelques articles, brefs mais élogieux, sur sa thèse de philosophie. Elle avait même poussé la déraison de l'espoir jusqu'à les coller dans un book joliment relié de vert afin de l'offrir à sa mère. Un sourire, un « c'est bien, ma chérie ». Nana avait appelé, un problème de grumeaux dans une sauce. Sa mère avait posé le book sur une pile de magazines. Elle avait oublié son existence à son retour de la cuisine, contrariée par la tournure prise par la Béchamel.

Helen aurait tout fait pour que cette mère l'aime, pour qu'elle devienne une louve rien que pour elle, mais cette mère en était incapable. Elle n'avait pas appris l'amour.

Merde, elle se serait vidée de son sang pour sa mère, elle aurait couru à l'autre bout du monde, elle aurait voulu que cet amour soit le plus grand, le plus éclatant de sa vie, celui pour lequel on donne tout sans réfléchir. Rien de tout cela ne s'était produit, en dépit du fantasme qu'elle avait dorloté durant des années. Sa mère ne l'avait jamais défendue contre rien, ne l'avait jamais choisie. Sa mère était une femme polie, peureuse et avare d'elle-même. Rien d'autre.

Helen/Julia était restée avec son imbécile rêve d'amour absolu. Elle était une conne, une véritable conne fonctionnant sur l'escroquerie d'un conte de fées qui affirme que toutes les mères sont aimantes, courageuses et aveugles.

Maman, tu es passée à côté de cet amour qui t'avait tant fait défaut. Une seule personne aurait pu t'aimer au point de te rembourser de tout le non-amour. Moi, mais tu n'as pas voulu de moi. Jusqu'au jour où tu ne m'as plus supportée, sans parvenir à te l'avouer.

Tout cela expliquait Cordell. Cordell, sa vraie mère. Une aberration physiologique, sans doute, mais si pertinente psychologiquement. Cordell l'avait mise au monde, Cordell n'avait peur de rien. Il n'avait rien à voir avec la petite femme trouillarde qui l'avait poussée hors d'elle pour finir par la repousser d'elle. Helen sentait déjà que Cordell était un fauve. Certes, elle n'aurait jamais pensé qu'il fût aussi un tueur. Ce qu'elle savait, en revanche, c'est que nul ne chercherait à l'atteindre, à la blesser, à l'humilier tant qu'il la serrerait contre lui. Elle était sa femme et tous saluaient parce qu'il était redoutable. Elle s'était enfin sentie l'idole qu'elle avait tant souhaité devenir pour sa mère.

Puisqu'il lui avait offert la vie, n'y avait-il pas une certaine logique à ce qu'il la lui reprenne ?

Cordell détailla la tache rouge aspirée par la haute laine. Il en avait tant vu. Le sang imite le sang, ils se décalquent à l'infini pour devenir indifférenciables, indifférents. Le sang, comme le vin, se lave. Pourquoi en fait-on un tel drame ? Le beau sang de l'Homme coule à flots, sans raison, presque sans conséquence. Depuis que l'Homme est sur cette terre.

Bloodfeast répondit presque aussitôt, preuve qu'il attendait une manifestation avec impatience :

Mon prix est élevé et non négociable.

Cordell tapa :

Annoncez.

Je veux la peau de Jesse James Preston. Il ne s'agit pas d'une métaphore.

Cordell soupira d'agacement. La peau de Preston ! Pourquoi pas sa tête sur un plateau ? Bloodfeast avait perdu la sienne, au sens figuré, cette fois.

Impossible. Par contre, une somme d'argent substantielle est envisageable.

La réponse lui parvint presque dans l'instant :

Adieu, ce deal-là ne m'intéresse pas.

Cordell se redressa dans son fauteuil. Bloodfeast n'avait pas l'intention de négocier. Une revanche particulière le liait-il à Preston ? Une trahison carcérale ou la boursouflure d'ego de deux starlettes du meurtre naviguant sur le même territoire ? Après tout, qu'en avait-il à foutre ? Il allait devoir secouer cette magnifique paresse qui lui convenait si bien. L'argent était si simple pour lui. Remonter jusqu'à Preston l'était beaucoup moins, même si sa captivité facilitait le rapprochement. Cordell exhala de déplaisir et se concentra sur son message.

Dans ce cas, je vous offre Preston. Quelle assurance pouvez-vous me donner sur la réciprocité de l'échange ?

La réponse de Bloodfeast fut presque simultanée :

Je veux un engagement formel par mail, lequel sera diffusé sur ce site si vous vous défilez. Vous seriez alors la risée des abonnés. En contrepartie, je vous donnerai les indices qui me permettent d'affirmer qu'un concurrent suit vos pas jusqu'à Terry. Je vous fournirai aussi des précisions sur cette personne, détails qui devraient vous aider. Je conserverai la clé de la solution jusqu'à ce que vous ayez accompli votre part du marché. Inutile de vous préciser que je ne me contenterai pas d'une annonce média de l'assassinat de Preston. Un informateur me la confirmera. Ah, j'oubliais... je ne veux pas d'une douce mort. Je veux une agonie. J'ai toute confiance en votre imagination.

Va te faire foutre, Cordell. Va te faire foutre ! Quoi ? Tu m'as mise au monde ? Quoi, tu m'as rentré dans la tête que j'étais aimable alors que je venais d'accepter l'idée de ma nullité ? Quoi, tu m'as baisée avec passion alors que je pensais être juste bonne à corriger les copies calamiteuses d'étudiants qui se demandaient ce qu'ils foutaient dans mon cours ? Quoi, je me suis dit que le monde m'appartenait puisque tu étais à moi ?

Va te faire foutre. Crève, Cordell. Il faut que tu meures, afin que je respire à nouveau suffisamment de cette boue humaine, de cette puanteur exhalée par les compromissions, par les trucages, par les lâches petits calculs de la plupart de mes congénères. Après, je mourrai à mon tour. Vite, c'est certain.

Comment pourrais-je accepter de devoir mon existence à un tueur ? Comment pourrais-je supporter de n'avoir eu conscience de moi que grâce à ton pouvoir d'annihilation ? Ce sont de belles raisons, n'est-ce pas ? De celles que l'on peut avouer. De celles qu'un biographe se plairait à retranscrire, à illustrer. Elles ne sont pas menteuses, même si elles se contentent d'explorer la part acceptable de la vérité.

À la totale vérité, il y a quelque temps, je me suis réveillée en sueur, encore tétanisée par un orgasme interminable. Veux-tu que je te raconte mon rêve, Cordell ? Il devrait te réjouir. Je dansais contre toi, comme toujours. Tu avais clos ma bouche de ce foulard de soie rouge qui portait par taches plus sombres les traces de ma salive. A Whiter Shade of Pale *se terminait. Tu as souri, ce sourire qui me renversait la tête vers l'arrière tant il me rendait faible. J'ai fermé les yeux, attendu la pression du lit sous moi, attendu ton genou remontant entre mes cuisses. Enfin tu es venu en moi, à moi, et tu as murmuré : « Regarde-moi, mon ange. » J'ai ouvert les yeux. Tes mains ont caressé mes seins, mes épaules, remontant vers mon visage. Rouges. Laque rouge sous mes yeux, contre le foulard. Rouge sur rouge. L'idée très vague qu'il s'agissait peut-être de mon sang. Pas d'une plaie. Peut-être de ce sang cyclique qui te bouleversait parce que tu déchiffrais dans sa familiarité menstruelle l'explication de la résistance des femmes. Puis, bien vite, la certitude que ce sang-là était d'ailleurs, qu'il avait fui de quelqu'un d'autre pour témoigner sur tes mains.*

Ce n'est pas la monstruosité. Ce n'est pas la terreur. Ce n'est pas la haine. Non. Vois-tu, Cordell, c'est un orgasme éblouissant qui m'a réveillée.

Ils croient que je t'aime encore. Ils, eux, le FBI. C'est une déduction convenue mais convenable et qui, de surcroît, me convient assez. Mais elle est résiduelle parce qu'elle traîne avec elle leur définition de l'amour. Ce beau sentiment, si poétique, si attachant. Et si l'amour était un gouffre rouge, une force qui attire vers le fond, qui entrave toute liberté ? Une puissance que l'on redoute ou déteste, mais à laquelle on se soumet parce que l'on sait qu'il n'existe plus rien de vivable hors d'elle ?

Finalement, l'exécution de l'affligeant Mr Preston serait une excellente chose, un moyen d'ajouter un peu d'élégance à ce monde. Une goutte d'eau dans l'océan, bien sûr, mais après tout, l'océan est une suite presque infinie de gouttes d'eau.

J'ai si peur maintenant de ce sommeil qui se fout de mon intelligence. J'ai tant déployé d'efforts afin de me convaincre qu'un morceau de vérité pouvait se substituer à la totalité, se propager à la manière d'une tumeur. Recouvrir tout le reste, tout ce que mon cerveau refusait de m'avouer. Rendre le reste de la vérité méconnaissable, donc supportable. Mais les métastases de ce cancer te rejoignent, elles te ressemblent tant.

Ai-je été contaminée ? Jusqu'à quel point ? Ou les germes existaient-ils déjà en moi, n'attendant qu'un catalyseur ? Naît-on un épouvantable monstre ou le devient-on ?

Ce qui reste de lumineux en moi ne le tolérera pas. Je m'y accroche. Je ne permettrai pas à cette équation mortifère, qui fait de la mort des autres le prix et la saveur de sa propre vie, de prendre le dessus sur mes derniers éclats de lumière.

Comprends-tu mieux pourquoi tu dois mourir, Cordell ?

Juste avant moi.

Il faut que tu m'offres la preuve que ce qui précède n'est qu'un de mes délires. Il faut que j'aie la certitude que cette équation n'existe pas, que je ne suis pas devenue un monstre, Cordell.

Cordell n'hésita qu'un instant. Il rédigea la promesse exigée par Bloodfeast et envoya le message avant de se déconnecter.

Pauvre Preston... quelle tête il ferait s'il apprenait que le site dont il avait commandité la réalisation avait permis à l'un de ses ennemis de négocier sa mise à mort !

Réfléchir à cette charade. Preston était en détention

dans un pénitencier de l'Illinois pour attaque à main armée. Une cible fixe, ou presque. Un atout majeur.

La pulpe de son index caressa le large sillon qui séparait sa lèvre de la base de son nez, lentement. Enfin un rire... Il venait d'inventer une savoureuse petite plaisanterie. Mais il fallait l'initier.

Dès ce soir.

18 octobre, Russell Building, Washington DC.

Susan Wuang Tong reposa les listings. Des lignes et des lignes de T, de A, de C, de G, se succédant selon des séquences indéchiffrables par la banque de données du Russell Building. Un mystère d'autant plus retors que deux ADN différents se mélangeaient.

La possibilité d'un échec fit une brève incursion dans son cerveau. Elle assena une violente claque du plat de la main à la pile de feuilles cryptées en grognant :

— Jamais, va te faire foutre. J'aurai le dernier mot !

Le temps, bordel, le temps. Tout était affaire de temps, et il lui faisait défaut à un point qui la paniquait.

La science avait toujours fasciné Susan. Mieux : cette « chose biologique » au service de laquelle elle se dévouait la portait en la rassurant.

Elle se leva pour refermer la porte de son bureau — un ancien laboratoire transformé à la hâte — et alluma une cigarette en jetant un regard sur le panonceau apposé contre toutes les portes du bâtiment rappelant : IL EST STRICTEMENT INTERDIT DE FUMER, SOUS PEINE D'AMENDE. Du moins avait-elle évité la deuxième génération d'injonctions sur plastique autocollant dont le ridicule n'avait l'air de troubler qu'elle en ces lieux : un sens interdit rouge et blanc étalant un FUMER TUE en grosses lettres noires.

C'est vrai, c'est même indiscutable : ça tue. Tant de

choses tuent. Les bagnoles tuent, l'alcool, et les pentes de ski aussi, sans oublier la pollution que certains souhaiteraient minimiser parce qu'elle rapporte beaucoup d'argent à quelques-uns. La bouffe ou sa carence, les trains, les avions, les salles de bains glissantes, les échelles, les cuisinières, les sèche-cheveux tombant dans une baignoire. Les humains, les éléments massacrent par centaines de milliers. Aimer, détester, croire, ne pas croire, faire confiance tue. La liste recoupe approximativement tout ce qui existe. À quand un sens interdit général sur la vie ? Car c'est indéniable, elle tue fatalement. Du pain et des jeux. Faire gober à la population qu'on se préoccupe d'elle grâce à des détails évidents et peu modificateurs qui n'emmerdent pas les puissants. D'inépuisables versions de la même recette démagogique, une recette d'autant plus précieuse qu'elle sert à tous les camps.

Susan se dirigea vers la fenêtre pour l'entrouvrir, une petite lâcheté quotidienne qui lui épargnait les nez réprobateurs se levant pour humer une trace de fumée. Un truc minuscule tomba de la glissière du long panneau coulissant sur la paillasse en carreaux blancs qui courait le long du mur. La biologiste y entreposait les tonnes de dossiers qu'elle se promettait de ranger, un jour. Elle repêcha un crayon dans la poche de poitrine de sa blouse et poussa de la mine ce qu'elle prit d'abord pour une petite touffe de crin. Mince, que faisait-elle là, cette araignée ? Susan souffla sur le corps desséché pour le pousser au sol. Un fin fragment d'un marron presque noir demeura sur la paillasse...

Elle se rua à son bureau et composa le numéro de Dougray Doyle, hurlant dès qu'il décrocha :

— Je suis presque certaine qu'il s'agit d'une patte d'araignée ou d'insecte !

— Susan ? Vous parlez de ce truc collé au ruban gris ?

— Oui. (Elle reprit son souffle et poursuivit :) On ne peut plus le confier pour expertise aux entomologistes du Smithsonian Institute — ils sont parmi les meilleurs du monde — parce qu'on l'a pas mal amoché pour récupérer l'ADN. Par contre, eux possèdent une banque de données de séquences qui se rapportent aux insectes, aux arthropodes ou aux... bref, à toutes ces bestioles.

Lorsque Dougray Doyle lui répondit, elle sentit que sa découverte l'avait excité.

— Faites-moi plaisir, Susan, dites-moi que c'est notre première piste sérieuse !

Elle hésita, mais opta pour la vérité :

— Malheureusement, je ne le peux pas. Par contre, ce que je sais, c'est que c'est la seule à notre disposition, donc on fonce. J'appelle le directeur du département d'entomologie et je lui maile les séquences. Je vous tiens au courant. À plus tard, Dougray.

Elle raccrocha avant qu'il ait eu le temps de la remercier.

19 octobre, Farm Heights, Virginie.

Une pression de l'index dégagea le CD. Nickelback, *Silver Side Up*. Un groupe canadien qui renouait avec ce rock sans concession bien que suffisamment travaillé pour s'écouter toute la journée. La valse des étiquettes dans la jungle des appellations importait peu : *grunge*, progressif, indé ou hard ? Sans doute un peu des trois derniers. Par contre, ce qui comptait à ce moment précis, c'était que la voix du chanteur, grave, un peu rauque et puissante, portée par quelques jolies ruades de guitare, l'avait tenue éveillée durant la route. Une jolie route, bordée de champs, ponctuée de petites bourgades encore ensommeillées. Une route de vacances ou de week-end amoureux, s'il s'agissait bien d'un week-end, le reste appartenait à ces images charmantes dont on se demande au creux de certains moments d'où elles sortent.

Nina Kroeger descendit de voiture et tourna sur elle-même. Elle avisa un petit *diner*, coincé entre un coiffeur et une boutique d'articles de pêche, de l'autre côté de l'avenue. L'endroit rêvé pour se détendre et papoter un peu.

Doyle serait fou s'il apprenait qu'elle fouinait dans le coin. Peut-être même la virerait-il. Rien à foutre. Elle n'avait de comptes à rendre qu'à un vieux et si monstrueux souvenir.

Elle poussa la porte et sourit au carillon qui annonçait son entrée aux autres clients avachis devant leur café, leurs œufs et leurs beignets. Les regards se tournèrent vers elle. Elle les rassura d'un « bonjour » dont la gaieté forcée sembla les convaincre, avant de s'installer au bar, juchée sur un haut tabouret en Skaï rouge. La femme qui officiait derrière le comptoir se décolla du mur dans un effort de bassin.

— Vous avez fait le bon choix !

— Pardon ? demanda Nina en élargissant un sourire.

Si la même remarque lui avait été adressée à Washington, Richmond ou ailleurs, elle aurait envoyé paître son auteur d'un : « Je ne crois pas avoir sollicité votre avis. »

— Je vous ai vue garer votre voiture et hésiter. C'est du vrai café qu'on sert ici, fraîchement torréfié, et les tartes maison sont pas livrées en début de semaine par fourgonnette frigorifique !

Nina surfa sur la jovialité de la femme — Louisa, si l'on en croyait le prénom brodé à la hâte en haut de son corsage à rayures blanches et rose foncé — en plaisantant :

— J'ai dû le sentir de loin !

— C'est bien. Et ce sera quoi pour vous, ma cocotte ?

Louisa portait gaillardement une opulente quarantaine. Un joli visage, maquillé avec soin, qui s'accordait avec le léger parfum qui se dégageait d'elle et de ses ongles manucurés et vernis de mauve.

— Café, un grand avec du lait et du sucre et... une part d'apple-pie maison.

Lorsque Louisa versa le liquide assez clair dans la grande tasse blanche, Nina y alla de sa deuxième arme :

— J'aime bien votre parfum... c'est quoi ?

Au sourire ravi de la femme, elle sut qu'elle avait fait mouche.

— Oh, pas grand-chose, répondit l'autre, flattée. Une eau de Cologne à base d'ylang-ylang et de vanille. Ça tient bien et ce n'est pas trop lourd. C'est ce qu'il faut ici. Les clients ne veulent pas en avoir plein les narines. Quand on mange du bacon ou des frites, on n'a pas trop envie de bouffer du musc ou du patchouli, pas vrai ?

— Juste.

Louisa, à moitié conquise et s'ennuyant à cette heure encore précoce, poursuivit :

— Vous êtes de passage ou vous restez un peu chez nous ?

— De passage. Je viens de Washington, mentit Nina. Mais j'ai trouvé la ville chouette et je me suis arrêtée pour un café et une petite balade.

— Ah, moi je dis que c'est comme ça qu'il faut voyager. Maintenant, les gens s'enfournent dans l'autoroute et vas-y que ça trace ! Ça voit rien, ça profite de rien, mais ils appellent ça des vacances ! C'est vrai que c'est mignon par chez nous. Préservé, quoi...

— C'est ce que je me suis dit. Peut-être que vous pourriez m'indiquer un coin sympa où traîner un peu avant de reprendre mon chemin ? J'ai suivi le cours de la Pickett River. Ça m'avait l'air drôlement joli...

— Sûr que c'est drôlement joli... (Louisa se renfrogna et prit son souffle avant de déclarer à cette fille qu'elle trouvait chouette et qui savait apprécier leur coin :) Enfin, maintenant... C'est pas pour dire, mais quelle histoire...

Nina perçut le silence qui s'installait progressivement derrière elle. Elle l'ignora et insista avec candeur :

— Quelle histoire ?

Et Louisa raconta la fin affreuse de cette pauvre Rita Puig comme si elle y avait assisté. Un vieux type qui était assis non loin se rapprocha du bar pour contribuer à cette narration, son ton alternant d'un véritable chagrin à une théâtralité dont il pensait qu'elle convenait à « cette tragédie », comme il la nommait. Une autre voix d'homme plus grave et plus jeune se joignit par intermittence à leur duo, rectifiant certains éléments, précisant des détails topographiques au profit de la « jeune femme de passage » qui le remercia d'un signe de tête et d'un sourire.

Faut dire qu'eux, ils connaissaient tous l'histoire, alors pour une fois qu'ils pouvaient la déverser dans des oreilles neuves qui n'appartenaient pas à des journalistes ! Ceux-là, les journalistes, on s'en méfiait. Toujours à raconter des trucs affreux qui décourageaient les touristes : LA RIVIÈRE ROUGE, LA MASURE DE L'HORREUR, UNE POPULATION TERRORISÉE PAR LE MAL QUI RÔDAIT. C'était juste un échantillonnage des titres parus dans la presse suite à la découverte de cette pauvre Rita. Après cela, sûr qu'une gentille famille avec quatre mômes ne viendrait pas passer un weekend chez eux !

Une heure plus tard, Nina remerciait chaudement Louisa et ses clients. Elle en avait appris davantage que Dougray n'en saurait en lisant trois cents pages de rapport. Peut-être pas autant que le shérif Fondale, toutefois, mais contrairement à ce dernier, elle possédait les outils pour décortiquer toutes les informations et les contraindre à révéler ce qu'elles retenaient. Elle avait passé les quatre années précédentes à aiguiser son intelligence, ses facultés de compréhension et d'analyse. Dans un seul sens, pour un seul but. Un peu comme Julia Holmer. La seule différence entre elles naissait de la pesanteur du doute. Nina avait évacué la moindre persistance de doute. Une différence majeure, un poids considérable. Le gouffre entre une victime potentielle et un tueur en attente.

Inutile de traîner au bord de la Pickett River, aussi charmante fût-elle. Rita n'y viendrait plus. Elle y avait abandonné sa terreur, sa souffrance et sa vie. Rien qui pût aider Nina. Rita, que ces gens bavards mais bien intentionnés avaient présentée comme une femme bien qui ne cherchait des poux dans la tête de personne.

Dans ce petit bled où tous se connaissaient, se reconnaissaient, nul n'avait aperçu d'étranger en balade au moment du meurtre. Pourtant, ils avaient repéré Nina dès qu'elle s'était garée. Comment donc le tueur avait-il pu approcher Rita, cette femme décrite comme réservée, sachant se tenir ? Il faut du temps pour convaincre quelqu'un, surtout une femme, de vous suivre dans une masure isolée en bord de rivière. La solution de l'équation devenait simple tout en restant ambivalente. Le tueur faisait partie de la communauté et/ou Rita le connaissait et/ou il contrôlait assez la topographie des lieux pour se lier avec sa future victime, se déplacer sans se faire remarquer.

Nina remonta en voiture et soupira avant d'enclencher à nouveau le CD.

Une claque à toute volée s'abattit sur le tableau de bord, faisant chevroter la voix du chanteur sur quelques notes.

Un autre meurtre suivrait, elle l'avait flairé. Une autre femme serait massacrée à l'image de Rita. Dans peu de temps, dans le même coin. Il n'y avait aucune raison pour que ce tordu cesse en si bon chemin.

Fallait-il en parler avec Dougray Doyle ?

Non, elle n'en parlerait pas. Elle avait assez de Cordell et de Mrs Holmer sur les bras.

Prendre les autres de vitesse. Il n'y aurait pas de seconde chance. Seule la vitesse pouvait éviter le pire. Et le pire commençait à elle, Nina. Mais elle avait appris à le manipuler. Elle saurait le contrôler jusqu'au bout.

Ensuite ?

Ensuite, advienne que pourra.

19 octobre, Massachusetts.

Lorsqu'il reposa le combiné, Cordell souriait. Son humeur badine était fondée. Il avait réglé un épineux problème en moins de deux jours. Ou plutôt, deux. Certes, cela retardait d'autant sa prochaine confrontation avec Helen, mais l'attente d'un plaisir certain est si savoureuse.

Confrontation, le mot était si juste. Deux fronts qui se rejoignent et s'affrontent. Ventre contre ventre, bouche contre bouche, front contre front. Mise en présence de deux peaux, l'une péremptoire, l'autre récalcitrante, du moins au début. Juste et si précieux en cette époque de virtualisation, où l'on échange — voire déballe — du sexe par photos, téléphone ou mail au profit d'inconnus dont la proximité révulserait souvent si elle se proposait dans un métro ou dans un magasin.

Bernie Safers avait été d'un grand secours, comme d'habitude. Cet ancien homme de confiance de son père, ou plus exactement de complaisance, avait trouvé les acteurs de la solution en quelques heures.

Lorsque Cordell l'avait appelé l'avant-veille au soir, la voix onctueuse du petit homme rondouillard avait contracté le passé. Bernie remontait au début des souvenirs de Cordell. Il l'avait toujours connu. Sans doute avait-il eu besoin de grandir un peu avant de comprendre que cet homme était un pourvoyeur, le meilleur qu'ait trouvé son père, dont l'appétit pour les presque adolescentes n'avait fait que croître au fil des années. Au-delà d'un certain compte en banque, tout se trouve, tout s'arrange, à moins d'un coup de malchance. Seuls les moins riches ne peuvent s'offrir l'expertise d'un Bernie.

Son art consistait à sélectionner les « bons » parents, ceux que l'appât du gain rendait aveugles. La gamine, en général de moins de 14 ans, était préparée, pomponnée comme une mignonne bête de concours, puis livrée avec la bénédiction de ses géniteurs qui l'encourageaient à la politesse et à l'obéissance avec le « monsieur ». Elle passait la journée dans une magnifique villa où elle recevait des cadeaux. Oncle Bernie livrait le package clés en main. Il ramenait ensuite la fillette désespérée ou ahurie chez papa-maman, qui la bouclaient parce qu'il avait pris les précautions nécessaires pour les en convaincre dans l'éventualité où un juteux chantage les aurait démangés.

Bernie avait un jour déclaré d'un ton jovial à Cordell : « Dans l'hypothèse de l'existence d'un jugement divin et d'un enfer, je n'ai jamais rien fait de mal. Je me suis contenté de mettre en relation des tares et des appétits humains... et ils sont sans limites. Les riches ne sont ni plus ni moins tordus que les autres. Ils ont les moyens de leurs envies, c'est la seule différence. Il suffit d'observer ce qu'ont produit pas mal de stars du show-biz, du sport ou de la Bourse qui sortaient du ruisseau pour s'en convaincre. »

Bernie n'avait pas eu l'air particulièrement ravi de l'appel de l'héritier de son ancien et excellent client. Il est vrai que, contrairement à son père, Cordell n'avait pas su rester dans la discrétion. Mais le partage de secrets malodorants est un puissant ciment. Aussi avait-il accepté l'offre du fils et son plan.

— Je vois. Ce ne sera pas simple, Cordell. Je ne connais pas beaucoup de gens dans ce milieu. Combien m'offres-tu ?

— Disons... 200 000 dollars pour toi et les différents protagonistes. Tu les distribues comme tu veux.

— Hum... Pour 400 000, je fais des miracles, tu le sais.

Cordell avait ri.

— Ah... Bernie, Bernie... tu ne changeras jamais... 250 000, c'est mon dernier mot.

— Ça ne peut pas être le dernier puisque tu n'as pas d'autre alternative que moi.

— Comment va ta fille, Bernie ? Elle était très jolie, à l'époque. Elle est un peu plus jeune que moi... de quelques années, si mes souvenirs sont exacts. Cindy, c'est cela ? Ah, oui... elle pensait que tu étais juriste.

Un souffle. Bernie avait compris la menace sous-jacente, ou plus exactement ses différentes versions : une simple confession à sa fille, laquelle n'avait aucune idée de la véritable nature des occupations paternelles ou... le pire. Cordell était capable du pire, c'était même sa spécialité.

— Je suis juriste. Du moins, j'en ai le diplôme. Ça marche pour 250 000. La moitié demain sur mon compte, le reste à la livraison. Je passe quelques coups de téléphone et je te rappelle. Donne-moi ton numéro.

— Non, je te rappelle. Disons... dans quatre ou cinq heures.

Bernie avait fait du bon boulot, comme avait pu l'apprécier Cordell :

— Ça marche, Cordell. J'ai dégoté un mec qui en connaît un autre qui a besoin de fric et que plus grand-chose n'embarrasse.

— La séduisante description d'un parfait candidat. Quand ?

— Après-demain. Mon type ira prévenir son pote dès demain.

— Je serai à Chicago, je veux me rendre compte par moi-même.

— Comme tu le sens. Cordell... inutile de me rendre visite.

— Mais je n'en avais pas l'intention, oncle Bernie. Du moins pour l'instant. Tu es précieux. Sache le rester.

Voilà, son trajet d'avion était réservé, sa suite au *Shepard's* aussi. Demain au plus tard, Bloodfeast serait satisfait et lui apporterait les informations qu'il attendait avec tant d'impatience.

21 octobre, Fredericksburg, Virginie.

Esperanza Lorca y Fernandez s'éveilla par paliers. Pas trop agréables, les paliers. Chaque regain de conscience s'accompagnait d'un surcroît de sensibilité. La sensation de plus en plus nette de la migraine qui lui ravageait la tempe droite, descendant le long de l'aile de son nez pour aboutir sous le maxillaire. Elle avait bu la veille, trop. Son mollet frôla un autre épiderme et cette rencontre inattendue la réveilla tout à fait. Elle ouvrit les yeux. La tête lui tournait et un goût désagréable tapissait le fond de sa gorge.

Qui était ce mec endormi à ses côtés ? Chez qui et où avait-elle passé la nuit ? Elle rejeta les draps en soie lie-de-vin et bascula hors du lit.

« L'épiderme » se détendit et se tourna de l'autre côté en marmonnant dans son sommeil.

Merde, comment se nommait-il, déjà ? Un nom à consonance allemande... Chad... euh, Chad... Schlund. Si elle se fiait au très vague souvenir qui lui en restait, un type assez sympa dans le genre pas mal allumé. Un bon coup, aussi, en dépit de l'épisode de la salle de bains qui lui avait laissé entrevoir le pire. Cette manie qu'ont certains hommes de demander d'un ton détaché : « Je te sors une serviette ? » ou « Tu prends la salle d'eau en premier ? » comme s'ils craignaient d'être tombés sur une grosse sale. Ça casse un peu l'ambiance, même si, effectivement, d'autres négligences corporelles la foutent carrément en l'air. En tous les cas, cela mettait toujours Espy un peu mal à l'aise. Elle avait conservé de son passé de pauvre un goût marqué pour la propreté, son seul luxe, son unique cosmétique durant pas mal d'années. Pourtant, le reliquat de la soirée et la nuit avaient été à la hauteur de son ennui ravageur et revanchard. Chad lui avait fait oublier qu'elle n'aimait pas les draps de soie lie-de-vin — et encore moins noirs — qui s'affichaient comme un label de baise échevelée dans pas mal de chambres masculines. La franche rudesse du lin et du coton blanc des draps de Dougray... Ne pas penser à ça.

Où se trouvait la salle de bains, déjà ? Avec un peu de chance, elle devrait dégoter de l'aspirine quelque part.

Espy expédia une rapide toilette de chat, elle se doucherait chez elle. Il était à peine 6 heures du matin. Elle ramassait ses chaussures pour les enfiler une fois sortie de l'appartement de Chad lorsqu'une voix lui fit lever la tête.

— En général, c'est plutôt les mecs qui se barrent en douce pour éviter la confrontation du petit-déjeuner.

Elle se redressa en luttant contre le fard qui lui montait aux joues.

— Euh... je ne voulais pas te réveiller.

Il inclina la tête. Oui, il était beau, charmant, aussi. Une sorte de géant massif mais doux. Pas stupide, non plus. Elle se souvint qu'il était peintre et qu'il en vivait plutôt pas mal, ayant accepté quelques menues entorses à ses exigences. « Pourquoi les artistes devraient-ils être les seuls à ne pas transiger avec les nécessités physiologiques ou domestiques ? » avait-il précisé au cours du repas avant d'ajouter : « Je peins Monsieur, Madame, leurs mioches et même leur chien *à la façon de*. La rombière en Rossetti, le sale morveux mal élevé en Velázquez, et le beauf chef de famille arrivé en Douanier Rousseau. Très rémunérateur une fois que tu as compris que le fond de la toile ne doit pas jurer sur la soie ou la moire des murs du grand salon de réception. Ça me permet de faire ce que je veux par ailleurs. D'autant que j'exagère : je peins aussi de très jolies femmes et des gamins charmants. Et puis, j'ai des tas de clients qui s'offrent ce genre de prestation par humour, un détournement assez civilisé et secondarisé des grandes œuvres. »

Gênée, Espy enfila ses chaussures. Chad poursuivit :

— Mais je suis réveillé. On peut peut-être prendre un café avant que tu partes ? Je cuisine les meilleurs œufs brouillés de l'État. (Il sourit et ajouta :) Promis, je ne tenterai pas de t'arracher un autre rendez-vous, à moins que tu me supplies à genoux. Ça te va ?

— Ça marche.

Bien sûr, il n'avait pas tenu sa promesse, non pas qu'elle l'eût espéré. Elle s'était débarrassée de Chad Schlund avec la gentillesse et la courtoisie qu'il méritait : en mentant et en l'assurant qu'elle lui téléphonerait dans la semaine.

Lorsqu'elle s'engagea sur le parking du Jefferson, la nuit s'attardait encore. Un vent frais l'accueillit à sa descente de voiture. L'automne virait au déplaisant. Finalement, elle n'était pas repassée chez elle, et son chemisier de la veille avait piteuse allure. Elle prendrait une douche au gymnase et se changerait dans les vestiaires. L'avantage des longues nuits de boulot, enfermé dans des couloirs aveugles et le plus souvent surchauffés, c'est que l'on s'organise. Elle conservait toujours un jean et une chemise dans l'un de ses tiroirs, sans oublier un slip et un nécessaire de toilette minimum.

Une lumière, au bout de l'étroit couloir, projetait une sorte de halo presque surnaturel. Celle du bureau de Michael Baghurst. Espy hésita. Elle ne tenait pas particulièrement à faire la causette avec son collègue. D'un autre côté, l'envie de lui montrer qu'il n'était pas le seul à bosser dès les aurores la démangeait. La seconde l'emporta. Elle passa la tête dans l'entrebâillement de la porte et déclama la réplique préparée :

— Michael, vous êtes aussi matinal que moi. Je monte chercher un café, voulez-vous...

La forme accroupie de dos devant la grande armoire métallique poussée derrière le bureau se redressa. Un moment de silence étonné s'installa. Nina Kroeger le rompit :

— Espy... Je... ne parviens pas à retrouver le dossier comparatif des meurtres de Cordell Taylor-Caedon établi par Michael. Vous avez peut-être une idée de l'endroit où il le range ? Il est un peu parano à tout mettre sous clé comme ça, non ?

Nina mentait. Esperanza le sentait à ce ton trop enjoué et à ce sourire complice qu'elle lui adressait. Elle hésita une fraction de seconde devant une alternative assez simple : elle fermait sa grande gueule en prétendant avaler le prétexte gros comme une maison ou bien elle chargeait la nouvelle recrue.

— S'il est parano, en l'occurrence il avait raison. Je ne pense pas qu'il serait ravi que vous fouilliez dans ses dossiers.

Nina s'avança vers elle, le même sourire vissé aux lèvres, les mains ouvertes en signe d'apaisement.

— Attendez, Espy, nous collaborons... Après tout, nous sommes tous embarqués dans la même galère.

— Vraiment ? (Le ton d'Esperanza prit en menace. Mains sur les hanches, elle demanda :) D'où sortez-vous au juste, Kroeger ? C'était quoi, votre fonction exacte à l'ATF ? Vous êtes très discrète sur votre passé, pourtant la vie des autres semble vous fasciner.

Nina tenta un rire et temporisa :

— Oh là... qu'est-ce que vous me faites ? C'est un interrogatoire en règle ?

— Non, mais ça peut le devenir. Si je ne m'abuse, vous avez été nommée pour remplacer Cory Fried. Jusque-là, je n'ai pas eu le sentiment que votre boulot de super secrétariat vous occupait beaucoup.

Nina se renfrogna soudain et répondit avec une hargne perceptible :

— Je vous conseille d'en toucher un mot à votre supérieur, Dougray Doyle.

— Merci du conseil, je n'y aurais pas songé toute seule. En attendant, sortez de ce bureau ! Vous n'avez rien à y faire en l'absence de son occupant...

Nina la fixa avec une agressivité palpable et tourna les talons.

— Ah, Kroeger, un conseil en valant un autre... Surtout, ne vous égarez pas dans le mien, parce que je vous en sors à coups de pied dans le cul. C'est clair ?

Il lui sembla que Nina luttait pour retenir la vacherie qui lui montait aux lèvres. Elle sortit sans un son.

Dougray J. Doyle se débarrassait de son imperméable lorsque Lorca pénétra dans son bureau sans s'annoncer.

— Il faut que je vous parle, monsieur.

— Ça ne peut pas attendre deux minutes ?

— Non.

Un soupir, puis :

— Eh bien, tirez, Lorca. Je vous écoute.

— J'ai surpris Kroeger en train de fouiller chez Baghurst. Son prétexte — retrouver une étude comparative réalisée sur les profils des crimes de Charly —

ne tient pas la route. Du reste, elle avait l'air à l'étroit dans ses baskets lorsqu'elle m'a vue. Vous avez eu accès à son dossier de l'ATF ?

Doyle se laissa choir dans son fauteuil et répondit d'un ton las :

— Vous croyez que j'aurais engagé quelqu'un sur sa bonne mine ?

— Que faisait-elle à l'ATF, au juste ?

— Elle dirigeait l'une de leurs sections d'élite. Une section de recherche informatique. Comme vous le savez, l'ATF n'engage pas des randonneurs. Des agents, théoriquement dans les murs, deviennent des cibles privilégiées, notamment lorsqu'ils fouinent sur le crime organisé. Ils en apprennent trop avec leurs bidouillages sur le réseau. Je crois qu'elle a craint pour sa peau et souhaité une affectation un peu moins héroïque.

Obstinée, Lorca répondit :

— Quand on rentre dans une section d'élite, surtout à un poste de direction, on sait à quoi on s'expose. D'autant que les candidats sont archisélectionnés, triés sur le volet, et que les femmes ne sont pas légion. En d'autres termes, quand ils acceptent une nana, c'est que ses performances physiques ou intellectuelles sont supérieures à celles des mecs. Mais le fond du problème n'est pas là : Kroeger fouillait, et je trouve ça malsain.

— Elle cherchait peut-être vraiment ce dossier.

— Je vous dis qu'elle a semblé très embarrassée par mon intrusion.

— Je vais tirer cela au clair. Avons-nous des nouvelles de Susan ?

— Non. Je dois l'appeler. Puis-je espérer que vous me tiendrez au courant pour Kroeger ?

— Certainement. Ah... Lorca, tant que je n'ai pas

discuté avec Nina, gardons cela entre nous. Inutile de remonter Michael contre elle, surtout s'il s'agit, comme je le crois, d'une simple discourtoisie. Vous savez comme il est : convaincu que personne ne l'apprécie.

— Y a de quoi.

Sur ces mots, elle sortit du bureau de son supérieur.

Elle ne parvint pas à joindre le docteur Susan Wuang Tong. À force d'insister et de montrer patte blanche auprès d'une technicienne de laboratoire soupçonneuse, elle apprit que la scientifique avait rendez-vous au Castle, l'une des implantations du Smithsonian à Washington, entre la Dixième Rue et Constitution Avenue. Espy raccrocha, un peu étonnée. Susan se mêlait-elle d'un travail d'investigation qui revenait au CASKU ? D'un autre côté, elle connaissait bien mieux le monde scientifique et ses usages qu'eux tous.

21 octobre, Washington DC.

La mince jeune femme d'origine chinoise patientait depuis quelques minutes, installée à l'une des tables en aluminium brossé de la cafétéria du Smithsonian. Elle sourit à sa tasse de Lapsang Souchong. Les Européens avaient oublié qu'ils étaient les inventeurs de la plupart de ces thés fumés ou parfumés, les dégustant comme des exemples d'exotisme.

L'homme qu'elle attendait se précipita vers elle en brandissant son épaisse serviette en cuir fatigué comme une justification de son retard.

— Oh, ma chère, pardonnez-moi... quelle circulation... c'est infernal. Attendez-vous depuis longtemps ?

Elle serra la main du professeur Edward Morehouse, directeur du département d'entomologie, l'un des plus grands experts internationaux sur les mouches bleues, ou mouches à viande. C'était un petit homme mince d'une soixantaine d'années ; le moindre de ses gestes évoquait la nervosité et la passion qui l'habitaient. Une des intelligences les plus rapides et les plus versatiles qu'ait rencontrées Susan, qui avait pourtant eu le bonheur d'en côtoyer quelques-unes. Elle sourit.

— Juste assez pour avoir eu le plaisir d'une bonne tasse de thé.

— Ici ? Vous êtes d'une extrême indulgence, ou bien vous manquez de palais ! Montons, si vous le voulez bien. J'ai un Tari caché dans l'un de mes tiroirs dont vous me direz des nouvelles. William devrait nous rejoindre sous peu. Vous n'ignorez pas que son sens de la ponctualité est encore plus approximatif que le mien ! Ah... le quotidien, le quotidien... il nous échappe toujours... Avez-vous remarqué comme les choses en apparence les plus banales et les plus coutumières ont le don de vous mettre des bâtons dans les roues au plus mauvais moment ? La circulation, les réveils qui ne sonnent pas, les pannes d'ascenseur, les clés qui s'égarent... que sais-je...

Sans attendre de réponse, il la devança en rectifiant l'équilibre de son éternel nœud papillon.

Edward Morehouse s'était spécialisé dans l'entomologie médico-légale, un univers morbide qui répugnait Susan en dépit de son indiscutable — voire fascinant — intérêt. Mais l'idée d'étudier ces bestioles grouillantes qui dévoraient la chair humaine, qui un jour auraient raison de sa viande à elle, la dégoûtait. Il n'en demeurait pas moins que Morehouse était une sommité en la matière.

L'ascenseur les lâcha au troisième étage du prestigieux bâtiment. Le professeur tapa son code d'accès et le lourd panneau blindé qui protégeait le département d'entomologie leur ouvrit le passage vers un univers qui hérissait le duvet des avant-bras de Susan.

Les murs du long couloir étaient tapissés des collections d'insectes collectés aux quatre coins du monde par les obscurs mais tenaces prédécesseurs des chercheurs qu'ils croisèrent. Le regard de la scientifique frôla ces carapaces, ces pinces, ces antennes, pas assez furtivement pour qu'il ne devienne pas l'encouragement que guettait le professeur Morehouse. Il se planta devant un large pan de boîtes de collection protégées d'une vitre et expliqua :

— C'est un magnifique spécimen de guêpe tropicale, une chasseuse d'araignées redoutable. Elle est insectivore. Elle fond sur sa proie, la retourne, et en quelques instants... hop là ! l'araignée est sucée, vidée comme une huître.

Il accompagna cette description d'un petit geste gaillard de la main, et un frisson d'écœurement grimpa le long de la colonne vertébrale de Susan. Elle détourna le regard de ce corps trapu et sombre, long d'une quinzaine de centimètres et porté par de longues et robustes ailes couleur d'ambre. La jeune femme repoussa la vision qui s'imposait : des pattes épaisses couvertes d'un duvet brun, plongeant leurs crochets dans l'abdomen offert d'une araignée. Le criquet à cornes augmenta son malaise, Edward Morehouse vantant ses mensurations comme s'il s'agissait d'un top model ou d'une magnifique bête de concours :

— Vous rendez-vous compte ? Regardez ses ailes membraneuses... trente centimètres d'envergure, à peine plus que le corps... Évidemment, nos insectes indigènes sont largement moins impressionnants...

Susan réprima un soupir de soulagement, n'osant s'imaginer aux prises avec une mouche ou un moustique deux fois long comme sa main. La collection de papillons tropicaux la calma un peu. Certes, ils étaient pour la plupart monstrueusement larges, mais leurs couleurs atténuaient l'étrange menace qui semblait transpirer d'eux. Elle parvint même à ébaucher un sourire lorsque le professeur lui présenta d'un mouvement respectueux de poignet :

— *Danaus plexippus*... notre fameux grand monarque. À ne surtout pas confondre avec le *Danaus chrysippus*, qui lui ressemble en plus petit, mais qui est originaire des Canaries.

Susan hocha la tête d'un air pénétré en observant les

larges ailes rousses bordées de marges noires, tachetées de blanc et rayées de noir.

Edward Morehouse s'arracha avec difficulté aux objets de sa fascination et claqua la langue.

— Bon, je me fais encore rattraper par mes petites passions, et vous n'êtes pas là pour écouter un vieil énergumène. Cependant, chère consœur, ces collections ont un énorme intérêt, à part celui de nous distraire : elles sont visuelles, comme le serinent les journalistes qui nous visitent. Il est clair que les gigantesques ordinateurs qui les ont avantageusement remplacées manquent un peu de *peps*, mais ils nous permettent de stocker beaucoup plus d'informations, et surtout de conserver les images de nos pensionnaires en « direct-live ». (Il sourit en secouant la tête.) N'empêche, si vous parveniez à oublier votre répulsion et la terreur instinctive qu'ils vous inspirent, ces insectes devraient vous fasciner, en tant que scientifique. Ils colonisaient la Terre des millions d'années avant nous. Contrairement à notre sotte et destructrice petite espèce, ils ne l'ont pas saccagée... Mais la nouvelle réjouissante, c'est que je vous parie qu'ils nous survivront lorsque nous aurons fini par tous nous entretuer. Leur courte longévité, associée à leur extrême prolificité, leur permet d'accumuler les mutations et de s'adapter très vite à leur environnement.

Un immense jeune homme trop maigre pointa le bout de son nez hors d'un bureau.

— Ah, William, vous êtes arrivé. Je ne vous présente pas le docteur Susan Wuang Tong.

Le grand jeune homme se leva lentement, comme atterré par la hauteur de son corps d'épouvantail, se voûtant au fur et à mesure qu'il se dépliait au-dessus de la tête des autres. Il hocha la tête, la saluant d'un air si triste qu'elle s'en serait probablement inquiétée si elle ne l'avait déjà rencontré. William Nutt faisait partie de ces individus monomaniaques, tenus et portés par une seule passion, et que l'immense reste de la vie semblait ennuyer jusqu'à la pathologie.

Il était tombé dans le monde de l'entomologie tout petit et n'avait aucune envie d'en sortir, même pour un bref instant. Sauf peut-être — rare confidence de sa part — pour se consacrer à la petite obsession qui lui permettait de meubler ses infimes loisirs sans devenir fou d'ennui : Abba. Car William Nutt était un fan du groupe suédois des années soixante-dix. Il possédait une jolie collection de reliques en tout genre : programmes, disques collectors, et même une des serviettes de toilette utilisée par Frida — Anni-Frid Lyngstad, la brune du duo — lors d'un de ses passages éclairs dans un hôtel new-yorkais. Il l'avait rachetée en contrebande et à grand frais à une femme de chambre qui en avait probablement vendu une bonne centaine à des crédules énamourés de la même trempe que lui. Entendre ce grand échalas chanter faux *She's the Dancing Queen* en étirant, à la façon d'une mante religieuse, ses longs membres maigres au-dessus d'une loupe binoculaire avait un petit côté surréaliste. Surtout lorsqu'on y ajoutait son sens approximatif de l'hygiène corporelle, lequel se traduisait par une retombée de minces cheveux gras de sébum et une odeur d'épiderme qui, sans être repoussante, n'encourageait pas à la promiscuité. Mais William Nutt était indiscutablement une bête dans son domaine : la taxonomie.

Ils s'installèrent dans le bureau du professeur Morehouse, dont le désordre et les empilements à peu près aussi désespérants que les piles de dossiers en souffrance qui colonisaient le sien rassuraient Susan Wuang Tong. Un bureau de scientifique aéré et bien rangé est intrigant. Il s'explique le plus souvent par une grosse crise de ras-le-bol, qui s'est traduite dans les jours précédents par un nettoyage par le vide. Nettoyage que l'on finit toujours par regretter en ne retrouvant pas *le* papier, ce papier qu'on s'est résolu à jeter contre son instinct. Cette crainte, partagée par le plus grand nombre, finit du reste par justifier l'avancée inexorable d'un bordel conquérant.

— Poussez les trucs qui sont sur la chaise, Susan... Voilà, posez tout par terre. Alors, que nous amenez-vous ? Votre appel, pour le moins cryptique, nous a intrigués, et bien sûr fait saliver d'avance.

La jeune femme tira une large enveloppe molletonnée de sa vieille sacoche en cuir fauve adoucie par l'usage.

— Ceci, monsieur.

Elle le vit se redresser, ses yeux se plisser, et se frotter les mains d'anticipation.

— Et c'est...

— Une énigme.

— Oh... j'adore les énigmes ! Montrez, montrez...

Il lui arracha presque des mains l'enveloppe qu'elle tendait au-dessus du bureau encombré. Une onde de désillusion traversa son front lorsqu'il tira quelques clichés de leur protection. Il leva le regard, la fixant d'un air interrogateur pendant qu'un vague son trop aigu filtrait par intermittence des lèvres closes de William : *« Thank you for the music. »*

Susan Wuang Tong expliqua en réponse à sa question muette :

— Ce sont des photos de l'échantillon dénommé le Bidule avant sa sonication en vue de préparer de l'ADN.

— Et c'est tout ce que vous possédez ? Conditions de prélèvement ?

— C'est tout. L'échantillon en question était cylindrique. Moins d'un centimètre de long sur 0,7 millimètre de diamètre. Pas grand-chose, même pour nous. Je l'ai trouvé dans un pli de ruban adhésif... lequel obturait la bouche d'une femme égorgée. La dernière victime de Charly.

Le couinement obstiné censé évoquer le duo de chanteuses le plus célèbre des années soixante-dix et quatre-vingt mourut. William s'agita sur sa chaise, envoyant dans la direction de la jeune femme un relent aigrelet et tellement humain qu'elle inclina le torse pour le distancer.

— À quoi pensiez-vous, Susan ? insista Edward Morehouse.

— Franchement, à pas grand-chose, jusqu'à ce que je tombe sur... comment dire... le cadavre... la dépouille d'une araignée morte, prise dans la gouttière coulissante de ma fenêtre... Une section de patte d'insecte.

Morehouse s'absorba dans la contemplation des clichés, les passant les uns derrière les autres à William, bougonnant pour lui-même :

— Les araignées ne sont pas des insectes...

William bougonna en écho :

— Non, ce sont des arthropodes...

Susan poursuivit :

— Les clichés ont été faits en microscopie à immersion. Vous remarquerez que la surface du cylindre est un peu irrégulière, mais les reliefs sont inconstants. Certains déforment le cylindre de façon très significative. Nous avons eu beau nous creuser les méninges, cela ne nous évoque rien.

Le professeur Morehouse souffla de déplaisir :

— Pas assez grossi ! Il aurait fallu une microscopie électronique.

Réflexion à laquelle un « hum hum » hargneux de William fit écho. Susan se justifia :

— La microscopie électronique est très destructrice pour les échantillons. Nous ne possédions pas assez de celui-ci pour risquer une analyse dont nous ignorions si elle nous donnerait une réponse suffisante. (Devant leur absence de réaction, elle enchaîna :) Le petit tube Eppendorf au fond de l'enveloppe contient une préparation d'ADN du Bidule... Je l'ai précipitée dans une solution alcoolique. Une précaution presque superflue étant donné sa stabilité. Là où les choses se compliquent, c'est qu'en réalité nous sommes en présence de deux ADN très distincts mais non humains. Et là, poursuivit-elle en se penchant à nouveau vers sa sacoche, j'ai les sorties papier des séquences que nous avons obtenues.

D'un seul mouvement, William sauta de sa chaise, agrippa l'enveloppe et la serra contre lui en suffoquant, outré par tant de légèreté.

— Enfin... docteur... c'était par là qu'il fallait commencer... non mais c'est vrai, quoi...

Il tendit une longue main maigre, et elle réprima un mouvement de panique lorsque ces doigts, terminés par des phalanges légèrement retroussées vers le haut, s'approchèrent de son visage.

— ... Les sorties... je vous prie, docteur.

Il s'en empara, et après une moue d'acquiescement du professeur Morehouse, fila hors du bureau.

Susan ne put empêcher un commentaire :

— Il est... comment dire... intense, ce William.

— Intense, ma chère ? Vous voulez dire qu'il est fou à lier ! Remarquez, les deux sont parfois assez proches. Amusant, d'ailleurs, pour un type dont le patronyme est Nutt[1]. Mais William est également le meilleur

1. Zinzin.

ingénieur analyste que je connaisse... Et puis, nous avons tous nos lubies, et pour être franc, je les trouvais bien avenantes, les deux petites jeunes femmes du groupe Abba. Joyeuses, sans chichi... Je me souviens de cette chanson, *Fernando*... (Il fredonna quelques mesures et s'interrompit brutalement.) Revenons-en à notre charade. La scène de crime était... ?

— Un appartement bostonien. Le corps a été retrouvé une vingtaine d'heures après le meurtre.

— Très tôt... conditions environnementales peu propices à une infestation...

— C'est aussi mon avis. Je pencherais plutôt pour un apport exogène. Avec le tueur comme vecteur, à son insu.

Morehouse la regarda, et un sourire complice et ravi étira ses lèvres.

— Ah, ah... Je vois : il aurait transporté avec lui un indice... l'abandonnant par mégarde sur les lieux du crime... Une piste, alors ?

— Voilà !

— C'est de plus en plus fascinant, cette histoire. Cela étant, on pourrait également penser à une mouche prise au piège. Je veux dire une mouche résidente de l'appartement. La saison est encore cohérente. Les mouches sont les premiers colonisateurs nécrophages. Il en existe une petite centaine d'espèces rien que chez nous. Viennent ensuite les scarabées, qui se nourrissent des œufs pondus par les mouches dans le cadavre... quoique certains soient également charognards... (Il scruta à nouveau les clichés et déclara aussitôt :) S'il s'agit bien d'un segment de patte, une bonne trentaine d'espèces de mouches pourraient correspondre. À voir, donc.

Susan insista, un peu déprimée par la tournure que prenait cet échange qui l'éloignait de son espoir : une piste pour remonter jusqu'au meurtrier de Pamela Kells, jusqu'à Charly.

— Mais s'il ne s'agissait pas d'une mouche résidente ? Si l'échantillon avait bien été apporté par le tueur ?

Le professeur Morehouse dut comprendre sa crainte et y remédia :

— Notre William — si *intense* — doit déjà être immergé dans les séquences ADN.

— Combien de temps cela devrait-il prendre ?

— Ça, ma chère, c'est une fonction directe du fameux coup de bol ! J'emploie le mot fonction au sens mathématique. Guère différent de ce que vous rencontrez avec les mammifères, à ceci près que l'on trouve dans notre pays plusieurs milliers d'espèces d'invertébrés, même si on se limite aux stricts charognards. Ça fait beaucoup de comparaisons ADN, surtout si l'on garde en mémoire que votre préparation est un mélange de deux matériels génétiques distincts ! Mais nous sommes très organisés en matière de phylogénie. William devrait rapidement découvrir la famille génétique et le genre auxquels appartient le Bidule... Du moins s'il s'agit bien de ce que vous appelez de façon abusive un insecte et s'il a déjà été décrit dans la littérature scientifique. C'est pour déterminer son espèce que l'on risque de s'arracher les cheveux... Enfin, je devrais dire *leurs* espèces.

— Mais déjà, avec la famille et le genre, nous devrions...

— Vous plaisantez, ma chère ? On ne devrait rien du tout. La même famille renferme des dizaines, voire des centaines d'espèces et de sous-espèces, certaines communes et autochtones, d'autres carrément exotiques, voire rarissimes. Et je vous épargne toutes celles qu'il nous reste à découvrir ou à caractériser au plan génétique... Non... c'est bien, les mammifères, vous savez. Restez-y, Susan. D'abord c'est plus gros et ça se voit mieux, et ensuite... ce n'est certainement pas ce qui compte pour le plus lourd sur cette planète.

Morehouse remarqua la crispation du joli visage fin et s'en voulut. Il ajouta d'un ton précipité et qu'il souhaitait rassurant :

— Je suis un vieil imbécile ! J'ai parfois du mal à revenir dans notre monde... À ma décharge, il manque singulièrement de charme et de bienveillance... Je vous promets que nous allons mettre le paquet sur votre Bidule. Je vous appelle dès que j'ai le début d'une ombre d'information.

— Merci, professeur Morehouse.

Il la raccompagna jusqu'à la lourde porte blindée. Elle s'arrêta sur le seuil.

— C'était la première fois que je voyais une inconnue décédée. Non, je veux dire massacrée de la sorte. Pamela, elle s'appelait Pamela.

Il baissa la tête et murmura :

— En quelque sorte une affaire personnelle, c'est cela ? Je comprends, mon petit. Nous allons faire le maximum, je vous le garantis. De toute façon, plus la charade est complexe, plus elle fait saliver William.

21 octobre, pénitencier fédéral de Merrilville, Illinois.

Leon Carpenter, Leonardo pour ceux qui souhaitaient ne pas encourir sa mauvaise humeur, se contempla dans la petite glace surmontant le bénitier de toilette. Il s'aspergea le visage d'eau froide en jetant un regard à la photo passée de Claudia Schiffer. Jolie fille, sa robe longue en satin beige ruisselait sur son corps comme une eau tiède. Pour Leonardo, son intérêt résidait surtout dans le fait qu'elle dissimulait d'un peu de grâce le graffiti d'une bite éjaculant. Gravure sur ciment, collégienne et lassante, du précédent occupant des lieux, qui n'avait pas ménagé sa peine en poussant l'inspiration jusqu'à styliser de quelques coups de burin l'hirsutisme d'une paire de monstrueux testicules.

C'était bien la seule chose qu'il ait jamais eu à reprocher à sa mère, ce prénom crétin de Leon, qui lui venait de son père à elle. Parce que sans cela, la petite bonne femme épuisée par une vie sans générosité avait toujours été parfaite. Lourdée par son connard de mari alors qu'elle était grosse du troisième, celui qui ne devait pas survivre, elle avait fait face. Leon se reprochait parfois certaines des bêtises qu'il avait accumulées et qui avaient tant ajouté à la peine, à la panique de la petite femme timide. À sa décharge, il n'avait compris qu'après l'adolescence à quel point elle se débattait dans un monde qui n'était prêt à nulle concession, nulle complaisance pour des êtres comme elle. Il la revoyait, livide et presque transparente de ses courtes nuits, de son épuisement, de sa trouille, aussi. Trouille de s'effondrer, de tomber malade, de ne plus pouvoir se relever le matin, de se faire virer d'un emploi aussi merdeux que les autres. Elle partait à l'aurore, tapie dans un petit manteau pas mal fatigué, un foulard plaqué sur ses cheveux qui blanchissaient par plaques. Lorsqu'il lui demandait pour quelle raison elle ne les faisait pas teindre plutôt que de les cacher, elle répondait en souriant : « Bah, c'est la nature, mon chéri. » Il avait mis un certain temps à comprendre que le prix d'un coiffeur était encore plus dissuasif qu'une hypothétique désobéissance aux lois naturelles.

Il secoua la tête, irrité. Bordel, c'était pas sur Thomas, son jeune frère, qu'il pouvait compter pour s'occuper un peu de leur mère vidée par cette vie de galères à répétition sans jamais voir le bout du tunnel, comme elle disait. Elle y avait longtemps cru à la lumière, là-bas, juste un peu plus loin. Ce petit foireux de Thomas, à part se blanchir les narines avec toutes les poudres qui passaient à sa portée et sillonner les rues du quartier la queue en l'air, il n'était bon à rien de potable.

Sa mère, ça mettait les larmes aux yeux de Leon d'y penser. Pourtant, il s'était taillé la réputation d'un vrai dur, d'un teigneux dangereux, même. Ici aussi. Comment elle y arrivait sans lui ? C'est sûr qu'elle avait trouvé des ressources de combativité que nul n'aurait soupçonnées lorsqu'elle s'était retrouvée seule avec deux mouflets et un troisième dans son ventre. Ce qu'elle avait pu bosser pour les nourrir et les habiller ! Jour et nuit, enchaînant les boulots de serveuse le jour et de femme de ménage la nuit, dans les bureaux. Jamais une larme, jamais une plainte. Jamais un mot plus haut que l'autre, même quand Thomas avait commencé à accumuler les conneries. C'était Leon qui le tabassait en cachette, histoire de lui faire rentrer un peu de plomb dans la tête et un peu de respect pour leur mère. Les roustes à coups de pied ou de ceinture qu'il avait prises, ce morveux abruti. Ça ne lui avait pas amélioré la personnalité, mais il avait fini par apprendre à reconnaître les limites à ne pas franchir. C'était pour cette raison que Leon n'avait aucune crainte : l'argent parviendrait bien à sa mère, dans son intégralité. Thomas savait que dans le cas contraire, son grand frère n'hésiterait pas à le tuer. Une fois sorti, bien sûr.

Inutile de revenir sur sa décision. Il avait réfléchi une bonne partie de la nuit précédente, après la visite de Thomas. C'était la seule façon dont il pouvait aider sa mère, de loin. Bien sûr, elle n'en saurait rien, parce qu'autrement, elle aurait sangloté et refusé cet argent. Mais l'argent n'est pas mauvais en soi. C'est la façon dont on se le procure ou dont on le dépense qui est parfois inacceptable. Et elle n'avait pas à supporter cela. Son grand, comme elle appelait Leon, y veillait pour elle.

Leon Carpenter : 28 ans, blond, un long regard bleu clair, un joli masque de fille, grand, d'une minceur fine qui dissimulait une force nerveuse et caractérielle. Bon... Il suffisait de se dire que c'était un mauvais moment à passer, comme de s'asseoir sur le fauteuil d'un dentiste pour un détartrage. On repousse, on repousse, mais au bout du compte, il faut quand même y passer, et ensuite ça va mieux.

Il dénoua la natte de ses cheveux mi-longs encore humides. La tresse les avait ondulés comme ceux d'une jeune fille, accentuant encore la finesse sans mièvrerie de son visage.

Il se rapprocha des barreaux de sa cellule et inclina le buste afin d'apercevoir la grande horloge scellée au fond de la coursive de son étage. Sept heures moins dix, le temps d'une cigarette.

Il écrasa son mégot sous sa chaussure et se lava à nouveau les dents au-dessus du bénitier. Il déboutonna les deux premiers boutons de sa chemise en jean réglementaire, laissant apercevoir un torse lisse, à peine hâlé, si doux.

Le mugissement de la sirène du matin lui arracha un nouveau soupir. Les lourdes grilles de sa cellule coulissèrent. Il avança d'un pas au milieu de la coursive, adressant un petit signe de la main au maton renfrogné qui surveillait la sortie des taulards. La vague des autres chemises, avançant les unes derrière les autres en direction des lignes de douche, le poussa vers l'avant, pour le noyer. Leon ralentit le pas afin de se faire dépasser. Quelques plaisanteries, que leur fréquence banalisait, fusèrent :

— Tu pousses ton joli petit cul de là, ma poule, ou t'as besoin que je lui donne un coup de main...

— Ou d'autre chose, Leonardo.

— T'as oublié ton soutif, chérie ?

— T'as peur de nous montrer ton zizi, ma choute ? Faut pas : tu te retournes, ça fera l'affaire.

Leon ne répondit pas plus qu'à l'accoutumée. Si sa beauté presque féminine avait d'abord aiguisé les fringales de quelques-uns, sa science sournoise des coups les plus méchants et son absence totale de remords les avaient calmés.

Enfin, la voix qu'il attendait murmura dans son dos :

— Ma parole, on dirait que c'est moi que tu attends, ma puce.

Leon tourna simplement la tête, l'inclinant juste

assez pour que ses cheveux voilent sa joue, et déclara dans une moue :

— C'est Leonardo, pas « ma puce ».

L'autre plissa les yeux. Le souvenir de ses deux ou trois tentatives musclées auprès du jeune homme le rendait prudent. La dernière fois, un coup de latte dans les couilles l'avait allongé, et celui qui ressemblait tant à une fille l'avait fini en lui tapant le front contre le sol en béton cru des douches. S'ils avaient été à l'extérieur, il se serait fait un plaisir et un devoir de le retrouver, de découper lentement sa peau pour la tendre avec soin sur ses murs, à côté des autres. Mais ici, il se tenait à carreau. D'un autre côté, ou peut-être à cause de cela, ce mec le faisait bander depuis un moment.

— Elle durcit, Leonardo... Très fort.

Leon produisit une assez convaincante imitation de gloussement.

— Vraiment ? Je suis sûr que je peux encore mieux. C'est à voir.

Un halètement frôla ses cheveux, et la voix pâteuse d'excitation répondit :

— Quand tu veux. Après la douche. Je les ferai sortir. T'auras pas à le regretter, tu sais. Je connais plein de monde, et chacun sait que ce qui m'appartient n'est qu'à moi.

Il disait vrai, l'enfoiré. Leon avait surpris pas mal de rumeurs à son sujet, aussi épouvantables les unes que les autres. C'était du reste à ce moment-là qu'il avait compris qu'il n'était pas maudit. Il était un sale type, un violent, un voleur, un tueur d'autres violents, d'autres tueurs, mais pas un fondu irrécupérable. Si ça ne constituait pas une excuse, et encore moins une absolution, du moins était-ce un soulagement. Leon n'avait jamais su au juste ce qu'il était, et encore moins ce qu'il deviendrait s'il survivait. Grâce à

Preston, il avait eu le privilège d'entrevoir l'horreur de ce qu'il ne portait pas en lui. Ce jour-là, Jesse James Preston lui avait involontairement rendu un premier et inestimable service. Le second allait suivre, dans peu de temps. Une main frôla sa fesse, et il interdit à son poing de se crisper.

Leon s'installa dans l'une des cabines de douche situées non loin de la porte, et le plus souvent délaissées en raison du courant d'air qui les réfrigérait en permanence. Il se concentra sur *dans-deux-ans*, en un seul mot, lorsqu'il sortirait enfin. Non, c'était trop distant. *Après-demain*. Après-demain, sa mère lui rendrait visite. Peut-être qu'elle aurait déjà reçu l'argent. Ce petit merdeux de Thomas était chargé de lui expliquer qu'il s'agissait d'une dette de jeu, enfin honorée par l'un des anciens partenaires de poker de son grand. Tom était un menteur pathologique, il s'acquitterait à merveille de cette partie. Elle serait si contente. Il faudrait la convaincre qu'elle devait utiliser ces sous pour elle, pour améliorer cette vie de merde qu'elle subissait depuis si longtemps, qu'elle s'était imposée pour eux, pour lui. Il y parviendrait. Leon sourit et l'eau tiédasse qui dégoulinait de la pomme de douche dilua ses larmes, les entraînant le long de son corps pour les aider à rejoindre les égouts. Mais derrière les égouts, il y a la mer. Et il ne fallait penser qu'à la mer.

Leon entendit les taulards vider progressivement les lieux. Seuls quelques acharnés de l'hygiène s'éternisaient encore. La voix puissante et mauvaise de Preston s'éleva :

— Allez, mes chattes. Vous êtes toutes belles, maintenant. Cassez-vous !

Un remue-ménage de précipitation. La voix à nouveau :

— J'ai dit on se casse ! Ça veut dire plus vite que ça.

Nul ne songea à protester. On ne protestait pas avec Preston. Sa réputation constituait son indestructible bouclier. Celui de Leon également, puisqu'il avait obtenu une paix royale après leur dernière « explication » dans les douches. Il n'était plus un « cul à mettre » : même Preston avait morflé.

Le mince rideau en plastique jaune dont le bord inférieur rosissait de moisissures se souleva. Preston se tenait à poil, en pleine bandaison, devant lui. Répugnant. Son lard hérissé de grands poils raides et bruns recouvrait son nombril. Un lard pâle, friable comme une craie. Leon sourit, un vrai sourire. Il murmura :

— Pas dans la cabine... j'ai besoin d'espace. Viens.

Il tendit la main. Un geste si enfantin, si féminin. Pourtant, le gros porc haletant y glissa la sienne en hoquetant :

— Oh... tu me plais, toi, ça fait un moment. Oh, si je pouvais, si je pouvais...

Quoi ? songea Leon. *Tu me découperais en lanières et tu te servirais de mon corps écorché comme cendrier ? Tu me ferais bouffer mes premières phalanges ?... C'est ce qu'on raconte.*

Il poussa gentiment le gros corps flasque contre le rebord d'un des lavabos et s'agenouilla devant lui.

— Ah oui... suce-moi, suce-moi...

Leon parcourut la verge tendue de sa langue, avant de la pousser dans sa bouche. Preston se cramponna au rebord en faïence en gémissant. Encore quelques secondes et il serait trop loin pour réagir avec rapidité.

Les mâchoires de Leon se rabattirent de toute leur violence sur le sexe vulnérable et il se jeta en arrière. Preston hurla. Leon cria :

— Maintenant !

Trois types sortirent d'une des cabines latérales et se ruèrent sur le porc qui sanglotait de douleur. Ils le traînèrent et le poussèrent brutalement contre le mur carrelé de blanc. L'un d'eux, l'une des anciennes poupées de Preston — c'était ainsi qu'il nommait les mecs qui n'avaient pas pu ou pas voulu résister à ses avances violentes, et ça faisait un paquet —, tendit une courte lame triangulaire sans manche à Leon. Une fabrication artisanale et illicite, peu tranchante mais meurtrière et douloureuse. Leonardo enfonça un gros bout de savon dans la bouche de Preston pour atténuer ses hurlements. Il s'approcha de son oreille, lécha son contour et murmura :

— Quelqu'un me paie pour que tu saches que tu vas mourir. Pas très vite. Cette personne exige un morceau de ta peau en souvenir. Je ne la connais pas, mais a priori, elle m'est plutôt sympathique.

Leon s'affaissa sur le corps de Preston. La chaleur du sang qui dégoulinait de son sexe lui caressa le ventre. Le premier coup de lame percuta l'intestin. Le second égratigna le foie. Il se recula. Le regard fou de Preston le dégoûta un peu. Cette mise à mort ne l'amusait pas. Elle ne l'angoissait pas non plus. Bien sûr, ce cirque aurait pu continuer des heures. Mais il faut s'appeler du nom de Preston ou de ses variantes pour y trouver une agréable satiété. Pour Leon, le meurtre était une défense ou une vengeance, pas un orgasme. Il décida qu'il avait rempli son contrat et porta le coup fatal, à l'aine.

Les trois autres lâchèrent la masse adipeuse et sanglante qui s'affaissa au sol dans un bruit sourd. Ils patientèrent jusqu'à la fin des dernières contractions musculaires. Sans un mot. Leon se baissa et souleva un bout d'épiderme pour le détacher avant de le trancher. Il plia la peau suintante d'une humeur rosée. Il la passerait à Thomas qui devait l'envoyer vers une boîte postale. Enfin, l'ancienne poupée tendit son sexe au-dessus du cadavre et pissa dessus en murmurant :

— En souvenir des deux fois où l'infirmerie m'a recousu.

Les quatre hommes se séparèrent sur un regard sérieux comme un pacte. Leon précisa :

— Les 5 000 dollars vous attendront chacun à votre sortie.

La poupée baissa sa jolie tête châtain et, d'une voix martyrisée par l'effort qui coinçait ses larmes au fond de son larynx, conclut :

— Bordel, j'aurais même payé pour ça.

L'enquête serait vite bâclée après la découverte du cadavre de Preston. On se fout un peu de la mort d'un taulard, sauf lorsque la presse s'en mêle, faute de mieux. Mais celle-ci allait en réjouir pas mal, même parmi le personnel.

Un dernier regard sur ce saisissant tableau. De longues coulures rouges qui fonçaient sur le blanc crémeux de la faïence. Une lente descente parfois un peu oblique, comme si le sang avait obéi à son propre caprice. Un coup de jet les réduirait à néant.

21 octobre, limite de Boston et Quincy, Massachusetts.

Julia/Terry reposa le combiné, un peu confuse, plutôt surprise et vaguement émue. Hugh. Hugh avait pensé à elle, l'appelant pour bavarder un peu et lui proposer un déjeuner ou un dîner avant de quitter l'État pour descendre au sud-ouest. Elle avait accepté, sans tout à fait y réfléchir. Depuis quand quelqu'un l'avait-il invitée juste pour le bonheur de quelques heures de simple compagnie ? Une éternité, sans doute. L'idée de revoir cet homme apaisant comme un éclat de chaleur était assez plaisante pour la contraindre à sortir de sa tanière... qui avait été celle de Hugh un peu plus tôt. Ils partageaient un lieu, étrange coparentage, bizarre familiarité.

Julia alluma la télévision. Une starlette, une ombre mauve soulignant ses paupières et son chagrin télégénique, interrogeait un petit jeune homme propre sur lui. La starlette insistait sur les actes de discrimination subis par le jeune homme. Les mains jointes et la larme à l'œil, il révéla : oh, certes, il en avait souffert. La starlette le pressa de décrire les détails de cette mise à l'écart. Le seul exemple qu'il put trouver stupéfia Julia. Il venait de se faire jeter par sa petite amie, avec laquelle il sortait depuis une semaine. Il avait juste omis de lui révéler qu'il était séropositif, mais une copine inquiète avait prévenu la jeune fille.

Le reportage se poursuivait, inconscient de sa pléthorique incohérence.

Une femme, asiatique, quelque part au bout du monde, contaminée, elle aussi par un mari très discret. Masque d'anorexie mortuaire, fiévreux. Râle d'une toux qui lui arrachait le souffle. Elle avait dû être très jolie. Quel âge pouvait-elle avoir ? Trente ans ? Cent, mille ? La maladie l'avait saccagée, et elle finissait par ressembler à toutes les plus vieilles histoires de l'humanité souffrante, mourante.

Couchée sur le flanc, elle évoquait sa mort devant la caméra comme une hypothèse distante. Quelle force étrange lui permettait de l'ignorer encore, tapie derrière ses yeux liquides de fièvre, derrière cette petite bouche en pétale ou lovée dans cette cage thoracique trop maigre qui luttait par à-coups contre l'étouffement ? Même Julia la voyait, comme si elle s'inscrivait sur l'écran.

La femme asiatique était contente : elle s'était enfin débarrassée de cette affreuse diarrhée qui l'épuisait. Ils lui avaient donné des cachets à l'hôpital. Elle les avait emportés comme un trésor dans un petit sac en plastique. Le médecin défait, vaincu, l'avait raccompagnée avec un sourire qu'il espérait encourageant.

Après le départ de la trop mince silhouette, il avait avoué d'un ton doux à la caméra que c'était la seule chose qu'il lui restait à distribuer. Des antidiarrhéiques, rien d'autre. Il n'y aurait pas d'autres médicaments, aucun de ceux que recevait le jeune homme bien élevé, bien de chez nous, les riches.

Et la starlette chavirait parce qu'une petite jeune fille de chez nous n'avait pas voulu devenir cette femme lointaine, tassée en fœtus sur une natte, dégueulant sa bouillie de riz en s'étouffant. La petite jeune fille avait décidé que l'amour se prouve par le soin que l'on prend de l'autre. Elle était devenue coupable de son refus d'être victime.

Et la starlette, une ombre mauve au-dessus des paupières, parlait de discrimination.

La colère de Julia tomba d'un coup. Un chagrin diffus la remplaça.

Étrange... Ce sont les victimes, même celles des autres victimes, qui sont sommées de se justifier, de s'expliquer. Pèse sur elles un lourd soupçon qui sous-entend que l'on ne devient pas victime en toute innocence. Comme si la malchance et le malheur devenaient justes, expiatoires, en quelque sorte. Comme si le fait d'avoir été épargné jusque-là constituait une troublante culpabilité. Comme si l'on n'était pas victime par hasard.

Étrange... Chez les nantis de cette planète, qu'est-ce qui pousse tant de jeunes êtres, de filles, surtout, à ne pas imposer la protection de leur vie comme prérequis ? La peur de se faire jeter ? La crainte du rejet de l'autre comme négation de soi ? La peur de ne pas/plus être désirable, aimable ?

Tu m'aimes donc tu me veux du bien, tu me veux en vie. Je t'aime, je te veux. Je-envie-de-toi = je te veux en vie.

Étrange ? Pas vraiment. Si familier : qu'avait-elle fait d'autre avec Cordell ?

Julia lutta contre le chagrin qui s'immisçait, se propageant sous son crâne avec la ténacité d'un futur vainqueur. Elle zappa et sélectionna une des chaînes d'information continue. Dommage, l'émission de Stephany Mayor se terminait dans quelques petites minutes. Au-delà de l'élégante chroniqueuse, il y avait chez cette femme d'une quarantaine d'années la rigueur et la lucidité sans aigreur d'un être humain doté d'une colonne vertébrale et d'un nombre satisfaisant de neurones. Jamais un bon mot — pour la plupart éculés — pour ramener la vedette sur elle, jamais de grimace d'émotion pour insister sur une atrocité qui se passait de mimiques. Mayor préférait la plate analyse à ces facilités si généralisées que leur humanisme devient suspect. Sans doute était-ce pour cela qu'elle ne deviendrait jamais une star incontournable du petit écran.

Le chagrin avait décidé de ne pas s'arrêter dans sa conquête. La télécommande échappa des mains de Julia. Quelque chose coinçait sa respiration dans son diaphragme. Elle ouvrit grand la bouche pour respirer, luttant encore. En vain. L'océan des larmes retenues depuis si longtemps lui noyait les poumons. Elle se laissa glisser au milieu d'elles.

La crise de sanglots, violente d'avoir été proscrite des jours durant, la fit tomber à genoux entre le canapé et la table basse.

Julia laissa s'échapper la houle de peine et de rage qui cognait dans sa gorge, envahissant en tempête l'intérieur de son sternum. Combien de temps resta-t-elle ainsi ? Elle n'en avait pas la moindre idée. Rien à foutre. À un moment, elle put enfin respirer. À un moment, la migraine qui s'installait progressivement lui indiqua le ressac transitoire de l'océan malfaisant. Elle se traîna à genoux, incapable de se redresser, sa masse coincée entre les deux meubles, et se laissa tomber sur les fesses contre le ciment brut qui couvrait le sol de l'atelier.

Je te hais, Cordell. Je te hais tant. Tu m'as contaminée avec le goût de la vie, avec le goût de moi-même. Tu m'as injecté la certitude de mon importance, m'enlevant toute aptitude à la dissolution.

Pour quoi faire ? Avoue, pour quoi faire ? Pour le bonheur de tuer plus tard une femme qui existait vraiment ? Tu ne pouvais pas abattre un fantôme, égorger une parodie de survie ? Ça n'aurait pas été assez savoureux, n'est-ce pas ? On ne peut s'approprier et démolir que les choses qui existent, quitte à les créer.

22 octobre, base militaire de Quantico, Virginie.

Dougray Doyle raccrochait le combiné du téléphone lorsqu'Esperanza Lorca cogna à la porte entrouverte de son bureau.

— Je peux entrer, monsieur ?

— Je vous en prie. Je papotais avec Susan. Elle piaffe d'impatience en attendant les résultats des comparaisons ADN du département d'entomologie du Smithsonian.

Une bouffée de mauvaise humeur submergea Lorca. Pourquoi Susan ne l'appelait-elle pas directement ? Après tout, elles étaient en contact depuis le début de cette enquête et avaient découvert ensemble ce petit truc brunâtre coincé dans le ruban adhésif qui bâillonnait Pamela Kells. La puérilité de sa réaction la choqua. Quoi, elle aussi se laissait aller à cet instinct de plate-bande ? Touche pas à mon minuscule pré carré. Si cette agressivité propriétaire lui paraissait concevable, voire salutaire vis-à-vis de Kroeger et surtout de Baghurst, elle devenait stupide avec Doyle. Il était son supérieur, et la seule chose qui l'intéressait était de coincer Charly au plus vite. Doyle n'était pas le genre à faire sa cour en y allant de ronds de jambe pour décrocher une promotion, quitte à manger la soupe sur la tête de ses adjoints. Elle se calma.

— Susan a du nouveau ?

— Pas vraiment. Selon elle, le problème est ardu,

puisque nous ignorons tout de l'origine de ce matériel génétique. Pire, il en existe deux mélangés et, si j'ai bien compris, très dissemblables.

— Le Smithsonian a une chance de percer le mystère ?

— S'ils n'y parviennent pas, nous sommes dedans jusqu'au cou, lâcha Doyle.

— Et Kroeger ?

— Quoi, Nina ?

— Lui avez-vous parlé ? Pourquoi fouinait-elle dans le bureau de Baghurst ? Vous m'avez affirmé que...

Il l'interrompit d'un ton cassant :

— Je vous ai dit que je lui poserais quelques questions, ce que j'ai fait. Vous êtes parano, Lorca, et venant de moi, ce genre de commentaire frise le gag.

Acide, elle rétorqua :

— La paranoïa fait partie des risques du métier.

— C'est toute l'histoire de la poule et de l'œuf. Devient-on un super flic parce qu'on est paranoïaque ou attrape-t-on une forme de paranoïa parce qu'on est un super flic ? Je n'en suis plus très certain.

— Paranoïaque fait partie de ces termes galvaudés à force d'être employés à tort et à travers. Je ne suis pas parano, je suis méfiante, et jusque-là, je n'ai eu qu'à m'en féliciter.

— Si vous le dites !

Le sous-entendu personnel était si évident que Lorca baissa les yeux. Sans doute n'avait-il pas échappé à Doyle puisqu'il se racla la gorge et poursuivit avec une précipitation inhabituelle :

— Pour en revenir à Nina, elle a eu l'air très surprise que je m'inquiète de ses recherches dans le bureau d'un de ses collègues. Elle cherchait vraiment le listing comparatif établi par Michael sur les profils de serial killers. Je crois, au demeurant, que notre façon de travailler la déroute un peu.

— Comment ça ?

— Le genre « je cache tout dans mes tiroirs » et « copie pas ou je cafte à la maîtresse ».

Mauvaise, Espy persifla :

— Non, parce qu'à l'ATF, c'est le grand copinage serein. Tout le monde s'adore et collabore.

— Je n'irai pas jusque-là : toute concentration humaine reproduit les mêmes débordements de territorialité. C'est dans nos gènes... Peut-être pas au point de troubler le déroulement d'une enquête, toutefois.

Perfide, elle s'obstina :

— Si vous me donnez une heure, je vous trouve des contre-exemples fâcheux de dysfonctionnements dus à un bas instinct de « copie pas » et « touche pas à mon cahier », que ce soit chez nous, à l'ATF, à la CIA ou même à la NASA. On parie combien ?

Il rit pour la première fois depuis des jours, du moins en sa compagnie, et avoua :

— Non, je vais perdre. L'Homme est et reste l'Homme, n'est-ce pas ? Il faut faire avec.

Ce rire, aussi fugace fût-il, détendit Lorca. Une minuscule preuve qu'il pouvait encore se sentir à l'aise en face d'elle. Elle lâcha la partie :

— Donc, selon vous, Nina est claire ?

— Oui, vraiment.

— Bon, ça fait un emmerdement de moins, c'est toujours ça.

Espy se releva lentement, espérant qu'il la retiendrait un peu. La sonnerie du téléphone interrompit son geste.

— Doyle à l'appareil... Quoi ? Attendez, attendez... Reprenez.

Il la regarda, lui intimant l'ordre de se rasseoir d'un petit mouvement sec du poignet. Elle sentit à son ton, désagréable et inquiet, que quelque chose de grave se déversait à l'autre bout du fil.

— Ah, merde... Josh, Josh... calmez-vous... J'arrive avec l'un de mes agents... Je ne sais pas... Dans... disons trois heures, quatre au plus.

Dougray Doyle raccrocha. Les phalanges de sa main toujours crispée sur le combiné blanchirent sous la pression. Esperanza articula d'un ton glacé :

— Une autre nana vient de se faire dégommer à Farm Heights et ce n'est pas l'œuvre de Charly, c'est ça ?

Il acquiesça d'un mouvement de tête et murmura :

— Une certaine Marjorie Ryan, 47 ans. Prenez un... machin, sac de voyage... Il n'est pas exclu que vous passiez la nuit là-bas. Je vais tenter de joindre l'étudiante qui s'occupe de Liam, mais je ne suis pas certain de pouvoir rester avec vous, le cas échéant. (Il hésita, coupable.) Je suis désolé, Lorca, mais je ne peux pas le laisser seul toute une nuit, surtout en ce moment. Ce n'est pas lui qui aurait la trouille, c'est moi.

Elle se rapprocha de lui, affirmant d'un ton doux :

— Sans importance. Au contraire, c'est bien mieux : si je le savais seul dans cette grande maison, c'est moi qui baliserais pour vous deux.

22 octobre, Farm Heights, Virginie.

Ils avaient bien roulé, sans doute grâce à la détermination muette de Lorca qui n'avait respecté aucune limitation de vitesse. De surcroît, pour une fois, Michael Baghurst n'avait pas fait un caca nerveux d'être exclu de l'enquête. Dougray Doyle s'était préparé à un autre affrontement larvé avec son adjoint, exaspéré d'être tenu à nouveau à l'écart de ce terrain qu'il voulait investir, mais Baghurst avait eu le bon sens de reconnaître qu'il serait plus utile à la base.

L'entrée dans la rue principale de la petite ville pimpante leur fit un curieux effet. Les trottoirs étaient presque déserts à une heure où se croisaient, s'interpellaient sans doute d'habitude une foule de gens. Une ville sous le choc d'un sinistre, un sinistre du dedans.

Doyle, suivi de Lorca, gravit quatre à quatre la volée de marches qui menait aux bureaux du shérif, un bâtiment de taille modeste en préfabriqué aux fenêtres décorées de géraniums éclatants de santé et qui ressemblait davantage à une salle des fêtes qu'à un poste de police, et encore moins à une minigeôle.

Josh Fondale ressemblait à sa voix : un grand type massif, sans doute pas un surdoué, mais assez fin pour comprendre que ce qui ensanglantait sa ville le dépassait. À ses mots qui butaient parfois, aux regards rapides qu'il envoyait à l'un de ses adjoints — Wayne Hampton —, Doyle et Lorca comprirent que Fondale avait peur. La peur de ces hommes qui peuvent assommer n'importe quel délinquant d'une gifle, tolérer une balle de braqueur en plein ventre, mais que la démesure d'un carnage jouissif pousse dans un univers dont ils ne veulent entendre parler qu'à la télévision.

Fondale regarda le bout arrondi de ses grosses bottes noires et acquiesça d'un signe de tête.

— Ouais, copie conforme de Rita... du moins en surface, si je puis dire. La fourgonnette de la morgue du comté va venir la prendre en début de soirée, mais je me suis dit que vous voudriez sans doute la voir avant. Putain, je ne peux pas le croire !

Doyle demanda avec une gentillesse inhabituelle :

— Elle est ici ?

— Non... Euh, c'est un peu gênant... On a vidé une des deux chambres froides de la cantine du collège, c'est de l'autre côté de Main Street... on n'avait rien d'autre. (Il ajouta précipitamment :) Mais on la fera désinfecter avant de remettre de la bouffe. La femme de Wayne est infirmière, et elle nous a dit qu'on pouvait pas... garder Marjorie comme ça. Hein, Wayne ?

— Ouais. Rapport qu'elle est très amochée, la pauvre fille. Ma femme dit qu'ils s'abîment très vite, dans ces conditions, et que ça pouvait ennuyer le légiste. Alors... ben, on a utilisé ce qu'on avait sous la main.

Doyle les rassura d'une voix bizarrement pincée :

— C'est plein de bon sens et, comme vous le dites, on fait avec ce qu'on a. Et puis, si c'est désinfecté...

Wayne Hampton eut l'air soulagé. Il précisa :

— Notez qu'on a d'abord pensé à un des grands congélateurs de chez *Stanley's catering,* c'est un traiteur qui dessert toute la région... mais sa femme était pas d'accord.

Lorca baissa les yeux pour éviter le regard de

Dougray Doyle, certaine qu'il luttait lui aussi contre une bouffée d'hilarité nerveuse et déplacée. À l'idée des houleuses tractations entre les flics et la femme du traiteur, refusant de céder un congélateur afin de le transformer en morgue, un fou rire crétin monta. Elle se cramponna à l'idée que ce qui restait d'une femme attendait de l'autre côté de la rue afin de le juguler.

Ils en avaient tant connu, de ces crises qui oscillent entre les larmes et la rigolade hystérique, quand plus rien de ce qui vous entoure n'a de sens, quand l'absurde et le monstrueux restent le seul étalon d'évaluation. Un autre lien entre eux, un lien sans doute inacceptable pour ceux qui se trouvaient hors de leur univers.

Évitant toujours de regarder son supérieur, Espy déclara :

— On pourrait peut-être examiner le corps ?

Le meilleur moyen de reprendre l'inqualifiable réalité dans la figure.

Inqualifiable, en dépit de la vastitude de ses sous-entendus, était tellement en dessous de la fameuse réalité.

La grande cuisine carrelée de blanc, tapissée d'ustensiles, de larges friteuses, de fours en aluminium rutilant, chaleureuse des odeurs de bouffe qui y persistaient, sécrétait une ambiance familiale et bénigne. Les deux chambres froides étaient situées à l'opposé de la porte à battants.

Le pauvre petit corps de Marjorie Ryan avait été malmené, supplicié par une déferlante de cruauté, d'envie de faire mal, d'infliger le pire.

Fondale cracha dans un hoquet :

— Une bête, une vraie bête !

La voix suave de Doyle le corrigea :

— Non... justement pas. Il n'y a qu'un humain qui sache faire cela.

Lorca remarqua la lividité cendrée qui envahissait le visage de Wayne Hampton, ses joues qui se creusaient sous l'effort qu'il fournissait pour ravaler sa salive et le liquide qui remontait dans sa bouche. Répondant à son regard suppliant, elle l'encouragea à sortir de la grande cuisine carrelée d'un signe de tête.

Marjorie avait été tabassée, éventrée et partiellement éviscérée avant d'être égorgée.

Dougray Doyle murmura, comme pour lui-même :

— A priori, le rapport médico-légal devrait être une copie conforme de celui rédigé pour Puig. On peut ressortir.

La soirée s'annonçait douce et paisible. Une grive grasse mais vindicative leur adressa un court et bruyant monologue du faîte de la haie de thuyas qui ceignait la petite cour de la cantine. Josh Fondale hésita, puis demanda :

— Vous allez reprendre la route ?

— Oui. Nous avons vu le principal.

— Euh... je vous offrirais volontiers une bière. Chez Sam... (Il pointa vers un bar.) Enfin, si ça vous retient pas trop.

Comprenant que Fondale n'avait surtout pas envie de rester seul avec Marjorie collée aux rétines dans les minutes à venir ou de récupérer un Wayne en train de dégueuler ses tripes quelque part, Doyle accepta l'invitation.

Rendre aux êtres leur visage, leur corps, les souvenirs que l'on partage avec eux. Effacer ces quelques dernières secondes de trop. Esperanza Lorca y Fernandez connaissait cela comme sa propre vie. Elle lança

Fondale sur les souvenirs qui lui permettraient de réapprivoiser Marjorie :

— C'était quel type de femme, Marjorie Ryan ?

— Une femme bien. Elle était demoiselle. Pas sa faute, remarquez, d'autant qu'elle était pas mal, plus jeune. Elle s'est occupée de ses parents jusqu'au bout. Surtout son père. C'était devenu un vrai gâteux, mauvais comme une teigne, vers la fin. Il lui faisait caca partout chez eux, rien que pour l'emmerder. C'est le cas de le dire. Et pourtant, toujours le sourire, elle se plaignait pas. Sauf que ce vieux galeux, il a tenu bon longtemps. Non, c'était une fille bien, je vous dis. Un peu cul-bénit, mais pas le genre chiant ou accusateur. Elle aidait les petits à étudier la Bible, avec le pasteur.

— Elle n'exerçait pas d'autre profession ?

— Non... Pas mal d'argent. Au moins, le vieux lui a pas tout pourri dans la vie.

— Selon vous, Marjorie connaissait Rita Puig ?

— Ben... comme tout le monde connaît tout le monde, dans cette petite ville. Mais elles se fréquentaient pas, si c'était votre question. Pas le même milieu. Marjorie faisait partie des notables. Elle était pas pimbêche, c'est pas ce que je veux dire, mais bon...

Ils offrirent une petite heure au shérif pour revenir à sa vie, à sa ville. Dougray et Espy se levèrent de leur table lorsqu'il déclara dans un grand soupir :

— Merci, ça m'a fait du bien de parler un peu. Je vous raccompagne à votre voiture.

Il retint Doyle par le bras lorsqu'il s'avança vers le bar pour régler leurs consommations.

— C'est la tournée de Sam, le patron. En échange, je ferme les yeux lorsqu'il gare sa fourgonnette devant la bouche d'incendie pour décharger... Attention, je rigole pas non plus : dès qu'il a fini, il l'enlève, et plus vite que ça ! C'est pas le Far West, ici.

Josh Fondale se pencha vers la vitre lorsque Dougray tourna la clé de contact.

— Ça va continuer, c'est ça ?

— On va tout faire... mais prévenez les femmes et les ados des deux sexes, on ne sait pas encore quel genre de tordu rôde dans le coin. Tout ce que je peux vous dire, c'est qu'il s'agit d'un Blanc. Le premier rapport d'autopsie le confirme, d'ailleurs. Inutile d'être devin, c'est le cas de plus de quatre-vingts pour cent des tueurs en série, et de surcroît, ces mecs chassent le plus généralement dans leur ethnie. C'est un Blanc qui massacre des Blanches.

Nuit du 22 au 23 octobre, Smithsonian Institute, Washington DC.

William Nutt soupira en entendant le « bonsoir » cordial lancé dans le couloir par Mark, un de leurs thésards. Il marmonna entre ses dents :

— Fait chier, fait chier. Tous !

C'était chaque soir la même attente : qu'ils partent tous enfin, qu'ils le laissent tranquille. Seul. Seul avec *ses* salles de laboratoire, *ses* archives, *ses* ordinateurs. Enfin, les odeurs âcres ou piquantes de formaldéhyde ou d'éther de glycol utilisés dans les préparations de fixateurs prenaient leur sens, affichaient leur utilité. Enfin, il pouvait consacrer quelques longues minutes à sa promenade propriétaire, passant et repassant devant les cadres protégeant les collections d'insectes exposées dans le long couloir central. Enfin, il pouvait s'émerveiller pour la millionième fois de ces splendeurs que nul ne semblait apprécier autant que lui, comme ce grand porte-queue [1] jaune et noir, flamboyant de deux taches rouges soulignant la base de ses ailes postérieures. Enfin, il pouvait retirer l'énorme casque

1. *Papilio machaon* : d'une envergure d'environ huit à dix centimètres. Toute l'Europe, notamment du Nord ou méridionale. Ailes jaunes avec des marques d'un noir profond. Les ailes postérieures sont terminées par des queues ornées d'un seul point rouge à la base. L'espèce est protégée dans plusieurs pays européens.

qui lui tapissait les oreilles dans la journée et mettre la musique à fond après avoir bouclé la porte blindée du département.

Les accords énergiques de *Chiquitita* résonnèrent, libérés de la présence des autres :

— *In your eyes, there is no hope for tomorrow... Chiquitita, you were always so sure of yourself...*

William Nutt savait que la plupart de ses collègues se payaient sa figure en douce. Pas méchamment. Disons qu'il leur offrait un sujet de conversation inépuisable, eux qui en manquaient si souvent. Cela lui était profondément indifférent. En revanche, ce qui l'ennuyait beaucoup, c'était leur insistance à s'imposer dans SON temps et dans SA bulle. Non, il ne voulait pas aller déjeuner en leur compagnie. Non, il n'avait rien à leur dire, pas même quelques banalités météorologiques. Oui, il voulait juste qu'on lui foute la paix. En effet, les deux seules choses qui le fascinaient étaient la caractérisation des espèces et Abba. Et alors ? Pas plus crétin que d'avoir le cul vissé devant d'affligeants sitcoms en resucée et des clones blonds nordiques à couettes ou black mais pas trop — il faut veiller à l'export — qui miaulaient sur cinq notes répétées *ad libitum*, décor : apart glamour ou piscine de villa californienne.

Finalement, il ne se sentait à l'aise qu'avec le professeur Morehouse. Non pas qu'ils se ressemblassent. Mais Morehouse était intelligent. Le travail de William lui rapportait en notoriété, et il se foutait du comportement de son ingénieur pourvu qu'il demeure courtois, ou de ses lubies pourvu qu'elles ne gênent pas la bonne marche de son département. Une bonne association, comme un mariage de raison où chacun a conscience de ce qu'il apporte et ce qu'il gagne.

William Nutt, une fois sa balade dans la pénombre

du couloir terminée, se dirigea vers la salle du personnel et retira son dîner du petit réfrigérateur. Washington est une ville assez onéreuse. Lorsqu'on en a l'occasion, il est beaucoup plus économique d'amener son repas de chez soi. D'autant que William n'avait aucune confiance dans ce que l'on servait aux alentours, et qu'il mangeait presque exclusivement des produits laitiers, des fruits et des légumes.

Il se prépara une assiette de céréales détrempées de lait et de yaourt et agrémentées de tranches de mandarine et de banane. C'était toujours le même dîner depuis des années, à quelques variantes frugivores près, mais il ne s'en formalisait pas. Il faut apprécier la bonne chère pour se lasser de ses répétitions. S'alimenter faisait partie des corvées qu'expédiait William en s'attachant à y penser aussi peu que possible. Il se concentra sur ce qui le fascinait depuis la visite du docteur Susan Wuang Tong, et que l'incessant bruissement des autres vies du labo lui avait fait repousser au soir : des pages et des pages noircies de séquences ADN. Il termina son assiette, la léchant avec soin afin de pouvoir la ranger dans son casier sans prendre la peine de la rincer.

Jolie fille, le docteur Wuang Tong. Un peu sûre d'elle, de son savoir, et autoritaire — bref, « chercheur » aux yeux de William —, mais compétente et jolie. Elle lui faisait penser à ce magnifique spécimen de *Lycaena dispar*, le Grand Cuivré, qui dissimule sous la perfection monotone du cuivre de ses ailes une ou deux minuscules taches noires. Il en avait un jour laissé échapper un, volontairement. Trop beau pour être empalé et crucifié sur une plaque de liège. À ses yeux, Susan Wuang Tong ressemblait à cet étrange papillon chez lequel on s'obstine à chercher un défaut de robe.

La persistance de la jeune femme dans son cerveau l'agaça vite. Elle ne l'intéressait pas outre mesure, sauf lorsqu'elle leur présentait une énigme à résoudre. Un vague désir ? Non, le sexe est une perte de temps... parfois nécessaire. William préférait alors avoir recours à des professionnelles. C'est un gain de temps et une économie substantielle de paroles. On paie, on explique ce que l'on veut. Nul besoin de séduire, convaincre ou plaire.

Il se dirigea vers son bureau. L'impatience le tenait depuis le matin. Et si cette espèce était nouvelle ? Et si lui, William Nutt, la décrivait pour la première fois ? Le nom de famille reviendrait d'office à l'animal, en revanche Nutt se réservait la paternité du nom d'espèce. C'est la règle. La pérennité de son patronyme le préoccupant fort peu, la bestiole ne serait pas baptisée *Nuttii*, du nom de son découvreur, mais *Lyngstadii*, en hommage déférent à la brune Frida qui accaparait ses somnolences et ses réveils. Parfois même ses rêves.

Nulle exaspération, nulle hâte. Sa bulle, malmenée de jour, se reposait dans la solitude de la nuit, et le seul monde qui l'intéressât était au bout de ses doigts et dans ses tympans. La venue de l'aube ne le surprit pas, pas plus qu'elle ne le découragea.

Les autres s'immiscèrent à nouveau. Il était 8 heures, et quelqu'un tambourinait à la porte fermée de l'intérieur. Mais il venait de découvrir la première clé.

Il se leva et baissa le volume de son magnétophone avant d'ouvrir. Kay, la secrétaire de Morehouse, le fixait, lèvres pincées.

— Enfin, William, ça fait cinq bonnes minutes que je poireaute !

— Je suis désolé, je ne vous ai pas entendue, Kay.

— Ça m'étonne pas, avec cette zizique à abrutir un régiment de sourds !

Il ne releva pas le terme zizique. Qu'en savait-elle, cette grosse gourde mal fardée qui empestait le parfum bas de gamme ? Il était au-delà depuis plusieurs heures, la tension euphorique de la découverte le faisant paraître encore plus désarticulé et mou qu'à l'accoutumée.

Lorsqu'il déboula moins d'une demi-heure plus tard dans son bureau, le vieux professeur déclara :

— Ah... mon William est échoué comme une méduse, donc il a trouvé.

Nutt rectifia d'un ton très lent :

— Pas encore... mais j'ai avancé.

Edward Morehouse piaffa :

— Alors, alors... ?

— J'ai une requête.

— Oui, quoi ?

— Il me semble qu'en récompense de mon travail passé, présent et à venir, le nom de cette espèce, si elle est nouvelle, me revient.

Morehouse n'hésita que quelques secondes. Après tout, William lui avait valu quelques fort élégantes découvertes du même type par le passé. Inutile de l'indisposer.

— C'est accordé. *Nuttii*, donc ?

— Non. C'est débile.

— Ah... je vois... *Fridaii* ou *Fridii* ?

— Non, *Lyngstadii*. Y a trop de Frida dans le monde. Y a qu'une Anni-Frid Lyngstad.

L'ombre de mauvaise humeur qui avait gagné Morehouse à la demande de son adjoint disparut. Il sourit.

— La passion... Trop beau et trop rare pour qu'un

homme de bon goût n'y cède pas. *Lyngstadii* ce sera. Alors ?

— Alors, professeur, il s'agit sans conteste d'un lépidoptère. Attention, je ne parle que de l'ADN majoritaire. L'autre n'hybride avec rien de ce que je connais.

— Bien... Et la famille ? Attendez, attendez... laissez-moi deviner : *Saturdinae* ? Non ?

William connaissait ce petit jeu qui semblait ne pas lasser son supérieur. Il s'y plia, bouche fermée, hochant la tête à chaque nouvelle proposition erronée. Morehouse s'entêta encore un peu :

— Ah... ce coup-ci, je l'ai, c'est un *Cossidae*. Toujours pas ? Alors un *Eupterotidae*... ça, ce serait vraiment joli. (La moue invariable de William le découragea.) Bon, je donne ma langue au chat.

— C'est un *Shingidae*.

— Ah... c'est pas mal du tout, commenta Edward Morehouse. Vraiment, bravo, William, vous vous êtes arraché, cette nuit ! Excellent boulot. Je suppose qu'il est...

Nutt l'interrompit en avouant sur le ton de la confidence :

— Oui, professeur, beaucoup trop tôt pour le nom d'espèce.

— C'est Susan qui va être aux anges. Voulez-vous l'appeler vous-même, William ?

Celui-ci se retourna vers son écran, refusant d'un mouvement vague de sa main maigre. Morehouse reprit :

— Alors, je m'en charge.

Susan eut un peu de mal à saisir l'enthousiasme de Morehouse lorsqu'il lui détailla l'avancée des trouvailles de William. Elle eut l'inconscient mauvais goût d'insister :

— Donc le Bidule est un bout de lépidoptère de la famille des *Sphingidae*, c'est bien cela ?

— En effet, la grande famille des sphinx et lépidoptères voisins. Comme le fameux Sphinx à tête-de-mort.

— Et ça se trouve dans quel environnement ?

— Mais... dans beaucoup. Nous sommes bien d'accord : il s'agit d'un phalène... un papillon de nuit, donc. Pour le reste... il existe une multitude d'espèces appartenant à cette famille.

— Et celle du Bidule ?

— Nous y travaillons. Évidemment, la tâche est plus ardue et surtout plus longue. Quant à l'autre ADN, nous n'avons aucune idée de sa nature ou de sa provenance.

— Donc il ne s'agit pas d'un insecte, enfin bref, d'une de vos bestioles ?

— Rien n'est moins sûr. Le matériel génétique en question peut provenir d'une bestiole, comme vous dites, non caractérisée, et il en existe une flopée.

Susan résista de son mieux à la vague de découragement qui l'envahissait. Elle se cramponna à sa dévotion pour la science, ses possibilités, ses quelques certitudes. Il le fallait, parce que derrière le découragement, cette panique dont Espy lui avait un jour brossé un portrait dévastateur renâclait, ruait pour éclater. La panique de l'échec, lorsque l'échec signifie autre chose qu'une blessure d'ego : la mort des autres, une mort crue et hurlante. Elle inspira à fond pour rétablir le calme de son ton et insista :

— Mais vous allez parvenir à cette identification, n'est-ce pas ? C'est quoi, une affaire d'heures, de jours, ou alors de mois ? Et l'autre ADN, le minoritaire, qu'est-ce que j'en fais ?

Un bref silence de Morehouse lui répondit d'abord, puis :

— C'est vraiment très important pour vous, n'est-ce pas ?

— Oui, très. À un point qui me sidère. Je ne devrais pas me mêler des aspects humains d'une enquête, je crois que je n'ai pas les nerfs pour cela. Mais sur ce coup-là, le mal est fait, alors j'irai jusqu'au bout. Je n'arrête pas de penser à cette femme, Pamela Kells, à son regard si bleu.

Edward Morehouse hésita encore un peu :

— Je suis dans la même problématique que vous, Susan... Une masse effrayante de travail, des restrictions de budget et un manque de personnel. Si je mets William à cent pour cent sur cette énigme, il sera ravi. Il a un rêve, ce garçon : baptiser une nouvelle espèce du nom de sa diva, vous savez, la jeune femme brune d'Abba... Du même coup, je perds un nombre d'heures que je peux difficilement me permettre parce qu'il y a les étudiants, les évaluations et la nécessité de publier vite et bien.

— Oh, je connais tout cela par cœur.

— J'ai l'impression de me livrer à un sale marchandage, mais le FBI peut-il nous offrir une main-d'œuvre occasionnelle en contrepartie ?

— Je vais essayer, mais j'en doute. Ce genre d'écriture comptable est surveillé comme le lait sur le feu. Trop d'abus dans le passé...

Susan chercha désespérément une solution. La proposition de Morehouse ne la choquait pas. Ils en étaient tous au même point, tentant de trouver de l'argent pour leurs travaux, jonglant avec les stagiaires, les DEA et les thésards pour compenser un personnel déficient. Enfin, une idée lui vint :

— Il me restait un peu d'argent sur la dotation de

l'année dernière. Je suis la pire des radines, au labo. Malheureusement pour mon compte en banque personnel, je compense une fois sortie. J'ai acheté un spectrophotomètre avant que l'on me pique le reliquat de mon budget. Une bécane de rêve. Un peu plus de 60 000 dollars. Je vous l'offre.

— À barrettes de diodes ?

— À barrettes de diodes et détecteur électrochimique !

— Joli. Ah, oui... ça me fait saliver. Comment procède-t-on administrativement ?

— Je rédige un accord de prêt bidon et je ne vous réclame jamais l'appareil. Si j'en avais besoin, vous m'accueilleriez.

— Cela va sans dire, ma chère. Ça marche, je préviens William.

Truander en tout désintérêt pour contourner la rigidité des procédures mises en place par une administration dont le but était précisément d'empêcher les truandages, mais dont les innombrables bouclages finissaient par handicaper le travail des plus dévoués, la majorité des chercheurs qu'elle connaissait en étaient passés un jour par là.

William Nutt ne se fit pas prier. Son rêve le menait. Il avait passé une bonne partie de la journée à ressasser, élaborant et rejetant divers scénarii dont le point initial était le seul paramètre fixe : il découvrait donc une nouvelle espèce de lépidoptère dont le nom d'espèce devenait *Lyngstadii*. C'était à partir de cette étape que les choses lui échappaient, le comblant de la multitude de possibilités, de versions différentes. La plus banale s'imposait d'emblée : il envoyait une lettre explicative à sa diva. Trop terne, banal, d'autant que s'il connaissait les adresses de tous les fans-clubs du groupe, rien ne prouvait qu'Anni-Frid recevrait sa missive en mains propres. Mieux, prestigieux de l'aura de la science : il rédigeait une publication académique pour présenter sa découverte. Quelques mois plus tard, elle était publiée dans l'un de ces périodiques scientifiques dont le public n'a jamais entendu parler. Par exemple, dans leur domaine, *Tinea* ou *Biodiversity and Conservation*, ou encore le très prisé *Entomology*. Il en envoyait quelques tirés à part à sa star, assortis d'une lettre courtoise et posée, une lettre de scientifique. Certes, il possédait peu de données sur la gent féminine, mais une femme doit tout de même s'émerveiller que l'on donne son nom à une espèce animale entière !

Bien, maintenant, ses jours et ses nuits seraient consacrés à sa poursuite. La fatigue, le découragement, même l'inertie hostile de la chose biologique lorsqu'elle se refuse ne comptaient plus. Rien d'autre n'existait, et c'était aussi bien parce que rien d'autre ne l'intéressait.

23 octobre, Massachusetts.

Le soir tombait déjà. Les journées raccourcissaient si vite. C'était la période de l'année que Cordell aimait le moins.

Les orchidées allaient s'éteindre une à une, peuplant l'immense serre d'une persistance de longues feuilles épaisses et larges, pour la plupart d'un vert vivace, certaines tachetées de jaune ou d'ocre brun. Si indifférenciables, si communes. Il faudrait attendre le printemps suivant pour que renaisse au centre de leurs couronnes épatées une longue tige qui porterait un peu plus tard la splendeur tapageuse de ses fleurs.

L'exaspération de l'impatience gagnait Cordell, et il se défendait de plus en plus mal contre son entreprise de sape.

Il traversa le long salon plongé dans la pénombre, guidé par l'épais parfum. L'Étoile-de-Bethléem. Un envoûtement, une orfèvre ès escroqueries. Cette étrange orchidée charnue, blanche ou d'un vert si tendre, dont deux pétales plus longs pendent en queue, lui valant également le surnom de comète, n'est pourtant pas la plus séduisante, ni la plus bouleversante. Mais cette subtile pirate n'embaume qu'au soir couchant.

Il se pencha jusqu'à frôler les épais pétales, inspirant son parfum comme une drogue.

Le soulagement de Cordell, sécrété par les fleurs, fut

de courte durée, et le retour brutal de sa mauvaise humeur le poussa vers son ordinateur.

Que foutait *XX*, son interlocuteur rémunéré ? Cordell avait encore besoin de quelques réponses. Et ce Bloodfeast, auquel il avait annoncé la conclusion de sa part du marché : l'assassinat peu ragoûtant de Mr Jesse James Preston et l'envoi d'un bout de sa peau ?

Cordell reproduisit le parcours paranoïaque imposé par *XX* pour parvenir jusqu'à lui. Un message l'attendait, qui fit grimper son énervement :

Je ne peux/veux pas répondre à cette question. Cela équivaudrait à condamner Mrs Julia Holmer.

La fureur dicta les mots de Cordell :

Et selon vous, qu'avez-vous fait jusque-là, et pour du fric ? Vous l'avez déjà offerte en pâture. Alors un peu de tripes, achevez ce que vous avez initié. Un dernier détail : jusqu'à décision de justice, le nom de ma femme est Helen Taylor-Caedon, voire Baron. Holmer est un alias grotesque.

Il se releva du fauteuil en os de mouton, fulminant. Cordell plongea dans les plis de sa mémoire, déroulant des images, des bribes de scènes rouges et pâles comme une peau en sang, liquides comme des larmes ou le désir, vibrantes comme la colère. Le stratagème avorta, incapable cette fois de l'apaiser. Il ne connaissait pas ce ou cette *XX*. Impossible d'en faire un des pivots de ses mises en scène, ses mises à mort.

Il se servit un verre de margaux et se dirigea vers la serre. L'accueil des fleurs, dont les plus proches s'inclinèrent sous le léger courant d'air de son entrée, le décrispa un peu. Il se promena durant une heure entre les plateaux surchargés de beauté éphémère mais si parfaite. Comment la complexité de certaines avait-elle conquis une telle rigueur, une telle symétrie ? Comment parvenaient-elles, les sublimes immobiles, à attirer depuis des millions d'années, sans jamais lasser ?

Lorsqu'il se réinstalla devant son ordinateur, il était calmé. Il navigua jusqu'à parvenir au site *point d'eau*. Bloodfeast l'attendait par l'intermédiaire d'un message dont la courtoisie se teintait d'ironie. La différence avec le style froussard mais mercantile de *XX* fit sourire Cordell. Bloodfeast était sans doute un peu de sa race, celle que l'argent n'effraie ni ne motive. Une race très difficile à contraindre.

Bravo. Comme j'ai pu le vérifier, vous avez rempli votre part du contrat, non que j'en aie jamais douté. Je m'acquitte à mon tour de mon engagement.

Un second fauve remonte en effet la piste de votre moitié. Je pense qu'il en sait à peu près autant que vous, sinon plus. En dépit d'une idée assez précise sur son identité, je ne vous la confierai pas : la partie entre vous deviendrait moins savoureuse. Pourtant, sans doute avez-vous une bonne idée de sa façon d'opérer. Dans le cas contraire, plongez-vous dans les extraits de journaux relatant (de façon assez édulcorée) les meurtres de Rita Puig et Marjorie Ryan. Beurk, n'est-ce pas? Très beurk. Vous détesteriez que pareille aventure échoie à votre femme. De toute évidence, il s'est fait la main sur ces deux premières victimes. Nul témoignage de son activité ne préexiste. Il est assez probable que Helen sera la troisième. Sur quoi puis-je fonder cette hypothèse ? Il connaissait ces deux femmes, et il en va de même pour votre épouse. Mon conseil est donc une réaction rapide de votre part.

J'en ai terminé. Il est inutile de me répondre, je ne reviendrai plus sur ce site. Du reste, la mort désagréable de Preston, son gourou et financier, le condamne à disparaître assez rapidement.

Bien à vous, et que le meilleur gagne.

Cordell se déconnecta. Le conseil de Bloodfeast était superflu. Il savait qu'il devait rejoindre Helen au plus vite.

24 octobre, Smithsonian Institute, Washington DC.

Lorsqu'Edward Morehouse retrouva William Nutt au matin, ce dernier était assoupi, la joue collée à son bureau. Le professeur réprima une moue de dégoût. Dieu que ce garçon était peu ragoûtant. Sa bouche plaquée par le bois était curieusement entrouverte en point d'exclamation, et un filet de salive en avait coulé. Ses lunettes étaient de guingois et ses cheveux gras se hérissaient en crête molle. Le vieil homme se rapprocha de son ingénieur. L'odeur aigre et forte d'une transpiration de crasse l'écœura. Il hésita à poser la main sur son épaule aiguë, mais s'y contraignit en forçant un sourire à remplacer sa grimace de dégoût.

— Eh bien, encore une nuit presque blanche, William ?

La grande chose maigre et molle ouvrit les yeux et plissa des paupières avant de se souvenir de l'endroit où elle se trouvait.

— Professeur... j'ai dû m'assoupir.

— Un signe de jeunesse de s'endormir au labo. Maintenant, je suis fichu sans mon lit ! (Morehouse injecta davantage de jovialité dans la suite :) Allez, mon petit. Il faut rentrer vous reposer un peu, prendre une bonne douche, regarder un vieux film...

D'une voix désespérée, William Nutt répondit :

— Non, non... Oh non, je la tiens !

Du coup, le déplaisir que son laisser-aller provoquait abandonna Morehouse. Le professeur glapit :

— C'est qui, c'est qui ?

— J'ai bien failli me faire avoir. Il était 3 heures du matin, et j'ai débusqué le Sphinx de Morgan. Vous savez comme ils se ressemblent ! Mais trois courtes séquences ne collaient pas tout à fait. Alors j'ai continué...

Le professeur l'interrompit, hurlant presque :

— Oui, mais alors... Qui ?

— *Xanthopea morganii praedicta* !

— Oh, bon sang... *Forma praedicta*, la forme prédite ! Bravo, William, vous êtes un chef...

Ce n'est qu'à ce moment-là qu'Edward Morehouse se rendit compte que Nutt luttait à grand-peine contre les larmes. Son incompréhension fut brève. Le rêve de William se brisait : Frida n'aurait jamais son phalène. Parce qu'il était plutôt bienveillant et qu'après tout, le travail de William venait de lui rapporter un magnifique spectrophotomètre, il devint paternel et généreux :

— Écoutez, c'est un tellement beau boulot que je vous l'échange. Vous savez, cette *Hepialidae* que nous avons mis trois mois à caractériser, je vous l'offre... (Conscient de sa maladresse puisque William voulait découvrir SON phalène comme tribut digne de SON rêve, il rectifia :) ou plutôt, je vous l'échange. Après tout, vous avez pas mal sué dessus. L'article devait être envoyé la semaine prochaine, nous le reprenons en changeant le nom d'espèce.

William réfléchit quelques secondes. Bon, ce n'était pas aussi complet comme don, mais il est vrai que cette *Hepialidae* leur avait causé beaucoup de soucis, surtout à lui. D'autant que c'était une famille retorse d'un point de vue génétique. Bref, une belle publication scientifique en perspective. Il tendit brutalement la main vers Morehouse qui la serra, surpris, mais feignant le sérieux d'un pacte.

— Merci, professeur, d'homme à homme... Vous pouvez pas savoir, mais merci. Bon, ben... je vais rentrer me coucher... Euh... je peux avoir le papier en cours pour le retoucher ? Je vous le rapporte demain.

— Bien sûr. Il est sur mon bureau, quelque part dans une des piles de droite. J'appelle immédiatement Susan Wuang Tong.

La jeune femme l'écouta religieusement, sachant par habitude professionnelle que les difficultés rencontrées et surmontées finissent par devenir le plus important d'une recherche, une fois le résultat acquis. Enfin, elle s'enquit :

— Attendez, je récapitule : donc *Xanthopea morganii praedicta*, c'est la même chose que *Forma praedicta*, et c'est différent du Sphinx de Morgan ?

— C'est cela.

— Alors pourquoi deux noms ?

Il sembla surpris de tant d'ignorance de sa part. Bon nombre de scientifiques finissent par croire que leur domaine devrait être universellement partagé et révéré. Edward Morehouse expliqua donc :

— *Forma praedicta* est un surnom. Tout cela date de Darwin. Lorsqu'on lui a fait examiner cette orchidée de Madagascar qui, à l'époque, sidérait les botanistes, il a déduit de son observation les particularités de l'insecte devant assurer sa fécondation.

Susan sentit la bourrasque d'adrénaline jusque dans les battements de son cou, le long de sa gorge, jusque dans la pulpe du bout de ses doigts.

— L'orchidée, dites-vous ?

— Oui, ma chère... l'Étoile-de-Bethléem, ou orchidée comète, en raison de la forme de ses pétales, qui évoquent une étoile filante. C'est, au demeurant, une des rares orchidées que je connaisse, grâce au phalène qui lui est spécifique.

— Pourquoi cette collaboration si particulière ? Quel type de symbiose existe-t-il entre la fleur et le papillon ?

— Symbiose est un bien grand mot. Les orchidées méritent leur étiquette d'escrocs magnifiques. L'insecte n'y trouve pas grand avantage, contrairement à elles. Elles risquent même de le détourner d'une fécondation avec leurs partenaires biologiques et de perturber l'équilibre de certaines populations. Ces fleurs magiques sont de redoutables et sublimes leurres. Toujours est-il que dans le cas de la comète, l'éperon du végétal mesure presque vingt-cinq centimètres. Le mystère, à l'époque darwinienne, était donc impénétrable : comment une fleur qui cache ses organes sexuels à une telle profondeur peut-elle être fécondée ? Si l'insecte plonge dans un tel gouffre, comment se débrouille-t-il pour en ressortir vivant et transporter les gamètes vers une fleur réceptacle ? Ça a pas mal agité, en son temps...

— Et... ?

— Notre bon Darwin a pressenti qu'un insecte ou un papillon devait posséder une trompe d'égale longueur lui permettant d'aller récolter le pollen de la fleur sans se précipiter à l'intérieur. On ne l'a vérifié que bien après sa mort, d'où ce surnom de *Forma praedicta*, la forme prédite.

Susan exhala :

— Ah... vous êtes des top-bons, je ne regrette pas ma super bécane... enfin, un peu quand même !

Le compliment, bien qu'assez peu formel, combla

Morehouse, qui minauda en ronronnant comme un gros chat repu :

— N'exagérons rien... oui, nous sommes compétents... très, même... l'expérience, vous savez...

— J'insiste, et je vous en prie, présentez également mes compliments à William Nutt. (L'idée qui lui trottait dans la tête trouva ses mots :) Donc, il s'agit d'un phalène spécifique de cette orchidée-comète. Si on considère que le Bidule en question était bien un bout de patte, les irrégularités que nous avons détectées au microscope à immersion ne sont-elles pas des grains de pollen ?

— À ceci près, je vous l'ai dit, que l'animal se sert de sa trompe comme véhicule du pollen d'une fleur mâle à une fleur femelle. Il ne s'agit pas d'une fécondation indirecte — et très fréquente dans la nature — par contact des pattes d'une fleur à l'autre. Rappelez-vous que l'Étoile-de-Bethléem est un vrai piège pour quiconque tombe à l'intérieur. (Morehouse inspira et ajouta avec lenteur :) Sauf si...

— Sauf s'il s'agit d'une fécondation pseudo-naturelle assistée.

— Exactement !

24 octobre, FBI, base militaire de Quantico, Virginie.

Esperanza haletait en écoutant Susan, griffonnant des notes à toute vitesse sur le bloc jaune posé devant elle, la faisant parfois répéter, épeler. La jeune femme asiatique avait raison : la science sécrète parfois de belles évidences, presque des consolations, de celles qui peuvent même faire plier l'échine à des Cordell Taylor-Caedon, à leur puissance. Elle demanda :

— Et ça ressemble à quoi, ce phalène ?

— D'après Morehouse, c'est un grand papillon de nuit d'une bonne dizaine de centimètres d'envergure, à robe assez commune, roux-brun.

— Bouh... le genre de truc que j'adore...

— Comme moi... Quand je pense que je hurle lorsqu'un tout petit papillon de nuit pénètre dans la chambre !

— Susan, c'est quoi au juste cette fécondation pseudo-naturelle assistée ?

— Un bien grand terme pour quelque chose d'évident. Je vous le fais en version concentrée. Bon, il y a la fécondation naturelle, ce qui se pratique encore le plus souvent, dans notre espèce par exemple. Un mâle rencontre une femelle, il y a rapport sexuel, et si le rapport est efficace, ça donne une fécondation. Artificialisé, et ça n'est pas péjoratif dans ma bouche, il y a la fécondation *in vitro*. De façon très schématique, on met en présence des gamètes mâles et femelles, bref des spermatozoïdes et des ovules. Il y a fécondation dans le tube et, en fonction de l'espèce, on implante l'œuf dans l'utérus de la femelle ou on attend que l'embryogenèse parvienne à terme. Entre les deux, la fécondation naturelle assistée. Elle se pratique depuis des millénaires sous des termes beaucoup plus rustiques, comme « mener la vache au taureau ». On conduit le mâle à une femelle en chaleur. Si on laissait faire, pas mal de tentatives avorteraient, entre autres parce que la pénétration n'est pas aisée chez les gros animaux : le mâle finit par éjaculer à côté et la femelle par s'énerver. L'homme intervient en facilitant la pénétration. Dans ce cas, en menant le pénis jusqu'à la vulve.

— D'accord. Et pour ce qui est de l'orchidée ?

— Ce que je sais, c'est que les éleveurs de fleurs précieuses en serre ont souvent recours à un insecte de substitution : un fin pinceau doux. Ils prélèvent le pollen des étamines — c'est-à-dire les spermatozoïdes — à l'aide des soies et en tartinent les pistils, autrement dit les organes reproducteurs femelles.

— Dans ce cas, pourquoi le Bidule — si c'est bien un bout de patte du phalène — porterait-il des grains de pollen ? Pas besoin d'un papillon, si on a un pinceau.

— C'est la question à 10 000 dollars. J'ai pas mal cogité, et je vous livre ma théorie. Charly est un vrai passionné d'orchidées. Il tente de reproduire une fécondation presque naturelle pour la beauté de la chose. Manque de bol, il s'agit d'espèces de Madagascar. Il doit donc faire un minimum de concessions à la nature s'il veut avoir une chance de reproduire la fleur. Il optimise les chances de fécondation en badigeonnant l'insecte avec le pollen avant de le lâcher dans la serre. C'est un moyen terme qui se pratique parfois.

La tension malveillante lâcha dans le sternum d'Espy. Une sensation presque déroutante de confort la remplaça. Déroutante parce que l'étau la cramponnait depuis des jours. Elle poursuivit la pensée de la scientifique :

— Ce qui sous-entend qu'il élève aussi ces phalènes.

— Juste. En vivarium.

— Reste à savoir comment il est parvenu à les faire entrer sur notre territoire. Ça ne s'importe pas comme des bonbons, il faut des tas d'autorisations du département de l'Agriculture.

— Contrebande, proposa Susan.

— C'est risqué. Surtout pour des bestioles qui doivent être assez fragiles et qui nécessitent des conditions de température impossibles à maintenir très longtemps en soute. Non, il doit y avoir un autre moyen...

— C'est davantage votre domaine, Espy. N'empêche, c'est dingue... Vous rendez-vous compte qu'il a fallu la passion de ce grand jeune homme en besoin urgent de récurage ? Il a abattu en quelques jours le boulot de deux personnes durant plusieurs semaines. Tout ça pour une chanteuse pop des années soixante-dix qui se sauverait si elle avait l'infortune de le rencontrer. Où irions-nous sans passion ?

— Dans le mur, proposa Espy.

— Dans le mur, je l'ignore, mais dans des endroits bien ternes et bien ennuyeux, c'est certain.

— Je signe la pétition, plaisanta Esperanza avant de reprendre. Donc, le pollen de la comète. Je connais quelqu'un capable de vérifier cette hypothèse, toujours au Smithsonian. C'est du reste vous qui m'avez donné ses coordonnées.

— Ah oui... Richard Waight, le géant débonnaire fêlé d'orchidées ?

— En personne et tout en muscles ! Je l'appelle immédiatement.

Richard Waight — Nick, insistait-il — l'avait laissée bouche bée lors de leur première rencontre. Une montagne souriante, presque timide, d'environ 2 mètres de haut pour 140 kilos de muscles et d'intelligence. En identifiant une orchidée retrouvée chez Cory, il leur avait permis de remonter jusqu'à Cordell Taylor-Caedon et Ernest Whitecomb... Trop tard, du moins pour ce dernier, partiellement carbonisé et achevé par Charly.

Espy prit congé de la scientifique. Malgré son impatience, elle tint à ajouter :

— Vous êtes vraiment une bête, Susan. Je ne sais pas comment vous remercier.

La jeune femme pouffa à l'autre bout du fil.

— En dépit du plaisir que me procure votre appréciation, en l'occurrence, je suis surtout une dame qui venait de s'offrir un magnifique spectro digne de conquérir son collègue entomologiste.

— La vénalité a parfois du bon !

— D'autant que le manque de moyens de la plupart des labos la rend chronique !

Elles se quittèrent sur un rire complice.

Esperanza inonda de messages pressants les différents répondeurs de Richard Waight tout le reste de la matinée. Elle finit par accepter à contrecœur la proposition de Thomas Sturgeon de se joindre à leur petite bande pour le déjeuner. Les efforts de ce dernier et de Michael Baghurst pour animer un peu leur silence tombèrent à plat et le repas, d'une rare monotonie, touchait presque à sa fin lorsque Dougray J. Doyle annonça en baissant le ton :

— Je pense que nous sommes tous pas mal surchargés... Thomas est d'accord pour prendre en charge les affaires de Farm Heights. Du moins pour l'instant. Dès que nous... enfin, bref, un peu plus tard, nous nous joindrons à lui au fur et à mesure de nos disponibilités.

Espy redressa la tête et tourna le regard vers la nouvelle recrue de l'unité. Nina Kroeger ne lui faisait pas l'effet de crouler sous le travail. Elle ouvrit la bouche pour protester, mais Doyle l'interrompit sans aménité :

— Il s'agit d'une décision hiérarchique, Lorca !

Le camouflet à peine voilé la fit rougir. Elle siffla :

— Bien, monsieur. Si vous voulez bien tous m'excuser, je redescends, j'ai du travail.

Elle se leva, abandonnant sa tasse de café pleine sur son plateau.

Esperanza fulminait. Il lui fallut une bonne dizaine de minutes avant de retrouver une apparence de calme. Merde, il la sautait, cette gonzesse, ou quoi ? Problème : Doyle n'était pas le genre d'homme à confondre collaboration et droit de cuissage. N'empêche, cette fille commençait à la gonfler, et quelque chose clochait chez elle. C'était à peine perceptible, comme le souvenir très vague d'un mauvais rêve ou un nom qui vous échappe soudain. Rien à voir avec l'animosité massive que lui inspirait Michael Baghurst, et dont elle était assez intelligente pour percevoir toute la subjectivité. Non, la méfiance que faisait naître Kroeger était plus glissante, moins identifiable.

Les trois messages consécutifs qu'elle découvrit sur son répondeur parvinrent pourtant à la dérider. Le débit précipité, ravi du docteur Richard Waight répétait à loisir qu'il était « si désolé » de l'avoir ratée, qu'elle pouvait le rappeler dès qu'elle en aurait l'occasion, qu'il attendait « positivement » son appel et laisserait son cellulaire branché même durant le déjeuner. Bien que la juxtaposition « d'attente » et de « positive » la laissât perplexe, elle sourit et composa son numéro. Il décrocha à la première sonnerie et cria presque :

— Agent Lorca ?

— En personne. Merci de me consacrer un peu de temps.

— Attendez... je suppose que c'est confidentiel. Je sors du self-service.

Elle l'entendit présenter ses excuses aux autres convives, puis suivit son souffle comme une écluse. Enfin, il murmura, dans la plus grande tradition des films noirs :

— Voilà, je suis dans le hall. C'est immense et presque désert, à cette heure de restauration.

Consciente que tout effort de sobriété gâcherait le plaisir du géant, Espy ne le détrompa pas sur la nature archiconfidentielle de leur échange :

— Voilà, docteur...

— Nick, Nick...

— Voilà, Nick. Je suis désolée, mais je n'ai plus le temps de me déplacer jusqu'à vous... *Forma praedicta*, qu'est-ce que ça vous évoque ?

— Ah... Agent Lorca, je sais maintenant... Vous vous rappelez, vous aviez été très discrète lors de votre première visite. Mais bien sûr, les médias... Il s'agit encore d'orchidées, donc c'est toujours...

— Oui, la traque de Cordell Taylor-Caedon...

— Mince ! Il faut faire vite, alors... Donc, *Forma praedicta*... Vous connaissez la prescience géniale de Darwin à son sujet ?

— On me l'a racontée.

— Prodigieux, pas d'autre mot. Le *Xanthopea morganii praedicta* — le phalène — est donc l'assistant de fécondation de l'*Angraecum sesquipedale* — la fleur. Ça, c'est son vrai nom latin, mais on l'appelle l'orchidée-comète, ou l'Étoile-de-Bethléem.

— Vous pouvez épeler ?

Il s'exécuta en précisant :

— *Sesquipedale*, littéralement « un pied et demi », en référence au très long éperon de la fleur, auquel est adaptée la trompe du papillon. Vingt à vingt-cinq centimètres de profondeur. C'est d'une telle beauté, cette histoire...

— Quoi donc ?

Il sembla décontenancé :

— Ben... celle de l'orchidée et de son insecte. Il s'agit d'un papillon de nuit... Eh bien, figurez-vous que la fleur commence à exhaler son parfum à la tombée du jour. Pour l'attirer, lui seulement. Elle lui trace un chemin odorant jusqu'à elle. Magnifique !

Espy songea que l'anthropomorphisme atteignait peut-être aussi les orchidées. Richard Waight se transformait-il, au creux de son fantasme, en élu très unique d'une créature magique, tissant une toile précieuse et envoûtante juste pour lui ? Elle poursuivit d'un ton aussi neutre que possible :

— J'ai... un mélange d'ADN. Deux, non humains. L'un, le majoritaire, est celui du phalène. Je me demandais si vous pourriez vérifier que l'autre n'appartenait pas à l'orchidée-comète...

— Mais bien sûr ! Tout de suite. Envoyez-moi le mélange, je m'y colle dès que je l'ai reçu. Ah, ça, c'est rudement palpitant.

Dans sa précipitation de s'atteler aussi vite que possible à la tâche, il faillit raccrocher, mais Espy hurla pour le retenir :

— Attendez, j'ai encore une question !

— Pardon, pardon, excusez-moi, j'étais parti dans la liste des préparations à réaliser avant de recevoir l'échantillon.

— Dans le cas où il s'agirait bien de ce pollen, pourrez-vous aussi déterminer s'il provient d'une seule fleur ou de plusieurs ?

Il gloussa et répondit :

— Désolé, mais non. Nous n'en sommes pas à l'échelle de l'individu, pour ces espèces. Techniquement, on pourrait, mais les recherches en paternité ou en meurtre sont encore rares chez les orchidées !

Lorca retrouva Dougray Doyle devant le distributeur de café. Elle débita à toute vitesse une synthèse de ses deux conversations téléphoniques et conclut :

— On va le coincer. Cette fois, j'en suis certaine. Je me suis renseignée. C'est un vrai parcours du combattant pour introduire des insectes dans ce pays. Le département de l'Agriculture redoute, à juste titre, la dissémination d'espèces nuisibles qui ravageraient les cultures ou pourraient s'avérer vecteur de maladies humaines ou animales, voire végétales. Il faut une tonne de paperasserie, des autorisations, des contrôles vétérinaires, et j'en passe.

— Un passage en douce. Il en a les moyens.

— Certes, mais la bestiole est assez exigeante sur son environnement, le degré d'humidité et la chaleur. Du genre à claquer facilement. Il faut donc la transporter en vivarium, et ça passe moins inaperçu. De surcroît, une fraude de ce type exige des complicités sur place, dans les aéroports et à l'arrivée, pour l'acheminement. Je vous rappelle que les protocoles de sécurité et de surveillance ont été pas mal renforcés. Si le maillage du filet n'est pas imperméable, c'est quand même plus ardu qu'avant. Cela implique donc beaucoup de contacts, et Cordell les a toujours réduits à leur plus simple expression pour couvrir ses traces.

— Vous optez pour une complicité stratégique de type administratif ou scientifique ?

— C'est exact, monsieur.

— Ça tient la route. À creuser.

Quelque chose dans le ton de cet homme si contrôlé la troubla. Une sorte d'immense fatigue. Elle avait imaginé que ses révélations lui redonneraient la vitalité qu'elle avait toujours connue lorsque la chasse obliquait en leur faveur. Ou plutôt, c'était maintenant qu'elle s'étonnait de sa civilité, de son calme. Dougray Doyle était un violent dirigé, maté par des années d'autodiscipline. Il émanait de la contrainte de ses gestes comme un regret, celui de la passion qu'il ne s'autorisait plus qu'au creux de certaines nuits. Elle ne l'avait pas oublié. Soudain inquiète, elle insista :

— Liam va bien ?

— Oui, très bien. Merci.

— Et... Euh, Rosemary ?

— L'état de santé de ma femme est stationnaire.

Le ton morne, l'utilisation de ce « ma femme » alors qu'il désignait toujours son épouse par son prénom convainquirent Espy de ne pas pousser plus loin.

Un curieux mélange de jalousie, de crainte et de chagrin, aussi, la fit reculer, elle qui n'avait presque plus peur de rien.

— Bon café. Je vous tiens au courant de la suite.

— Merci.

24 octobre, limite de Boston et Quincy, Massachusetts.

Julia se redressa, les reins courbatus par ses rangements. En dépit de la fraîcheur du matin, elle transpirait. Désagréable sensation que cette moiteur odorante qui collait son tee-shirt contre sa gorge, son ventre.

L'odeur de la première sueur peut devenir si troublante, si invitante. Celle de Cordell durant l'effort ou l'amour. Une odeur de mâle, de brun. Elle collait sa bouche contre la touffe serrée et si frisée de son aisselle pour se gaver de ce parfum de sel et de fourrure à peine atténué par le santal de son savon.

Arrêter. Arrêter tout de suite ! Combien de femmes et d'hommes avaient respiré sa peau, y trouvant la preuve du parfait moment qu'ils venaient de vivre, ne comprenant pas encore que cette odeur grisante de sueur anticipait l'effort à venir, celui que Cordell fournirait quelques secondes après pour leur trancher la gorge.

Elle récupéra le long verre de liqueur de whisky bas de gamme qu'elle venait de poser sur l'un des établis de l'atelier. Neuf heures du matin. Une heure comme une autre pour commencer à boire. L'alcool, trop amer en dépit de sa fadeur, lui arracha une grimace. Décidément, elle détestait ce truc. Mais elle n'allait pas, en plus, se saouler avec plaisir.

Julia jeta un regard aux cartons. Hugh lui avait

recommandé de passer leur contenu en revue, de conserver ce qui l'intéressait et de jeter le reste. Mais Hugh ne savait pas que rien ne l'intéressait. Elle allait donc tout balancer dans l'une des bennes qui ponctuaient le quartier, mais s'obstinait à les inventorier. Une façon comme une autre de meubler l'intervalle de temps compris entre deux gorgées d'alcool.

Elle s'activa durant plusieurs heures, ne s'interrompant que pour répondre à un petit miaulement plaintif, celui qu'elle avait baptisé « le miaulement d'estomac courtois ». Le haut mâle noir aux yeux jaunes, doux comme un vison, avait faim. Sagement assis, la queue enroulée autour de ses pattes jointes, il la fixa en plissant des paupières tout le temps qu'elle remplit une gamelle. Elle tendit la main vers la belle tête féline. Il recula à peine, puis avança son nez au contact de sa paume. Un beau chat triste, encore méfiant, sans agressivité, qu'elle avait ramassé peu de temps avant l'incendie de son mobile home.

Julia redescendit et plongea à nouveau dans les caisses. Brusquement, la nervosité de cette soudaine domesticité suspendit son geste. Qu'est-ce qu'elle foutait depuis la veille à trier, ranger, empiler, épousseter ? Depuis trois ans, elle trouvait à peine l'envie ou le besoin de laver ses vêtements, ses assiettes ainsi que les gamelles des animaux. Et encore, elle se servait le plus souvent du même verre sale des jours durant. Quant au reste... il pouvait, selon elle, toujours attendre un peu plus.

Devait-elle vraiment chercher une explication ? Ne valait-il pas mieux avaler une autre gorgée d'alcool et s'affaler sur le canapé devant n'importe quelle bruyante ineptie télévisée ? Manger, aussi. Manger, c'était très bien. Elle lutta contre le mot qui tentait de s'infiltrer dans son cerveau : nidification. Comme ces femmes qui, approchant du terme de leur grossesse, sont prises de frénésie de rangement, de décoration. Préparer la venue du petit, préparer le nid. Un vestige comportemental si profond que rien n'a pu l'éteindre. Mais une femelle nidifie pour attendre et protéger la nouvelle vie. Il n'y avait pas de nouvelle vie, quant à l'ancienne, Julia n'espérait qu'une chose : être enfin débarrassée de sa pesanteur.

Son regard tomba sur un petit volume blanc demeuré au fond du carton qu'elle inspectait. Sa couverture représentait une courte série d'idéogrammes. Elle le récupéra et le feuilleta. Sur la deuxième de couverture, le nom griffonné de Hugh était suivi d'une date et d'un lieu : *2 mars 82, New Jersey*. Julia sourit. Elle aussi avait cette habitude, avant. S'aider des livres achetés pour témoigner de son passage, des moments de sa propre vie. Les livres devenaient ainsi des petits morceaux de mémoire que l'on retrouvait longtemps après en les consultant à nouveau.

Yo Sei Kan Bu Do[1]. C'était la traduction des idéogrammes de couverture. Ce joli dessin de mots désignait un art martial, presque disparu, si ancien. Julia lut quelques pages. Une élégante danse, défensive mais terriblement meurtrière. La traduction du nom chinois japonisé la stupéfia : un violent désir de paix.

La violence et la paix. La violence pour la paix. Un accolement dont l'inacceptable vérification hantait toute l'histoire de l'Homme. Comme si la paix ne pouvait naître que du sang et de la mort.

Dougray Doyle avait tort. Il n'y aurait pas de paix sans mort, parce que ce désir-là suivrait les règles imposées par Cordell. La solution économique que

1. En chinois pinyin : *yang zheng guan wu dao*.

Doyle lui avait proposée quelques jours plus tôt à Quantico ne fonctionnerait pas. Quelqu'un devait payer pour ce désir de paix. Quelqu'un devait accepter sa violence. Et ce quelqu'un était elle.

24 octobre, Massachusetts et Fredericksburgh, Virginie.

Cordell retrouva le chemin d'accès jusqu'à *XX*. Un message geignard mais toujours aussi mercenaire l'attendait.

C'est faux. Ce que je vous ai vendu consistait en informations d'ordre technique. Ce que vous me demandez maintenant équivaut à mettre la vie de Helen Baron sur un tapis de jeu. D'un autre côté, je ne suis pas responsable de la manière dont vous utiliserez les renseignements que je vous livre. Il y a un moyen, mais je veux d'abord 50 000 dollars de plus. *XX*

Un fou rire fit monter les larmes aux yeux de Cordell. Ces quelques lignes étaient un sublime concentré d'humanité. « C'est pas moi, c'est l'autre » et « Je ne suis responsable de rien ». Toutes les guerres, toutes les exterminations l'ont efficacement mis en pratique.

Cordell aurait pu expliquer à *XX* que oui, la vie est un tapis de jeu. Le jeu est la plus adéquate métaphore des existences communes : il est injuste et il s'en fout. Seuls les casinos le rendent à peu près honorable puisqu'on n'y triche pas, qu'on y affiche les modestes probabilités de gain et que ceux qui perdent sont contraints de se tenir. La vie ailleurs n'a pas souvent cette dignité-là.

À quoi bon ? Peu de gens peuvent admettre cette précarité mathématique. Helen le pouvait, sans doute parce qu'elle était assez puissante pour se conduire ainsi qu'elle l'avait décidé sans en espérer une quelconque récompense.

Il crispa les lèvres d'énervement. Pourquoi Helen lui revenait-elle sans cesse comme une précieuse exception ? Il ne fallait plus envisager l'équation sous cet angle, parce qu'alors le jeu basculerait à son désavantage à lui. D'où sortait cette vague inquiétude que la vie deviendrait moins drôle, si terne lorsque sa femme n'y serait plus ?

Cordell assena une claque sur la petite table Louis XIII. Plein d'autres jeux viendraient ensuite... oui, mais pas aussi distrayants. La preuve : il se souvenait à peine des détails de ceux qu'il avait abandonnés, exsangues, à ses pieds. Blonds, bruns, hommes, femmes, tous se mélangeaient un peu, nul ne se retenait à sa mémoire. Sauf cette violoncelliste, Pamela. Certes, c'était le jeu le plus récent, mais il se souvenait avec précision de cette partie-là. Une autre vague de déplaisir remplaça le bref soulagement que lui apportait cette réminiscence : Pamela était un ersatz de Helen, c'était pour cette raison qu'il s'en souvenait avec une telle netteté.

Il tapa :

Les 50 000 dollars vous sont acquis. Quel est le moyen ? *Forma praedicta.*

Une tasse de café fumante devant elle, Nina souffla. Elle s'était inquiétée de sa nouvelle exigence financière. Et s'il refusait de payer ? Elle relut le message électronique qu'elle avait préparé sitôt le précédent envoyé, afin d'être certaine que rien dans son énoncé ne la trahissait.

Un Velux qui ouvre dans la salle d'eau attenante à la chambre a été aménagé par l'ancien occupant des lieux. Il n'a pas demandé d'autorisation aux services d'urbanisme. L'ouverture n'est pas portée sur les plans qui ont servi à l'élaboration du système électronique protégeant Mrs Taylor-Caedon. *XX*

Elle envoya le message. Le temps de l'hésitation était dépassé. Les dés étaient jetés. Elle n'avait plus aucun pouvoir sur la suite.

Cordell lut et relut le message, s'en imprégnant jusqu'à voir le Velux, sentir son cadre d'aluminium contre les muscles de ses épaules. Il se projeta dans la salle d'eau avec d'autant plus d'aisance qu'il avait mémorisé durant des heures les plans du hangar envoyé par *XX*.

Pas un son, il était pieds nus. Le contact du sol carrelé le faisait frissonner, à moins qu'il ne s'agisse de la délicieuse expectative. Helen dormait, il pouvait percevoir la régularité de son souffle au travers de la mince paroi qui le séparait encore de la chambre attenante. Il avançait doucement, s'approchant du lit, commençant à distinguer la masse frisée et roux sombre de ses cheveux dans la pénombre. Sentait-elle sa présence s'infiltrer au creux de son rêve ? Car elle ne rêvait que de lui, il en était certain. Quelle importance que ces rêves fussent des cauchemars ? Elle se retournait en geignant doucement. Des chats seraient-ils à nouveau couchés sur son lit, levant leur masque de l'arc de leur corps, le fixant de ce regard dont on ne sait pas toujours ce qu'il voit ? Cordell aimait assez les chats, ils sont si esthétiques. Mais il préférait les éliminer pour l'instant de son parcours imaginaire. Donc, pas de chat. À ce moment-là, et à ce moment-là seulement, il tendrait la main vers les cheveux ou le cou de Helen.

Non. Mauvaise idée... Très mauvaise idée.

Il fallait d'abord contacter ce type dont oncle Bernie lui avait communiqué le nom : Ted Bruckner. Un vieux de la vieille, un ancien antenniste reconverti dans les casses haut de gamme. Bruckner s'était retiré des affaires après une lourde peine purgée dans un pénitencier et à peine allégée par une restitution de butin. Restitution partielle lui permettant une retraite qui, sans être luxueuse, ne l'avait pas jeté à la rue. Ted connaissait toutes les subtilités des matériels de surveillance. Le génial petit monsieur de 70 ans ressemblait à un bon grand-père qui collectionnerait les photos de ses petits-enfants. Il passerait inaperçu.

Car, pour être franc, cette histoire de Velux était trop belle pour ne pas s'avérer vérolée de l'intérieur.

25 octobre, FBI, base militaire de Quantico, Virginie.

— Votre sac est prêt ?

Lorca hésita avant de répondre à Doyle :

— Je rejoins Thomas ?

— Non, vous partez avec moi. Boston. Décollage dans une heure. L'hélico nous lâchera à National Airport, à Washington. Un avion militaire nous y attendra. Retrouvez-moi dans mon bureau dans un quart d'heure. J'ai deux ou trois choses à vous raconter.

— Bien, monsieur.

Le quart d'heure s'éternisa, lui permettant d'explorer toutes les hypothèses, même les plus idiotes : il la virait, ou il acceptait de lui donner une seconde chance, que ce soit professionnellement et/ou dans sa vie, et/ou Rosemary était morte — non qu'elle le souhaitât —, ou il se remariait, mais pas avec elle, et/ou le cadavre de Cordell venait d'être découvert flottant au fil du Potomac, et/ou Julia Holmer s'était suicidée en avalant quinze kilos de choucroute garnie.

Elle était au bord de la crise de nerfs lorsqu'elle pénétra enfin — un quart d'heure plus tard précisément — dans son bureau.

Elle s'installa sur l'une des chaises alignées face à son bureau avec une apparence assez convaincante de sérénité. Du moins le crut-elle.

— Je vous écoute, monsieur.
— Une seconde, Nina ne devrait pas tarder.
— Pardon ?
— Je répète : Nina ne devrait pas tarder à nous rejoindre, et inutile de me mordre.
Kroeger frappa à cet instant et pénétra sans attendre d'invitation. Elle s'assit aux côtés de Lorca, qui se rétracta, et déclara sur un ton joyeux :
— Ce sera désagréable à entendre mais indolore, promis, Espy.
Une idée ahurissante et insupportable traversa l'esprit d'Esperanza : merde, elle avait vu juste, ils couchaient ensemble et allaient lui annoncer leur mariage, union, fiançailles, peu importe !
Doyle commença :
— Nous avons toutes les raisons de penser que Charly va passer à l'action dans très peu de temps. Il pénétrera ce soir ou demain dans le hangar qu'occupe Mrs Holmer.
— Hein... ? (Lorca récupéra assez d'énergie pour terminer sa phrase :) Je veux dire... enfin, c'est ce que vous vouliez me raconter, c'est ça ? Et d'où sort cette prédiction ?
— De notre taupe.
— Notre taupe ?
Doyle la fixa et répéta :
— Oui, notre taupe : Nina Kroeger.
Lorca se tourna d'un bloc vers la jeune femme blonde qui grimaça d'un air désolé.
— Je suis désolée, Espy. Nul, à part Dougray et moi, ne devait être dans la confidence.
Furieuse, Esperanza contre-attaqua :
— Et pourquoi cela ? Pourquoi pas moi ? Quoi ? Je suis devenue une espionne à la solde de Taylor-Caedon ?

Dougray Doyle tenta de la calmer :

— Non. Nous ne l'avons même pas envisagé.

Un sifflement menaçant l'interrompit :

— C'est trop gentil de votre part... à tous les deux !

Agacé, Doyle renchérit :

— Écoutez, Lorca, votre problème, c'est que vous dominez mal vos émotions. Nous ne pouvions pas risquer qu'un coup de gueule vous fasse lâcher une info, aussi minime fût-elle.

Fielleuse, elle répondit :

— Qu'un coup de gueule... Ça veut dire que vous vous méfiez de nous tous. De moi, de Thomas, et même de ce connard prétentieux de Baghurst que je ne porte pas dans mon cœur, mais quand même !

Doyle hurla :

— La ferme ! C'est comme ça et c'est tout !

Sa soudaine brutalité la cloua sur sa chaise. Un silence gêné s'installa durant quelques secondes. Quelques secondes qui permirent à Lorca de faire le point : certes, elle était folle de rage, certes, elle se vengerait, mais c'était bien moins pire que ce que sa fertile imagination lui avait laissé entrevoir : Doyle n'avait pas de liaison avec Nina. Elle temporisa donc :

— Laissons cela pour l'instant. Revenons à l'urgence. Nina a donc contacté Cordell, c'est ça ?

L'intéressée expliqua d'un ton paisible :

— Oui. Une filière Internet. Certains de ces types correspondent entre eux, comme les terroristes. Quelques-uns parviennent même à détourner les ordinateurs des prisons pour établir une correspondance. C'est la face sombre de la toile. Il suffit d'avoir les bonnes clés pour remonter jusqu'à eux.

— Et de toute évidence, vous les possédiez.

— C'est mon métier, Espy. Je dirige une section d'infiltration informatique à l'ATF. Bien sûr, mes cibles là-bas sont différentes. Les gros réseaux de contrebande mafieuse qui sévissent entre l'Amérique du Sud ou l'Amérique centrale et Miami. Armes, came, cigarettes, voire prostitution, puisque les uns sont souvent la valeur d'échange des autres. Lorsque Dougray Doyle m'a contactée, je me suis fait détacher pour une période assez brève.

Pas mal de détails trouvèrent une explication dans l'esprit de Lorca. Quelque chose ne collait pas chez cette fille, pourtant elle n'avait pu se départir d'une certaine sympathie pour elle. Elle bougonna, plus pour avoir le dernier mot que par colère :

— Enfin... On aurait pu me mettre au courant : je sais tenir ma langue même quand je m'énerve !

Doyle concéda :

— Je comprends votre réaction, mais dites-vous bien que c'est peut-être notre unique chance de coincer Cordell. S'il nous échappe, il saura que nous sommes capables de remonter jusqu'à lui par informatique, et il mettra un terme à tous ses échanges. Notre seul avantage est que ces types pensent qu'Internet est un véritable labyrinthe qui les dissimule. C'est souvent le cas, sauf lorsqu'on a un petit génie comme Nina sous la main et un soupçon de chance.

Celle-ci plaisanta :

— C'est trop, mais j'accepte le compliment. J'ai donc contacté Taylor-Caedon sous le pseudo *XX*. Moyennant de rondelettes sommes d'argent, je lui ai filé des renseignements. Il fallait inclure un aspect mercantile dans nos transactions, sans quoi il se serait méfié. Les virements qu'il a effectués sur mon compte basé aux îles Caïmans nous ont d'ores et déjà permis de débusquer l'une des banques qu'il utilise. Je dis « l'une », parce que je doute qu'il ait eu la bêtise de mettre tous ses œufs dans le même panier.

— Quels renseignements ? intervint Espy.

— La nouvelle identité de Mrs Holmer, Terry Novak, et son adresse, sans oublier le plan de surveillance électronique du hangar.

Esperanza bondit de sa chaise.

— Attendez, attendez... Il s'agissait d'un plan bidon, non ?

— Non. Il est trop intelligent. Il aurait détecté le piège rapidement et tout serait tombé à l'eau.

— Mais vous êtes givrée ? Il va la massacrer ! Il trouvera un moyen de s'infiltrer, aussi perfectionnés soient nos systèmes !

— Il n'aura pas besoin de se creuser la tête. Je lui ai envoyé hier une solution beaucoup plus simple. Le Velux. Celui qui ouvre dans la salle d'eau attenante à la chambre de Mrs Holmer et que nous n'avons pas fait protéger par Marcus Fiorentino. L'argument fourni à Charly — exact et vérifiable — est que l'ancien propriétaire l'a ouvert sans demander d'autorisation à la mairie. Ce Velux est inconnu des services d'urbanisme, et donc des nôtres. C'est par là qu'il pénétrera.

Espy s'affala comme une masse sur la chaise dont elle venait de bondir et se passa la main sur le front en murmurant :

— Bordel... je peux pas le croire ! Vous l'avez envoyée à la boucherie !

Dougray Doyle contourna son bureau et se rapprocha de la jeune femme.

— Non, Lorca. Mrs Holmer est au courant. C'est elle qui a suggéré de servir d'appât, de chèvre pour le tigre. Nous avons pas mal hésité, mais en l'absence de solution de rechange... Nous lui avons fait parvenir une alarme sans fil. Dès qu'elle percevra la moindre tentative d'effraction, nos hommes boucleront le périmètre et fonceront à l'intérieur. Ce fumier n'a aucune chance.

— Merde... j'ai la trouille, bafouilla encore Lorca.

— Nous aussi, nous tous. Julia Holmer risque gros, elle le sait. (Il se tourna vers Nina et lui tendit une main qu'elle serra entre les siennes.) Merci, Nina. Je vous reverrai à notre retour, n'est-ce pas ?

— Oui, ne vous inquiétez pas. Je ne vais pas me sauver pour rejoindre mes quartiers. Bonne chance pour la suite.

25 octobre, limite de Boston et Quincy, Massachusetts.

Matt Magnani aurait bien rajouté une bonne grosse goutte de whisky à son café, mais ce mec était là et n'avait pas trop l'air d'un rigolo. Du reste, Enrique avait l'air pas mal coincé par l'arrivée de ces huiles du FBI, lui aussi. Il avait bien tenté de jouer la corde sensible avec la nana, une latino comme lui, mais la ficelle usée n'avait pas fonctionné. Elle lui avait répondu d'un ton glacial : « En effet, je suis d'origine mexicaine, indienne et espagnole, donc également européenne, comme pas mal d'Américains. »

Enrique Lopez n'avait pas insisté et s'était renfrogné dans son coin de fourgonnette — garée à deux rues du loft occupé par une bonne femme protégée afin de ne pas éveiller les soupçons. Du coup, Matt avait jugé plus prudent de ne pas la ramener et de se concentrer sur ses écrans de surveillance en se répétant : *Ben ouais, c'est pas des blagues, c'est vraiment des gueules d'empeigne, ces agents spéciaux du FBI.* Et puis merde... pourquoi ils leur déboulaient comme ça sur le dos ? Ils étaient arrivés vers 4 heures de l'après-midi et s'étaient installés en précisant juste : « Votre briefing aura lieu à 18 heures. Jusque-là, procédez comme à l'accoutumée. » D'autant qu'ils n'avaient pas fait dans la dentelle. Matt avait aperçu trois voitures banalisées bourrées de flics par la minuscule fente tolérée dans la fenêtre latérale du van pourri à souhait afin de faire couleur locale.

Une idée lui vint, qui ne le réjouit pas. Il l'exprima tout haut :

— C'est pour ce soir ?

Dougray Doyle, en survêtement bleu marine, regarda sa montre avant de hocher la tête. Il n'était pas tout à fait 18 heures, mais les deux jeunes techniciens commençaient à s'énerver, et c'était une mauvaise chose. Il avait jugé préférable de retarder au maximum ses révélations afin d'éviter toute fuite. Cordell pouvait dépenser des sommes folles pour se garantir des complicités inattendues, donc redoutables. Il expliqua d'un ton plat :

— Nous avons de bonnes raisons de penser que l'homme que nous recherchons passera à l'action sous peu : ce soir, demain ou après-demain.

Son regard effleura celui d'Esperanza, qui ne broncha pas. Elle lui tirait un peu la gueule depuis le départ de la base de Quantico, se sentant trahie par son silence et sans doute humiliée par sa « collaboration » occulte avec Nina. Moins cependant qu'il ne l'avait redouté. Ils avaient à peine échangé trois mots dans l'hélicoptère qui les conduisait jusqu'à Washington, puis dans l'avion militaire leur permettant de rejoindre Boston en un temps record. Doyle avait juste tenté la trêve en insinuant : « Nina m'a convaincu de la simplicité et de l'efficacité d'une de ses recettes de boulot : moins on partage un secret, plus on a de chances qu'il demeure intact. » Tentative de trêve qui s'était heurtée au silence massif de sa subordonnée.

Enrique prononça les mots qui lui brûlaient les lèvres :

— Dans ce cas, c'est la porte qu'il faudrait archisurveiller, pas le toit.

— Si, le toit, insista Doyle. Mais on ne néglige pas la porte principale pour autant. On peut avoir une transmission vidéo directe ?

— Non, monsieur. Tout est informatisé. Vidéo directe, ça veut dire caméra d'une certaine taille, et ça se repère quand on connaît un minimum. Par contre, les mouchards qu'on possède, à moins d'être un vrai pro...

Nuit du 25 au 26 octobre, limite de Boston et Quincy, Massachusetts.

Le temps en soi est-il une absurdité, comme le prétend Nietzsche[1] ? Sans doute, mais la notion du temps est si confortable, elle offre une béquille à notre terreur de la folie et de la dissolution.

Se convaincre que les choses passent ou qu'elles vont survenir, que nos actes s'agacent le long d'un fil chronologique, qu'ils naissent d'une préexistence et perdurent. Nos actes nous portent et retiennent notre forme. Ils nous insufflent notre durée.

Évacuer l'effroyable et terrorisant bordel de l'instant, d'une succession d'instants. Se placer sous la protection des horloges qui attestent de notre permanence, aussi transitoire soit-elle, qui affirment qu'il y a douze heures, puis sept jours, puis cinquante-deux semaines, puis douze mois, puis des années.

Le temps n'a qu'une réalité, celle de l'instant. Autrement dit, le temps est une réalité resserrée sur l'instant et suspendue entre deux néants[2].

L'adéquation de ces quelques lignes avec ce qu'éprouvait Julia depuis des années la stupéfiait.

---

1. « Le temps en soi est une absurdité : il n'y a de temps que pour un être sentant. » Friedrich Nietzsche (1844-1900), *Le Livre du philosophe : études théorétiques*.

2. Gaston Bachelard, *L'Intuition de l'instant*.

L'accolement d'une multitude d'instants, tassés les uns contre les autres, que les horloges, telles que nous les manions, évalueraient à six années. Sa vie s'était concentrée à ce chapelet de brefs moments. Le vide devant et derrière, l'anéantissement de ce qui avait été. Même pas : l'annihilation de ces évènements auxquels elle s'était accrochée en se convainquant qu'ils avaient existé.

L'étalon de son temps se limitait à Cordell. Cordell n'allait ni ne venait de nulle part. Il vivait, sautant d'un instant dans un autre, se débarrassant à chaque fois du temps qu'il venait d'utiliser. Le seul ciment de sa durée était lui-même. C'est peut-être la définition des dieux ?

Si l'on poussait le raisonnement à l'ultime, cela signifiait-il que la mort était une imagination ? *La mort est une maladie de l'imagination*[1], puisque c'est *l'humaine nature*[2] qui donne son sens aux choses. Mais Montaigne était un humaniste et Julia n'était plus certaine que les choses aient un sens. Disons que l'humaine nature imposait sa version aux choses.

Si donc la mort n'était qu'une inévitable pathologie humaine, si donc elle n'était qu'un autre instant entre rien et rien, pourquoi la redouter tant ? On craint la mort parce qu'elle vous prive de ce qui devait venir ensuite, mais si rien ne vient, à quoi bon attendre peureusement que rien succède à rien ?

Une précaire construction mentale, une gymnastique intellectuelle qui n'avait lieu d'être que parce qu'elle la distrayait, au sens ancien du terme : elle écartait Julia des pensées qu'elle ressassait en boucle depuis si longtemps. Car en l'absence de preuve, tout et son contraire

---

1. Émile-Auguste Chartier, dit Alain (1868-1951).
2. Michel Eyquem de Montaigne (1533-1592).

se démontrent, ce qui pourrait engendrer un autre débat sur l'irréfutabilité des preuves.

Julia se leva, souriante, et déposa sur la descente de lit en grosse lainc jaune la petite chatte tricolore roulée en boule sur ses genoux.

Elle descendit s'assurer qu'elle avait bien bouclé la porte de la salle des fours et celle du garage qui abritait les chiens et les chats partageant leurs nuits. Elle s'arrêta comme tous les soirs devant le grand bac à douche qui courait sur la moitié de l'un des murs, se penchant pour apercevoir dans la semi-obscurité l'étrange tache rouge-brun qui maculait le sol en petits carreaux de faïence beige. Que faisaient les anciens propriétaires — ceux d'avant Hugh — dans ce bac plus long et large qu'une baignoire ? Quelle était cette tache incrustée que Julia n'était pas parvenue à atténuer en dépit de tous les détergents qu'elle avait essayés ? Le reliquat des mélanges de couleurs destinés à leur artisanat ou un témoignage mortifère ? Non. Non, Hugh avait dit que l'homme avait été abattu plus loin, pas égorgé comme un animal sacrificiel. Non, c'était idiot : le sang se dilue si bien dans l'eau, pour emporter avec elle le souvenir de la vie qu'il a nourrie.

Elle remonta et se dirigea vers la petite commode de la chambre. Elle contempla quelques instants — encore eux — les trois minces grains de riz de sommeil chimique, blancs contre sa paume, coincés à la confluence de ses lignes de cœur et de vie. Deux suffisaient d'habitude, mais ce modeste surdosage la rassurait : elle dormirait bien. Elle les avala, rangea l'alarme silencieuse dans le tiroir du meuble qu'elle referma et se coucha. Sa dernière pensée à peu près structurée fut pour Dougray Doyle, bien que ses traits se mêlassent à ceux de Hugh. Lui en voudrait-il terriblement de cette défection ? Il faudrait pourtant qu'il comprenne :

l'attente devenait insupportable et Julia finissait par croire aux pouvoirs surnaturels de son ex-mari.

Il ne restait à la jeune femme qu'un stratagème pour priver Cordell de son jeu : elle. Retirer « elle » du circuit. Dormir pendant qu'il l'égorgerait. Partir sans lui concéder un regard, une terreur, un gémissement. Refuser de devenir un autre témoin de son pouvoir.

Elle venait de choisir l'instant, l'instant qui ne serait suivi de rien.

L'odeur l'étonna. Âcre, désagréable sans être suffocante. Comment Helen pouvait-elle la supporter quotidiennement ?

Cordell connaissait les lieux pour les avoir arpentés durant des heures dans sa tête. Pourtant, le volume de l'atelier le surprit.

Il traversa l'immense salle, s'accoutumant au contact du sol rugueux sous la plante nue de ses pieds. Il déboucla toutes les sécurités de la pièce renfermant les fours, s'appliquant à ne pas faire geindre le ciment cru en repoussant la lourde barre d'acier fichée dans le sol. Il inspecta la fine cloison tapissée de matériau ignifugé et en approcha son oreille. Un ronronnement lointain et régulier de l'autre côté le satisfit. Il vérifia le témoin lumineux de la télécommande coincée dans la poche arrière de son pantalon en cuir noir. Il avait remis le même que la dernière fois. Difficile de trouver plus évocateur, plus sensuel, aussi.

Voilà, tout allait à merveille. Helen l'attendait à l'étage, à ceci près qu'elle l'ignorait encore.

Il gravit avec lenteur l'escalier métallique et s'arrêta à mi-chemin, écoutant. La nuit est un prodige, les sons y retrouvent toute leur signification, toute leur ampleur.

Les odeurs aussi. Il s'installa sur l'une des marches, son dos nu épousant la fraîcheur du mur.

Attendre, un beau mot, du moins pour lui. « Attends », « Je t'attends, mon amour ». Le murmure délirant de Helen lorsqu'elle résistait encore à l'orgasme et qu'elle gémissait : « Attends. » L'attente lui avait toujours été propice, jamais vaine. Il faut savoir la courtiser, la séduire pour la retenir, elle aussi. Un peu comme la chance ou certaines exceptions. Elle se peuple alors de paysages extraordinaires. Comme Helen, sans même qu'elle y prenne garde. Ah, mince... il recommençait. Cela n'avait rien à voir avec de l'amour ; du reste, il ignorait ce qu'amalgamait ce terme. Pour aimer, il faut que l'autre existe, même faux, même rêvé, et seule son existence à lui le fascinait. Non, c'était un lien improbable dont il n'avait perçu l'obstinée robustesse que peu de temps auparavant. Son essence lui échappait encore, mais il aurait tout le temps d'y revenir. Ensuite, après.

Un bruit léger le ravit, il se releva et monta quelques marches. Il sortit en souriant le rasoir de sa poche arrière et frôla de ses lèvres le métal sans pitié tiédi par la chaleur de sa fesse.

Matt fronça les sourcils et se rapprocha d'un des écrans de surveillance à le toucher de son front. Enrique s'inquiéta :

— Y a un truc qui cloche ?

— Ben... C'est bizarre, ça fait deux fois que je vois un truc... On dirait une queue de chat, là, tricolore.

— Hein ?

— Ben, ouais. Tiens... La queue d'un chat. Doit sauter du meuble qu'on aperçoit, juste là, au bord inférieur droit du moniteur, parce que c'est à plus de un mètre du sol. Mais ça coince : où est le chat ?

Dougray Doyle se rua derrière Matt et hurla :

— Quoi ? Expliquez-moi, c'est quel écran ?

— Celui qui surveille la porte d'entrée principale.

— Que se passe-t-il ?

— Je vois la queue du chat mais pas le chat, monsieur. Or, la queue, normalement, elle est attachée au cul de l'animal.

— Un piratage en boucle. Il a injecté une image qui se répète pour feinter le système de surveillance.

— Non, impossible, on peut pas le niquer comme ça, l'ordinateur le détecterait immédiatement... à moins que... oh, merde...

Il s'était laissé glisser par le Velux. Un bonheur presque insupportable le grisait. Quelle bande de cloportes trop sûrs d'eux. Ils n'avaient même pas vérifié les plans du loft. Le souffle profond et régulier de Julia/Helen/Terry lui parvenait au travers de la mince cloison. Un tribut, une récompense enfin digne de lui. La plus magnifique des proies. Après elle, nul ne douterait plus de sa supériorité, mieux, de sa suprématie. Il s'avança et déboucha dans la chambre. Le corps emmailloté dans les draps le fit trembler de convoitise. Quel dommage, il n'aurait pas tout le temps qu'il méritait. Mais ces pauvres crétins ne devaient pas être très loin. Pourtant, il fallait qu'elle se réveille, qu'elle le reconnaisse, ne serait-ce que pour quelques fractions de minute.

Matt haleta :

— À moins que le mec ne connaisse le piège de Marcus !

Une véritable terreur gagna Lorca, qui jusque-là s'était efforcée à la boucler. Elle hurla à son tour dans l'habitacle du van :

— Accouche, connard ! Quel piège ?

— C'est secret... Marcus pose un témoin sur le mur situé face à la caméra miniaturisée. Un faisceau électromagnétique les relie. Si on le coupe, l'alerte est déclenchée, pareil lorsqu'on tente d'injecter une séquence pirate en boucle. L'ordinateur la détecte, parce qu'à moins d'être au courant, on ne peut pas reproduire en même temps la liaison entre le témoin et la caméra. Or, là, la liaison n'a pas été rompue. Pourtant, on a perdu la plupart de l'image filmée : le chat. Il ne reste que la queue. Cet enfoiré a rapproché le témoin de la caméra, à quelques centimètres à peine. Du coup, l'angle de l'objectif se règle automatiquement et devient ridicule. Il peut passer derrière... et on ne reçoit plus qu'un bout minuscule d'image : la queue du chat.

Doyle dégagea son arme de son holster d'aisselle et ordonna :

— Prévenez les hommes dans les voitures. On fonce, on tire si besoin. Attention à la femme, rien ne doit lui arriver. Je répète : sous aucun prétexte !

Talonné par Lorca, il sauta de la fourgonnette et se rua vers le premier véhicule banalisé qui démarra en trombe.

Il serra le manche mince du rasoir dans sa paume droite et secoua la forme endormie de l'autre main, sans douceur. Julia geignit dans son sommeil camisole et tenta de se tourner. Un pincement mauvais lui électrifia la lèvre. Elle ouvrit les yeux.

Ah... c'était merveilleux. La succession d'émotions

qui défilaient dans le bleu si intense de son regard : incompréhension, stupéfaction, panique, terreur.

Julia découvrit l'éclair du métal à quelques centimètres de sa gorge et se redressa en criant :

— Michael ?

— Tout juste. Bonjour, chère madame.

Un bruit inattendu, une confusion de sons, de mouvements que l'obscurité seulement trouée par la clarté lunaire lui dissimulait. Une voix. Une voix qu'elle connaissait comme son corps. Cordell.

— Petite larve, pauvre abruti ! Elle est mienne, et personne ne touche.

Un choc sourd suivi d'un gémissement, puis de sanglots. Ceux de Michael. Julia parvint à atteindre l'interrupteur de la petite lampe de chevet. Une lueur parcimonieuse troua la pénombre dense de la chambre.

Le regard si bleu de Michael Baghurst fixait une lame, presque identique à celle qu'il avait lâchée. Le torse mat et musclé de Cordell se penchait vers lui, le retenant encore par les cheveux. Michael appuyait des deux mains sur la longue plaie de sa gorge qui le vidait de son sang. Il sanglotait comme un enfant.

Cordell approcha les lèvres de son visage et murmura, presque amoureusement :

— Non... tu ne meurs pas tout de suite, encore un peu...

La lame partit à toute vitesse, tranchant les globes oculaires. La tête de Michael s'affaissa, Cordell la redressa pour déposer un baiser léger sur les lèvres mortes qui se couvraient de sang. Puis le corps bascula vers l'arrière, encore agité de quelques crispations nerveuses.

Cordell essuya la lame de son rasoir sur la chemise de Baghurst et le replia avant de se rapprocher de Julia.

— Mon Helen... Comment vas-tu, ce soir, mon amour ? Nous avons si peu de temps... Embrasse-moi.

Elle tenta de se dégager des draps pour sauter hors du lit, mais la longue main brune la saisit aux cheveux, tordant la masse à la faire crier, contraignant son visage à se rapprocher de celui de son mari.

Ses lèvres contre les siennes, sa langue forçant leur ouverture, frôlant son palais. Sa salive épousant la sienne comme si la dernière fois était juste hier.

Elle ferma les yeux et fondit en larmes.

La caresse d'un doigt effleurant son sourcil.

Il était parti.

Nuit du 25 au 26 octobre, limite de Boston et Quincy, Massachusetts.

La confusion de ce qui avait suivi lui était à peine parvenue.

Hébétée par l'abus de somnifères, abrutie par les pensées sans suite qui se télescopaient dans sa tête, Julia ne parvenait pas à comprendre le désordre qui l'entourait soudain.

Des bribes trouaient parfois le coma contre lequel elle luttait sans grande détermination. Des bouts d'images, aussi.

À un moment, Lorca s'était affalée sur le lit à ses côtés, la palpant, répétant : « Ça va ? Vous êtes blessée ou pas ? »

À un autre, elle avait entendu Doyle cracher : « Baghurst, sac à merde », avant de le voir assener un coup de pied au cadavre.

Une voix qu'elle ne connaissait pas avait déclaré : « Aucune chance de le rejoindre. Merde, son coup était salement préparé. Il a complètement baisé le circuit de surveillance. Ensuite, il a pulvérisé la cloison d'une petite salle en bas, dans laquelle se trouvent des fours. Un véhicule l'attendait de l'autre côté. »

Un peu plus tard, un jeune homme avait glissé une canule entre ses lèvres pincées. Un liquide tiède et salé avait dévalé dans sa gorge.

Ensuite, le brouillard dans lequel elle glissait s'était

un peu dissipé, cédant la place à une migraine qui lui donnait envie de vomir.

Puis Lorca lui avait dit quelque chose qu'elle avait mis du temps à comprendre : « Nous devons y aller. Nous laissons cinq hommes avec vous jusqu'à notre retour. Dormez, c'est ce que vous avez de mieux à faire. »

Doyle s'était retourné vers le lit, éructant en la pointant du doigt : « Vous vous foutez de qui ? Qu'est-ce que vous croyez, que vous êtes seule en cause ? L'alarme planquée dans votre tiroir, une généreuse dose de somnifères. Un suicide, c'est ça ? Vous auriez dû aussi débrancher le système de sécurité, tant que vous y étiez ! Vous vouliez nous coller votre massacre sur la conscience ? »

Lorca l'avait tiré par la manche. Il avait fini par obtempérer en grinçant : « Vous avez raison ! Je me casse, parce que je vais finir par l'insulter ! »

Enfin, Julia avait pu couler au fond du sommeil.

Non, Doyle avait tort. Elle ne pouvait pas débrancher le système de surveillance. Cordell l'aurait remarqué, il se serait méfié. Il ne serait pas monté pour l'abattre.

Mais il l'avait sauvée.

L'inconscience avait retardé la montée du terrible chagrin qui l'asphyxiait peu à peu.

28 octobre, FBI, base militaire de Quantico, Virginie.

La sensation d'une présence, plus que sa certitude, fit lever le regard à Dougray Doyle.

— Vous traînez encore dans ces murs, Nina ? Vous allez finir par ne plus vouloir rejoindre l'ATF. J'en serais très heureux.

Elle lui sourit, un beau sourire lumineux, se contentant de lui tendre une enveloppe crème en guise de réponse.

— C'est quoi ?

— Ma démission... mes excuses, également, ou plutôt ma confession. Lisez.

Il parcourut la courte lettre tracée d'une écriture ferme. Des phrases rapides, précises, presque squelettiques, sans complaisance, auxquelles se joignaient quelques sorties papier de mails. Il fixa la jeune femme paisiblement assise en face de lui, incrédule.

— C'est une plaisanterie, Nina ?

— Avouez qu'elle serait de très mauvais goût. Non, ça n'est pas une plaisanterie.

— Vous savez combien vous risquez ?

Elle hocha la tête en signe d'acquiescement, le même sourire persistant sur ses lèvres. Il insista pour la faire sortir, de force s'il le fallait, de ce mutisme serein.

— Vous avez livré des informations ultraconfidentielles à Taylor-Caedon en échange de la peau de Preston, tout ça en vous faisant passer pour un certain fondu du nom de Bloodfeast ?

— En résumé, oui. La transaction n'avait rien de pécuniaire. Je ne doute pas que Charly en fera état lors de son procès. J'ai préféré le prendre de court afin ne pas précipiter l'équipe dans la tourmente. Il vous suffit de téléphoner et de me faire arrêter. Le plus vite sera le mieux pour vous tous. Inutile de vous préciser que le détail croustillant du bout de peau devait juste le convaincre de notre parenté dans le meurtre, si je puis dire.

— Inutile, en effet. Vous avez utilisé le CASKU pour mener à bien une vengeance personnelle.

Elle ne répondit pas, se contentant d'un grand regard sérieux. Il insista :

— La vengeance ne sert à rien, Nina.

Elle pouffa.

— Foutaises ! Pas à moi, Dougray. C'est ce que l'on raconte aux gens pour qu'ils se tiennent tranquilles. Un peu de courage, avouez... Qu'est-ce qui vous a mené depuis toutes ces années ? L'amour du Code pénal, une paie somme toute modeste, ou l'idée que vous aviez le droit de venger les pauvres corps massacrés dont les photos gerbantes s'étalaient sur votre bureau ?

— J'ai toujours obéi à la loi.

— J'en suis certaine, mais vous vous êtes arrangé pour l'utiliser dans ses retranchements les plus puissants, les plus féroces.

Il biaisa parce qu'il ne voulait pas lui mentir. Oui. Oui, à deux reprises, il avait prié pour que l'autre, « le tordu », tire son arme, lui offrant un prétexte légitime de faire feu. À deux reprises, il avait tué, sans l'ombre d'une hésitation. Il se souvenait comme d'un miracle des secondes qui avaient suivi. Cette boule mauvaise qui l'avait empoisonné des semaines, des mois durant, qui lâchait sa gorge d'un coup. Les yeux des victimes qui semblaient ressortir des clichés sanglants, se fermant paisiblement dans sa tête. Il avait à chaque fois eu l'impression fugace de leur offrir enfin ce qu'elles méritaient : le sommeil comme une caresse, après tant de douleurs.

— Vous risquez quinze ans de taule, Nina, dix si votre avocat se débrouille bien et utilise vos états de service passés, et de toute façon la radiation à vie de nos forces.

— Je risque de pouvoir enfin dormir, ça vaut très largement le reste. C'est un rare privilège de dormir, vous savez ? On s'en aperçoit surtout lorsqu'on n'y parvient plus depuis quatre ans.

— Beverly Cole était votre...

— Mon amante, ma nana, ma compagne, comme vous voulez. Mon sauveur, aussi, mais c'est une autre histoire, beaucoup plus ancienne, du temps où nous étions ados dans un bled pourri et où j'aurais pu très mal finir sans elle... Ou alors, une des victimes de Jesse James Preston, au choix. Un type était en carafe sur le bas-côté. Il faisait nuit, une route déserte, en plein bois. Le genre cadre, infoutu de placer son cric sous sa bagnole. Beverly s'est arrêtée : elle ne pouvait pas s'empêcher de jouer les saint-bernard... On a retrouvé la bagnole — volée, bien sûr — et des traces du sang de Bev sur le cric dont il s'est servi pour l'assommer et la traîner dans une autre voiture planquée un peu plus bas.

Un vide glacé, irritant jusqu'à la nausée, figea l'intérieur du crâne de Doyle. Il attendit, redoutant d'entendre la suite, pourtant incapable de l'éviter. Nina poursuivit d'une voix en dedans, une voix qui flottait sur un océan de peine et n'y replongerait que lorsqu'elle aurait terminé, parce que finalement, elle attendait ce déballage monstrueux depuis longtemps :

— Comme vous le savez, à l'époque j'étais déjà informaticienne à l'ATF. J'y avais des bons copains. J'aurais pu avoir accès au rapport d'autopsie. Je n'ai pas eu les tripes, ce qui prouve mon bon sens, parce qu'à défaut de famille, c'est moi qui suis allée reconnaître le corps de Beverly à l'Institut médico-légal. Ce qui restait de son corps, de son visage, après les « amusements » de cet enfoiré. Je n'ai pu l'identifier que grâce à la chaîne de poignet que je lui avais offerte pour son anniversaire, quelques semaines plus tôt. Le reste était... au-delà de tout... Merde...

Nina patienta quelques secondes, le temps que les larmes qui dévalaient jusqu'à ses mains jointes sur ses genoux libèrent sa voix. Elle reprit :

— Entre autres choses indescriptibles, il l'avait sévèrement mordue aux cuisses et aux seins. Il manquait des paquets de chair. Ils ont réalisé des prélèvements... pour établir le profil ADN de la salive retrouvée sur les tissus à vif. Preston a été arrêté quelques mois plus tard pour conduite d'un véhicule volé. Les flics n'ont jamais pu obtenir l'autorisation d'établir le profil ADN afin de le comparer à celui retrouvé sur les plaies de Bev. Selon le juge, rien dans cette arrestation ne permettait d'accuser Preston d'un meurtre quelconque, et son avocat — ce dégénéré avait les moyens de s'offrir l'un des meilleurs — obtiendrait un non-lieu haut la main. Il a ramassé six mois de prison ferme parce qu'il était récidiviste. La peine a été transformée en deux mois de taule et quatre mois de travaux d'utilité publique. Savoureux. Un des pires serial killers en circulation aidant des mouflets à traverser dans les clous à la sortie de l'école !

Dougray Doyle suivit le basculement de la jolie tête

blonde vers la moquette. Il tira sans même y penser la bouteille de scotch à peine entamée planquée dans l'un des tiroirs de son bureau. Le choc sec du cul de la bouteille sur la plaque de Plexiglas fit lever le visage à Nina. Le regard qui ne voyait plus, le sourire qui achevait de trembler sur les lèvres de la jeune femme... cela et tout ce qu'il ne sentait pas. Dougray Doyle lutta contre le chagrin sans limites qui le bouleversait. Il articula avec soin :

— Un verre ? C'est la bouteille des coups durs.

— Elle est presque pleine.

— Ouais. Je planque les cadavres des autres pour les jeter chez moi. En cachette de mon fils, bien sûr.

— Je me disais, aussi... Oui, un verre.

Doyle se leva pour repêcher des gobelets dans l'un des casiers de son meuble à archives et les remplir aux trois quarts. Il engloutit deux longues gorgées du sien pendant que Nina caressait la mince couche de plastique translucide dans ses mains.

— J'ai réussi à me procurer le mégot d'une de ses cigarettes auprès d'un autre taulard. Contre deux cartouches de blondes...

— Et les profils ADN étaient identiques.

— Juste. Ils étaient similaires mais n'avaient aucune valeur juridique. (Elle gloussa, et ce rire si creux donna envie de pleurer à Doyle.) J'ai potassé des nuits entières pour parvenir à cerner des fléaux comme Preston. En cela, je suis la jumelle de Julia. J'étais aussi d'une affligeante candeur. Je m'étais mis dans l'idée qu'un jour ou l'autre, une des infiltrations de nos services me conduirait à Preston. En fait, la section que je dirigeais s'est vite spécialisée dans les réseaux de contrebande très durs qui sévissent entre Miami et l'Amérique centrale ou l'Amérique du Sud... mais vous savez cela. Votre appel à ma hiérarchie a été une bénédiction, la chance unique que j'attendais depuis si longtemps.

— La chance ? Si Cory Fried ne s'était pas fait buter par Cordell...

— Oui. Pauvre petite Cory. Je voulais aussi vous en parler de vive voix, puisqu'il était exclu que je fasse état de soupçons dans ma lettre administrative. L'histoire de Cory Fried m'a toujours étonnée. Trop... comment dire... juste *trop*.

— Que voulez-vous dire ?

— Votre hypothèse est que Taylor-Caedon est remonté jusqu'à Cory, sachant qu'elle faisait partie de l'unité, afin de se procurer l'adresse de sa femme. Du coup, il aurait trouvé les listings de Baghurst, ceux qu'il a établis à votre demande sur l'existence éventuelle d'un copycat, c'est bien cela ?

Une sorte de crainte raidit Dougray Doyle. Il articula d'un ton sec :

— C'est le plus vraisemblable.

— Je ne suis pas d'accord. Cory n'avait pas l'habitude d'emmener du travail chez elle, et encore moins des pièces sensibles. Qu'aurait-elle bien pu foutre avec ces listings alors qu'elle n'était ni flic ni comportementaliste ? On me l'a décrite comme une gentille petite femme, plutôt romantique. Ces trucs-là puent l'horreur qu'ils concentrent dans leurs lignes. Pas vraiment un excellent roman pour passer une agréable soirée. On ne fait pénétrer ce genre de choses chez soi, dans son lieu — et celui de Cory était joli, chaleureux — que lorsqu'on ne peut pas faire autrement.

— Votre interprétation ?

— N'est que cela : une autre interprétation, mais je la trouve plus convaincante que la vôtre. Michael Baghurst a aiguillé Cordell sur Cory et lui a fourni les listings. Il est facile à joindre, vous savez. La preuve : je l'ai contacté en peu de temps sous deux identités distinctes.

Doyle avala une longue gorgée de whisky qui lui râpa la gorge. Une quinte de toux le plia, il hoqueta :

— Dur à avaler, car c'est sans doute exact.

Nina reprit :

— Ça tombait pile, et c'était la piste que je cherchais. Je ne comprenais pas Baghurst. Le coup du gentil petit garçon qui veut faire quelque chose d'intéressant de sa vie ne me satisfaisait pas venant de lui. Son espèce de démesure lorsqu'il commençait à évoquer son dada — les meurtres les plus gerbants — m'a rendue soupçonneuse. J'ai fait mon enquête. J'ai écouté les gens du coin. Beverly disait toujours qu'il faut prêter une grande attention à ce que racontent les gens. On apprend ainsi des tas de choses qu'eux-mêmes ignorent.

» C'est de cette façon que j'ai su qu'il passait ses vacances, enfant, chez un grand-père fermier à Farm Heights. C'était un premier indice, mais je n'ai plus lâché le morceau. Il était évident que le meurtrier de Rita puis de Marjorie connaissait les lieux comme sa poche. Nul n'avait aperçu d'étranger dans le bled à la période des meurtres. Il fallait donc que le tueur sache avec précision qui serait sa victime, où et comment l'attirer sans se faire repérer. Baghurst connaissait les deux femmes, ce qui explique leur âge. Les victimes de serial killers sont en général plus jeunes. Il s'est présenté. Je l'imagine comme si j'y étais. Quoi de plus touchant que le petit garçon que vous avez connu qui vient rendre visite à son ancien territoire de jeux. Fumier !

— Et nous sommes passés à côté.

— Normal. J'étais extérieure au groupe, donc plus

vigilante, d'autant que je cherchais la faille dont j'avais besoin. Curieux, comme Baghurst a toujours fait des pieds et des mains pour participer à vos enquêtes sur le terrain, mais comme il s'est tenu très sage en ce qui concernait celle de Farm Heights. La raison était évidente : il avait peur que quelqu'un le reconnaisse, en dépit des multiples précautions qu'il avait prises. De surcroît, vous avez débauché Baghurst du privé. Il a résisté juste assez pour vous faire croire à une victoire sur le salaire très motivant qu'il touchait comme informaticien de banque.

— ... Alors que son but était de se rapprocher de ses idoles.

— Oui... de ses mentors, les pires criminels de la planète. Du même coup, il avait accès à toutes les subtilités mises en place par le Bureau pour les contrer. Un joli plan.

— Moins futé que le vôtre, toutefois...

— Ce qui est assez logique et rassurant.

— Pourquoi ? demanda Doyle.

Il connaissait déjà la réponse, mais l'entendre de sa part le soulagerait un peu.

— Parce que contrairement à lui, j'avais fait le choix de tout abandonner, même moi. Rien n'est plus puissant que la décision du sacrifice physique, acceptée en toute lucidité. Vous échappez ainsi à toute peur, tout remords. Finalement, je me sens des points communs avec Cordell. Nous ne faisons pas d'économies pour le retour. Vous avez vu ce film, *Bienvenue à Gattaca* ? Il m'a beaucoup marquée.

— Non.

— Dommage. Il s'agit d'une fable futuriste sur l'essence de l'esprit humain. Deux frères, l'un génétiquement sélectionné pour ses aptitudes, l'autre né naturellement, porteur de toutes ses tares humaines mais aussi de sa grandeur : décider d'aller jusqu'au bout, ne pas faire de réserves pour revenir, s'économiser ou sauver sa peau.

Doyle s'accorda le temps de terminer son verre. N'eût été la brûlure de l'alcool dans son estomac vide, il aurait juré qu'il ne l'avait pas entamé.

— Avez-vous conscience d'avoir mis la vie de Mrs Holmer en extrême danger, en taisant vos soupçons ?

Elle lui sourit à nouveau, plongeant son regard mordoré dans le sien.

— Ah, nous changeons de terrain. Vous n'êtes plus l'ami transitoire, le confident malencontreux de ces quelques minutes, de toute ma vie. Vous devenez le juge.

— Autant vous y préparer, ils ne vous rateront pas.

— Pour tout vous avouer, cela n'a pas grande importance. Que sont des juges, douze citoyens plutôt bien intentionnés, face à l'enfer que j'habite depuis quatre ans ? J'ai cru qu'il allait se replier de lui-même après la mort de Preston. L'enfer, je veux dire. Il n'en est rien, mais je ne vous étonne pas. Cependant, je peux enfin y déposer ma vie et entreprendre de l'investir, de m'y habituer. C'est un tel soulagement.

— Vous ne regrettez rien ?

— Non... vraiment pas.

— Vous n'avez pas répondu à ma précédente question, Nina.

— Parce que je vous aime bien. Je ne voulais pas vous faire de peine.

Cette phrase si bénigne, presque enfantine, ferma les yeux de Dougray Doyle. Il murmura :

— De la peine ? Je doute que vous puissiez me faire plus de peine que celle-ci, Nina.

Elle souffla et répondit sur le même ton bas et doux :

— Cordell se moque des lois qui ne sont pas les

siennes, et il est impitoyable. Deux atouts dans la partie que j'avais engagée avec lui... Nul n'était mieux armé pour protéger Julia que son mari. Il était évident qu'il ferait tout pour la maintenir en vie... jusqu'au moment où il aurait décidé, lui, de la tuer. S'il passait à l'action en tentant de ravir sa proie à Cordell, Baghurst était condamné dès notre premier message.

— Vous le saviez ?

— Disons que j'en étais presque certaine.

— Vous l'avez donc envoyé lui aussi à la mort.

— Non, c'est lui qui s'y est rendu. (Le ton de Nina se fit sec et méchant :) Je vous rappelle que son projet était de massacrer Julia Holmer, et je me contenterai de vous renvoyer aux rapports d'autopsie de Rita et de Marjorie pour vous rafraîchir la mémoire sur ce qu'il lui aurait fait subir. Pour ce qui est des preuves de sa culpabilité, je viens de vous les proposer sur un plateau. Un simple complément d'enquête à Farm Heights vous en convaincra, comme moi. Le Bureau étouffera l'affaire, c'est de bonne guerre, et peu importe, maintenant qu'il est hors circuit. (Elle hésita et acheva :) En dépit de mon estime pour vous, je ne vous épargnerai pas un rappel fondamental de notre rôle : protéger les victimes, coûte que coûte. Baghurst est un des déchets de mon plan, et je n'en ferai pas une maladie.

— Au regard de la loi, vous êtes l'instigatrice de deux meurtres prémédités, Nina.

— En substance, oui, mais ce calcul ne tient pas compte de tous ceux que j'ai évités en éliminant Preston et Baghurst. Certes, la façon dont j'y suis parvenue peut prêter à controverse, mais pour tout vous avouer, je m'en tape ! Vous le savez aussi bien que moi : c'est nous qui ramassons les lambeaux, les bouts des victimes. C'est nous qui visionnons ou écoutons les bandes que nous envoient leurs tordus tortionnaires.

De surcroît, je n'ai pas l'intention de me dérober au jugement, et encore moins à la punition.

Il murmura :

— Vous n'avez pas à payer pour Beverly. Vous n'êtes pas coupable d'être en vie.

— Je sais. Vous savez pourquoi je le sais ? Parce que rien ne peut payer assez pour elle. Pas même la mort de Preston.

Il lui donna cette larme qu'il retenait depuis son entrée dans le bureau. Une larme qui signifiait qu'ils étaient de la même race, de la même âme. Quoi qu'en jugent plus tard ces douze jurés, ils partageaient un sang rare et précieux. Un sang d'humain acceptant de disparaître pour le demeurer jusqu'au bout.

L'état d'humain. Qui avait prononcé cette clé ? Mrs Holmer. Elle aussi savait, pour l'avoir supporté, où se nichait toute la différence.

Doyle n'essuya pas la larme, la laissant rouler jusqu'à ce qu'elle meure dans le col de sa chemise.

Nina s'approcha de lui jusqu'à le frôler. Sa main effleura la trace humide et tiède, et elle articula sans un son un « merci ». Puis elle lui tourna le dos et ordonna :

— Il est temps d'appeler, monsieur.

— Je me passerai de vos exhortations. Merci, Nina, vous pouvez disposer.

29 octobre, environs de Fredericksburg, Virginie.

Le téléphone avait sonné toute la journée. Il ne s'en était approché que pour débrancher le répondeur saturé de messages d'abord inquiets puis frôlant la panique.

Liam passait la soirée et la nuit chez son copain Benny. Une bénédiction. Pourtant, le petit garçon, alerté par la pâleur glacée de son père et ses réponses forcées, avait insisté pour décommander la partie de simulateur de vol qu'il avait prévue chez son pote.

— Mais non, je vais bien, je t'assure, Liam.

— Tu mens.

À bout d'arguments, Dougray Doyle avait fini par lâcher :

— En effet, je mens. Ne me pose pas de questions. Oui, c'est lié au boulot, et non, ce ne sont pas des ennuis personnels. Écoute, si tu veux rendre un service à ton débris de père, laisse-le un peu seul. Ça ira mieux très vite. Je t'appellerai chez Benny.

— T'es pas un débris. J'aimerais pas un débris. C'est vraiment le mieux pour toi ? Je veux dire de rester seul ? Donne ta parole que tu dis la vérité.

— C'est le mieux. Parole.

— Parole d'homme ?

— Parole d'homme, mon fils.

Dougray jeta un regard au fond de whisky qui teintait la base de son verre. Il feuilleta le beau livre offert par son fils pour le dernier Noël et s'attarda sur la stupéfiante fresque de Botticelli représentant saint Augustin : *Sant'Agostino in atto di meditazione et di preghiera.*

Le carillon de la porte d'entrée le fit sursauter et le livre glissa de ses genoux pour atterrir sur le tapis, ce qui mit au comble l'humeur dangereuse de Doyle. Il fonça vers la porte, prêt à insulter l'intrus, n'importe qui.

Elle se tenait sur le seuil, les bras derrière le dos. Esperanza. Il cracha d'un ton agressif :

— Lorsque quelqu'un persiste à ne pas décrocher son téléphone, c'est qu'il souhaite qu'on le lâche. Les gens bien élevés n'insistent pas !

— Je ne suis pas bien élevée, répondit-elle d'une voix atone. Y avait personne pour m'élever. (Elle hésita, puis :) Je peux entrer ?

— Non.

— Non ?

— Non. Liam n'est pas là, et je n'ai nulle envie de visite ou de bavardages. (Mauvais parce qu'il se sentait glisser depuis la veille, il ajouta :) De plus, si j'avais besoin que l'on me remonte le moral, vous êtes la dernière personne que j'appellerais.

Elle baissa la tête et exhala :

— Si l'objectif était de me blesser, il est atteint.

Il se tut, sidéré par un aveu aussi inattendu de la part d'Esperanza. Elle enchaîna d'une voix plus assurée :

— Comptez-vous faire quelque chose pour défendre Nina ?

La panique qu'il refoulait depuis la nuit le rattrapa, et il hurla dans le long couloir trop sombre :

— Mais vous êtes conne, ou vous le faites exprès ? Bien sûr que je ferai tout pour l'aider... à ceci près que je n'ai pas le moindre début de stratégie et que nous parlons tout de même de l'instigation et de la complicité dans deux meurtres avec préméditation particulièrement gratinés... une bagatelle. (Mortifié de s'être laissé aller à l'insulte, il s'enfonça un peu plus :) Barrez-vous, Lorca, c'est vraiment pas le moment !

— Non.

— Pardon ?

— Non, je ne me barrerai pas. C'est tout. Enfin, du moins pas tout de suite. Concernant Nina, c'est simple. Seuls nous trois sommes au courant. Il suffit de déchirer sa lettre, c'est tout. Et ne me gonflez pas la tête avec vos meurtres, préméditation, complicité et autres. Nina fait partie de la même race que nous.

— Qui serait ?

— Celle de ceux, la minorité, qui ne lâcheront pas le morceau parce que de tout temps il a fallu des êtres humains qui se battaient, résistaient ou témoignaient pour que la lumière dure. Et je vais vous dire... je veux toujours en être !

Il baissa les yeux, défait.

— Moi aussi... mais le problème n'est pas là. (D'une voix plus forte parce que ce qu'il allait dire était un mensonge confortable pour électeurs et contribuables, et qu'il le savait :) Mais les lois sont les mêmes pour tous !

Elle hurla en tapant du pied :

— Mon cul ! Depuis quand ? C'est tout nouveau, et on ne m'a pas avertie ? Le texte des lois est le même, mais ses applications sont éminemment variables. Vous voulez des exemples ? Dans quel domaine ? La politique, le sport, la finance, l'armée, la santé, la bouffe, le show-biz ? Mais bordel, lisez les journaux, regardez... Il en existe à la pelle, des exemples ! Détruisez cette lettre, Dougray. L'essence des lois est de protéger les agneaux, pas de favoriser les prédateurs. Clouer Nina au pilori, c'est leur faire gagner du terrain.

Il se redressa.

— Je l'ai détruite... ce matin. J'ai prévenu Nina. Elle n'a pas eu l'air soulagée.

— Ça ne m'étonne pas. Elle est comme nous. Elle n'a pas besoin des autres pour se punir. À tort ou à raison.

Elle avança d'un pas et il recula d'autant. Incertaine, elle avoua tout en continuant sa progression timide :

— Liam m'a appelée.

— Quoi ?

— Il m'a appelée de chez son copain Benny. Il avait conservé le numéro de mon portable. Il est inquiet. Non, il est paniqué parce qu'il ne comprend pas et qu'il ignore comment réagir.

— Mais je lui ai expliqué, je lui ai donné ma parole...

— Juste après lui avoir menti, oui, je sais. Écoutez... Liam est étonnamment mature et intelligent pour un enfant de son âge, mais c'est quand même un enfant.

— Il est de fait que vous possédez une connaissance encyclopédique sur le sujet, associée à un instinct maternel défiant toute concurrence.

Elle serra les lèvres pour contenir son chagrin, se contentant de répondre du même ton calme :

— Non, mais en revanche, j'ai moi aussi eu très peur lorsque j'étais petite. Tout le temps. Pas pour les mêmes raisons, mais je connais la trouille comme moi-même. Vous n'en avez pas idée. C'est une mauvaise fréquentation que l'on n'abandonne pas aisément et que l'on reconnaît de très loin...

Si. Si, il en avait une bonne idée. Elle s'était imposée à lui au creux de quelques nuits, lorsqu'il effaçait les larmes, du bout du doigt, les larmes des rêves d'Espy. Lorsqu'au matin elle riait à leur évocation.

La jeune femme s'immobilisa au milieu du couloir avant de poursuivre :

— ... Liam avait peur. Peut-être n'avez-vous pas compris... si, sans doute. Il sent si fort que vous êtes seuls, tous les deux. L'idée qu'il puisse vous arriver quelque chose... Que vous le lâchiez, qu'il se retrouve vraiment seul, sans personne... Bordel, il est encore si petit... Il a cru que vous aviez un cancer et que vous souhaitiez l'épargner le plus longtemps possible en vous taisant.

La révélation stupéfia Doyle, et il éclata de rire en dépit des circonstances.

— Quoi ? Un cancer ?

— Pâle, fatigué, pas faim. Malheureusement, c'est une maladie très fréquente... La mère d'une de ses camarades de classe vient d'être hospitalisée. Elle est seule avec sa fille. La gamine est terrorisée.

— Merde, c'est pour ça qu'il n'arrête pas de me parler de cette gosse ! Quel con je fais, je n'ai rien compris... cette enquête m'a tellement pris la tête... Il faut que je l'appelle tout de suite pour le rassurer.

Les bras toujours croisés dans le dos, Espy fixa à nouveau le bout de ses tennis en insistant :

— Je peux entrer ?

— C'est déjà fait, si je ne m'abuse.

— Je peux rester un peu ?

Elle l'entendit soupirer et espéra une réponse affirmative. Au lieu de cela, un très triste :

— Non... Non, je ne crois pas. (Il ordonna d'un ton cassant :) Regardez-moi.

Elle leva les yeux, luttant contre elle ne savait plus trop quoi. L'envie de fuir, celle de l'insulter ou de fondre en larmes au milieu du couloir. Il poursuivit :

— Non, parce que voyez-vous, j'ai été saoulé de *un peu*. Je ne veux pas de *un peu*. Un peu de temps, un peu de paroles, un peu de vérité, un peu d'amour, un peu de respect, un peu de sexe, un peu de vie, un peu d'âme. Gavé de cette pingrerie. Je préfère rien à un peu. Il y a une belle et franche solitude dans rien. Pas de faux espoirs. C'est meurtrier. Le vide est finalement préférable.

Elle frissonna sous cette salve, mais s'entêta :

— J'ai peut-être proposé un peu parce que j'avais peur de me faire jeter en exigeant beaucoup ?

— À vous de le savoir. Moi, je veux *tout*, parce que je peux *tout* donner... Et je crois que vous en êtes incapable, Espy. Peut-être plus tard, je l'ignore, mais je vous le souhaite. C'est très dur de passer à côté de sa vie, j'en ai fait l'expérience. Je n'ai pas l'intention, pour mon fils et pour moi, de récidiver.

Elle fondit en larmes, qu'elle retenait depuis longtemps. Elle n'expliqua, ne justifia plus rien parce qu'aucun argument pertinent ne lui venait à l'esprit. Elle attendit, pathétique et vidée, au milieu du couloir, sa grotesque bouteille de pinard derrière le dos.

Doyle posa une main presque tendre sur son épaule et la poussa gentiment vers la porte. Elle ramena ses bras contre ses flancs, et il découvrit la bouteille. Il murmura :

— C'est gentil. Une autre fois, peut-être. Vous avez raison, vous savez... mon fils a peur, et après la... maladie de sa mère, il est devenu ce *tout*. Le protéger consiste aussi à ne pas le blesser en retombant amoureux d'une femme pour laquelle il est une quantité négligeable. Au revoir, Espy, rentrez bien.

Combien de temps resta-t-elle là, à se vider d'années de larmes, le dos appuyé contre ce panneau de bois qui lui fermait tant de choses ? Toutes ces choses auxquelles elle avait refusé de croire par trouille. Pingrerie, avait-il dit. Cela aussi.

Enfin, Espy trouva assez d'énergie pour se traîner jusqu'à sa voiture. Elle parvint à démarrer sans amocher la voiture derrière laquelle elle était garée, en dépit des sanglots qui l'étouffaient. Elle se contraignit à tourner au bout de la rue pour disparaître aux regards éventuels de Doyle, se gara à nouveau et s'effondra contre le volant.

La nuit commençait à tomber lorsqu'elle se calma. Elle se redressa, abaissa le pare-soleil. Merde, elle était défigurée, aussi gonflée et déformée par les larmes qu'un masque de crapaud.

Un deuil. Était-ce cela, un deuil ? Cette immense peine, si épaisse et complète qu'on ignore d'où elle vous sort ? Ce désert qui vous entoure et vous cerne, dont on se dit qu'il est sans limites, et quand bien même il en posséderait... à quoi servirait-il de les atteindre ? Elle l'ignorait. Elle ne s'était même pas déplacée pour l'enterrement de sa mère, tant il lui était indifférent. Certes, elle avait longtemps frayé avec la souffrance : la sienne. Nul n'avait été capable de la blesser depuis la grosse femme bouffie. Sauf aujourd'hui. Aujourd'hui était terrible. Espy lutta contre la vague de larmes qu'elle croyait tarie mais qui se réveillait. Aujourd'hui était une monstruosité. Quelqu'un qui ne le souhaitait pas venait de lui infliger une peine infinie.

Elle renifla bruyamment dans l'habitacle. Un gamin qui passait en vélo lui jeta un œil étonné et méfiant.

Non, ce n'était pas un deuil. Le deuil signale et consacre quelque chose de définitif.

Bordel, elle n'allait pas se laisser faire ! Certes, elle

venait de morfler comme jamais. Certes, c'était une défaite cuisante. Elle aimait cet homme. Elle l'aimait comme elle n'avait jamais cru pouvoir ou savoir aimer. Elle aimait ce petit garçon trop sage et elle le voulait, lui aussi. Elle n'avait pas pu expliquer, convaincre Dougray qu'elle aussi pouvait tout, parce que « tout » ressemblait tant à « trop » dans le vocabulaire d'Esperanza. La preuve : si elle s'autorisait à aimer, elle irait jusqu'au bout, sans aucune concession, sans aucune épargne.

Elle avait eu les jetons, mais c'était terminé !

12 novembre, quelque part, Vermont.

Le long bâtiment d'habitation était une grande ferme subtilement restaurée. Une girouette penchait au faîte du toit, comme si son coq tendait le col pour apercevoir quelque chose en oblique du parc. Il y avait un petit étang au bout de la propriété. Quelques canards y nageaient en cercles concentriques et paresseux, basculant par instants pour pêcher plus bas elle ne savait quoi, disparaissant presque totalement sous l'eau, leur culotte de plumes blanches agitée de soubresauts.

Le silence bruissant des arbres, des hauts vols de corbeaux et des incursions de quelques grives tenaces balayait les pelouses bien entretenues. Les chiens y retrouvaient le goût des courses-poursuites, de cette euphorie qui les mène, truffe à terre, d'une piste à une autre.

Julia ignorait à qui appartenait cette maison. Elle y avait débarqué un soir sous bonne escorte, après que le FBI l'eut déménagée de son hangar de Quincy.

Dougray Doyle avait été fou de rage contre elle. Ça tombait à pic. Elle non plus ne se pardonnait pas cette volonté de sommeil, de fuite chimique. Une stratégie inepte qui ne résolvait rien, mais qui l'avait convaincue sur le moment.

Si elle avait moins eu la frousse, elle aurait fait une liste des raisons qui l'avaient lentement acheminée vers cette fausse issue. Une gigantesque lassitude pour le combat, et surtout, au fond, au pire, la terreur de ne pas savoir résister à Cordell le moment venu. Les vers de Marie Nizet lui revinrent en mémoire :

C'est fête aujourd'hui, mon amour,
Je viens frapper à votre porte.
Notre bonheur est de retour :
Vous êtes mort et je suis morte[1].

La paix. La paix, aussi transitoire et sommaire fût-elle, était-elle en ces lieux ? La trouverait-elle ? Était-elle encore capable de la reconnaître ? La paix comme un désir, comme un unique but. La paix comme un combat.

Un si violent désir de paix.

---

1. *Fins dernières.*

Du même auteur
aux Éditions du Masque :

LA BOSTONIENNE
Prix du Roman policier du Festival de Cognac

ELLE QUI CHANTE QUAND LA MORT VIENT

LA PETITE FILLE AU CHIEN JAUNE

MEURTRES SUR LE RÉSEAU

AUTOPSIE D'UN PETIT SINGE (nouvelles)

LA PARABOLE DU TUEUR

LE SACRIFICE DU PAPILLON

DANS L'ŒIL DE L'ANGE

LA RAISON DES FEMMES

LE SILENCE DES SURVIVANTS

ENTRETIENS AVEC UNE TUEUSE

DE L'AUTRE LE CHASSEUR

CONTES D'AMOUR ET DE RAGE (nouvelles)

Composition réalisée par IGS-CP

IMPRIMÉ EN ESPAGNE PAR LIBERDÚPLEX
Barcelone
Dépôt légal Éditeur : 68667 - 02/2006
Édition 01
LIBRAIRIE GÉNÉRALE FRANÇAISE - 31,rue de Fleurus - 75278 Paris Cedex 06
ISBN : 2 - 253 - 11650 - 5

31/1650/6